清 馨 民 国 风

清馨民国风

城市印象

梁启超 胡适等著 王丽华编

首都经济贸易大学出版社
Capital University of Economics and Business Press

图书在版编目（CIP）数据

城市印象/梁启超，胡适等著；王丽华编 . —北京：首都经济贸易大学出版社，2016.9

（清馨民国风）

ISBN 978 - 7 - 5638 - 2526 - 4

Ⅰ . ①城⋯　Ⅱ . ①梁⋯ ②胡⋯ ③王⋯　Ⅲ . ①散文集—中国—现代　Ⅳ . ①I266

中国版本图书馆 CIP 数据核字（2016）第 163604 号

城市印象

梁启超　胡适　等著　王丽华　编

Chengshi Yinxiang

责任编辑	季云和
封面设计	张弥迪
出版发行	首都经济贸易大学出版社
地　　址	北京市朝阳区红庙（邮编 100026）
电　　话	（010）65976483　65065761　65071505（传真）
网　　址	http：//www. sjmcb. com
E - mail	publish@cueb. edu. cn
经　　销	全国新华书店
照　　排	首都经济贸易大学出版社激光照排服务部
印　　刷	北京市泰锐印刷有限责任公司
开　　本	880 毫米 ×1230 毫米　1/32
字　　数	230 千字
印　　张	9. 125
版　　次	2016 年 9 月第 1 版　2016 年 9 月第 1 次印刷
书　　号	ISBN 978 - 7 - 5638 - 2526 - 4/I · 48
定　　价	28. 00 元

前　言

　　这本书中的几十篇文字,都曾刊载于民国时期的出版物。其中一些篇目,近二三十年中曾经从繁体字变为简体字,或多或少为今人所知;但更多的篇目,似乎一直以繁体字竖排的形式,掩隐在岁月的尘埃中,直到我们发现或找到它们,再把它们转换为简体字,以现在这套"清馨民国风"丛书为载体,呈献给当今的读者。

　　收入这套"清馨民国风"丛书的数百篇民国时期的文字,堪称历史影像,也可以说是情景回放。它们栩栩如生、有血有肉,是近200位民国学人的集中亮相,也是他们经历、思考与感悟的原味展示——围绕读书与修养、成长与见闻、做人与做事、生活与情趣,娓娓道来。透过这些文字,我们既可以领略众多民国学人迥然不同的个性风采,更可以感知那个时代教育、思想与文化生态的原貌。

　　策划、编选这样一套以民国原始素材为主体内容的丛书,耗费了我们大量的时间、精力和心血。而今本套丛书即将分批陆续付梓,我们欣喜地发现,她已经有型、有范儿、有味道了。

需要特别说明的是,根据著作权法的规定,本书收选的作品,有一部分仍处于版权保护期。由于原作品出版年代久远,且难以查找作者及其亲属的相关信息和联系方式,我们未能事先一一征得权利人同意。敬请这些作者亲属见书后及时与我社联系,以便我社寄奉稿酬、寄赠样书。

目 录

纪果庵（1909—1965），原名纪庸，字国宣，号果庵，曾用笔名纪果庵、纪果轩等。河北蓟县人。1928 年毕业于河北通县省立师范学校，随后考入北京师范大学国文系，1933 年毕业后，在察哈尔宣化师范学校任国文教师和教务主任。20 世纪 40 年代南下任职于南京中央大学。曾任江苏师范学院（今苏州大学）中国史教研室主任。著有《两都集》等。

两都赋

——南京与北京

纪果庵

鸡笼山上鸡鸣寺，绀宇凌霄鸟路长；
古堞尚传齐武帝，风流空忆竟陵王；
白门柳色残秋雨，玄武湖波澹夕阳；
下界销沉陵谷异，枫林十庙晚苍苍。

（王渔洋：《登鸡鸣寺》）

冰簟胡床水上头，起看纤月映淮流；
三更入破谁家笛，子夜闻歌何处楼？
澹澹星河耿斜照，媚媚风露始新秋；
谢郎今日思千里，独对金波咏四愁。

（王渔洋：《题秦淮水榭》）

南风绿尽燕南草，一桁青山翠如扫，

骊珠尽擘沧海门，王气夜寒居庸道，

鱼龙万里入都会，鸿洞合沓何扰扰?

黄金台边布衣客，拊髀激叹肝胆裂，

尘埃满面人不识，肮脏偃蹇虹霓结，

九原唤起燕太子，一樽快兴浇明月……

(郝经：《入燕行》)

都会盘盘控北陲，当年宫阙五云飞，

峥嵘宝气沉箕尾，惨蟾阴风贮朔威；

审势有人观督亢，封章无地论王畿，

荒寒照破龙山月，依旧中原半落晖！

(王恽：《燕城书事》)

　　一个是秦淮水碧，一个是居庸夜寒，这两个性格不同而同具几百年帝都历史的古城，于今仍然作为中国政治上南北二个中心。旧都与新都，曾引起多少诗人的赞叹。中国历史上的古都，隋唐以前是东西配列，非长安即洛阳，那种居中环拱的地势，是足以雄驭四方的。宋以来，政治重点逐渐东徙，由洛阳而汴梁，当时以北地异族突起，幽蓟十六州，河北三镇，先后划入契丹，政治地势已由东西变为南北。及汴京陷落，高宗遵海而南，自此至清，七百年间，只以南北二京为帝王互争消长之地。原来古代国家是十分大陆性的，所以要居中驭外；近代国家是海洋性的，故注意交通便捷，经济繁昌。南京虽曾在隋唐以前作为六代帝都，而为时之暂，恰似电光石火，如今只留下鸡鸣古埭陪伴着梁宋诸陵，供考古家和骚人凭吊。其余建置，明代的已是不多，何况更早？所以我觉得以帝京而论，南京虽老而实新，北京似近而颇古，只要我们把街道、民廛、宫城、帝阙一加比较，是不难立知的。

让我们放弃考古的迂谈，说几句有感的闲话吧。我在北京住过十五年，而在南京只住了一年，自然对于两方面都谈不到深刻的认识，尤其是南京。但为了感情的关系，有时对于旧都起莫名的怀念，恰似游子之忆家乡。而南京呢，亦有许多新的接触，特别是属于生活的琐琐碎碎，因此执笔略加抒写。假使两方面朋友看了，也许认为是有趣的事吧。

比较说来，南京是太不幸运了。在近一百年中，不知遭逢多少次兵灾战祸；尤其是清末太平天国及次次战役，损失几至不可计算。洪杨乱后，直至国民政府建都，元气迄未恢复，于是这有名的龙盘虎踞古城，竟降为人口不逾二十万的内地小都市。秦淮河水壅塞不流，明孝陵前秋风落木，七十里大的城郭，只落得如《桃花扇》所云："莫愁湖鬼夜哭，凤凰台栖枭鸟。"虽以曾国藩那样魄力，也未能把它复兴起来；民国十七年以前，又经过几次军阀战乱，即非战时，也剿剥得人民血肉枯竭。十七年至廿六年十年间，可谓南京建设的猛晋时期。如今我们进挹江门直至新街口一带所见的街道住宅，宽阔整洁，碧绿的梧桐，青翠的冬青，和山西路、宁海路一带德国式住宅竹篱外的蔷薇，大有异国风趣，这些差不多都是那时建筑起来的，而以前则是菜圃竹园，荒芜三径。只有城南一路窄狭污秽的小街，牛屎熏天，伧俗满目，还保留着南京原有的色泽。可惜这次事变，只剩下些烧毁的残骸，在晚照中孤立着。尤其是自下关进城，首先看到交通部原址，那美轮美奂的彩色梁栋，与炸药的黑烟同时入目增愁，不禁令人生"无常"之感。刻下南京人口约七十万，尚未恢复事变前九十万的纪录。住民分配大约是：

山西路一带，官厅及新住宅区。

老山东路及太平路一带，商业区（日商尤多）。

南城一带，商民辐辏区，因为这里是道地"老南京"，与其余各地显然有新旧之分。

南京是不调和的，新的极新，旧的则简直是垃圾堆，似不容一刻存留，这正是建设进展过猛的表现。北京呢，自庚子乱后，几乎五十年中未尝遭过兵燹，且七百年来无日不在帝王的经营中，廛市整齐，配列匀称；无刺目的新，亦无可厌的旧，是其特长，但是缺乏朝气，则无庸讳言。这正如京派的人与海派的人一样，前者是典型化而持重，后者是喜变化而活泼，诚然是各有千秋。不过以居住的便利说，则南京似绝不如北京，北京唯一特长，即无论何人均可得到适当的舒适，南京则天堂地狱之判十分显然。

虽是大陆性气候，而防冷防暑都有价廉而适用的设备，故亦不觉其风霜炎燠，这是住在北京的人都晓得的。北京住宅很少像南京山西路一带那样欧美化的设计，往往是四合瓦房；大门则髹红漆，金黄色闪亮的铜环，使一个小康之家也增加几分堂皇气象；洁白的纸窗，扶疏的花木，老槐是庭园最普遍的点缀品，因为它有好的"清荫"。若夏日，则更有一窗碧纱（这纱是线织的，价甚廉而能阻蚊蝇，南京就买不到，还有北京人糊窗的高丽纸，南京也难得），这时最宜于午眠一觉，听卖菱声，听冰盏声（卖冰饮小贩所敲的铜碗），那种韵律都可以催眠的。冬天必有一窗暖和的阳光，而廉价的煤供我们满室温煦，于是你可以在晚上听虎虎的大风，和卖花生、卖萝卜小贩的清脆音调；一面煮茗清谈，或剥花生米吃，有一碗香茗助你写写文字，都是诗的境界，在南京很难觅到的。

北京没有春天，一因为多风，二因为没有温和，非严寒即酷热，所以许多花都不能好好开放。即如牡丹，本是北方名种，而此花开时，无日不沙尘满目，号称以牡丹著名的中山公园、崇效寺，实际上人们到那里还是凭吊落英的机会居多。丰台从辽金以来，就是燕京的花事中心，那里的匠人虽会在大雪中培养出带花的王瓜、鲜碧的豌豆、嫩黄的春韭，使农学专家大吃一惊，但也奈不得风姨何。南京的住宅、零吃以及其他舒适均不能与北京比，唯花木的繁茂易生，则远非旧京可及（虽然这里天气也会"十日雨丝风片里，浓春艳景似残秋"，但风雨颇可养花酿叶）。譬如一家用芦席搭成的棚户，院子里会有很名贵的蔷薇，而老旧的瓦房前也常有绚丽的紫荆和洁白的绣球；在鸡鸣寺考试院前马路两旁，我采过许多野生的山茶，那惑人的嫩红比中央研究院的辛夷和丁香还有力。山西路一带新式公馆年青娘姨，在早晨八九点钟提菜篮上市时，手里常拈着一枝淡黄玫瑰或木香什么的，令人艳羡她们的幸运。不过是，有这种花的人家，总是两扇铁门紧闭的，而在铁门上面一只小洞里，可以看见军帽下的狞目不时向外打量。如果门开了，那一准有部Chevolet 或 Plymouth 之类"嗤"的一声开出来，使你不由得让开马路，吃一鼻子灰。

南京除洋房以外，旧式房子真没法问津，尤其像我这样一个来自北方的人。他们老是把屋子里糊起花报纸，顶棚及木板壁则用暗红色，窗子很少有玻璃，只是那种黯淡的调子就够你受了；加上马桶的臭气，"南京虫"的臭气，以及阴湿的霉气，无怪住在里边的人终年要害湿气。道地南京人可以在这种卑湿黑暗的客堂间打上一昼夜的麻将，可以这样度一生，那才是奇迹。当我一租到这样一幢房子时，没办法，第一步先将墙壁顶棚刷白，第二步将门窗钉好，换上两块玻璃，好容易恢复一点光明，但是罅漏的地板和霉湿气依然没法可想。南京住宅普遍都院落很小，屋瓦是浮放在房脊上，一到梅雨时节，岂止是"家家雨"，简直可以说"屋屋雨"。假设不是"床床屋漏无干处"，则听雨亦复大佳，无奈地上得放许多盆子罐子，不凑巧被褥也得收拾过。南京老鼠也是有名的宝贝，其形色比北京大而深，专门在信纸封或藏在抽斗的文件上大小便，或是在窗楣檐角间作饭后散步，以及滚一颗胡桃在地板上玩耍，时间则在人已睡倒将入梦，不愿因些许小事而起床之时，其聪明诚不可及。或云，重庆之鼠更甚于此，其大如猫，能噬幼儿之鼻，然则我们还得赞一声大慈大悲也。

全国研究学问最方便的地方怕没有比得上北京的了，不但有设备完善的北平图书馆，那儿还有许多活的历史。譬如我们喜欢晚清掌故的人，你可以找到胜朝的太傅太保，你可以和白头宫女话开元旧事，你可以见到大阿哥，你可以听七十岁左右的人讲红灯照；到伟大的故宫可看见荒凉凄惨的珍妃井，可以歌咏慷慨叹当年帝王起居的养心殿。每一条街或胡同都有它的美丽故事，六必居可以使你看看五百年前老奸臣的榜书，这好像在古老的京城都算不了什么。扫街夫也许是某巨公的戈什哈，拉车的会有辅国公的后裔，开府一方的宗室弱息居然变了戏子，以四郎探母换她的吃喝；下台军阀的姨太太在偷偷摸摸与汽车夫度安闲的日子，而不会起诉；这都是活的学问，活的历史。此不过我所研究的一端。假设你喜欢音韵学，那好，这儿是国语的中心；你喜欢外国文学，这儿有住了一百年开外的外国人，有会唱中国戏的德国客；你喜欢音乐美术，那就更合适，从荆关吴陆以来的画幅，真的假的立即排在眼前，只要你肯到琉璃厂走一走；而多少谭鑫培曾演戏的地方，现在仍然保留着那时的打鼓人与胡琴手。北京饭店有意大利的提琴名手在开演奏会，你也不妨去观光。

总之，这里有罗掘不穷的宝藏，每个人都可得到他所需要的东西。去年，我想专门搜集甲午战争的史料，在南京走遍了书店，只有刘忠诚遗书和《涧于集》之类，始终不到十种。后来索性写信给北京朋友，他托了书店去找，这一下可不得了，连中文带日文就有二百多种。连我一个朋友的父亲，官只做到潮州知府的，一部没名气的折稿，都赫然在目，这就是北京书坊老板的本领。你不记得吗？李南涧和梁任公都和书店老板做朋友，叶缘督在《语石》中更称誉碑佐李云从不置，虽然潘伯寅先生也上古董商的不少的当，但琉璃厂那许多书店和古玩字画店却真正是不花门票的博物馆和义务顾问。我曾在南新华街（琉璃厂附近）的松筠阁整日观书，他们并不以为忤。假使你不愿意花车钱，你可以借一个电话打给他："喂，把《三朝北盟会编》给我送来看看；你们那部《水曹清暇录》卖了吗？如果没有卖，也给我拿来。"于是就有穿蓝长衫光头发的学徒用蓝布包给你把书送来，他虽骑车累得满头大汗，但是，连一碗茶也不要喝，临走还要说一声："×先生，您用什么尽管说一声，我们就送来了，回见，您！"这实在比看图书馆管理员的嘴脸舒服得多！而你呢，到了端午、中秋、新年三节，只要稍微点缀十元八元就可以了，不用的书尽可送回，绝不会嫌你买得少。

在南京以至于上海都没有设备较好的图书馆，有关掌故的人物更不愿住在这种海派十足的地方——因为这里再不能瞻依北阙。即使有一二历史人物，他们生怕你会是绑匪，或者借名募什么捐，你休想接他们的謦欬。这地方的人情，普遍说起来是比较冷酷、刻薄。比如拖黄包车的吧，他一开口一定要加倍的价钱，甚至说一种让你不能忍受的话："你妈，这样远给一块洋钿，乖乖！"我宁可走那些用碎石砌就崎岖的小路，也不再怄气了。店铺里的老板都是高高在上，"老板，这只热水瓶几个

钱？”“二十多块钱吧！”“到底二十几块？”“你买不买？不买何
必问呢？”一个北佬到这时不是气昂昂出去，就是给他一记耳
光。书店我都跑遍了，也委实花过一些血汗之钱，总算博得点
头的交谊，但想拿他们做顾问却够不上；欠债一过十天也会连
番找上门来，给你面孔看。何况这里事变后一点书也买不着。
至于夫子庙的古董店，只看见粗恶的伪张大千或赵扨叔的作品，
而价值又是吓人一跳的。

　　让我谈谈吃和娱乐，以做结束。北京是有名的“吃的都
城”，那些堂倌的油围裙同光头顶、胖肚子代表他的资格与和
气；若是熟主顾，他立刻会配四样你高兴的菜，且告诉你：“五
爷，今天虾可不新鲜了，您不必吃，我叫刘四给您溜个蟹黄吧，
真好，胜芳新来的。”你听了，在诚恳之外还感到一阵温暖。好
些地方你可以出主意要他们给你做，不是吗？江春霖有江豆腐，
马叙伦有马先生汤……你若高兴，何尝不可以来个张先生饼？
有一特点，是海派先生们最不惯的，便是，馆子愈大越没有女
招待。同时，凡用女招待为号召的馆子，一定不登大雅，且饭
菜亦无可吃。假如愿意侑酒，可以叫你熟识的“伊人”，或者一
直将酒席摆到伊人“香巢”去。像南京这样有侍皆女，舞女不
苏（姑苏）的现象是绝无仅有的，这好像北京处处都保留着古
老的官架子，丝毫不肯通融。女招待我不反对，因亦“雅事”
之一，无奈此地的招待与食客，实在风而不雅。逼紧嗓子唱
“何日君再来”或皮簧已可令人皱眉，何况一直可以干堂上烛灭
的把戏！

　　说到娱乐，一是游赏之区，二为视听之娱。北京有许多帝王时代的园囿，那不只南京，即世界帝都很难比拟的，现在却花五分钱乃至一角钱就可进去吃茶了。中山公园的古柏，北海的琼岛，南海的瀛台，颐和园的十七孔桥，以及天坛孔庙，差不多成了北京的代表；没有到过北京的，在明信片上，在地理教科书上，在启文丝织厂的风景屏条上，也可以领略一二。然北京于此亦有不及南京处，即南京虽无公园而处处野塘春水，花坞夕阳，皆可算公园是也。莫愁湖之野趣，清凉山、鸡鸣寺之荒旷，玄武湖之淡远，各有其致。我顶喜欢考试院前一泓河水，夹岸垂柳，放牛羊的与火车相映照，这很像北京永定门内一带光景。若有着脂粉故事的秦淮河，只好在《板桥杂记》中去回忆，休去看它，桃叶渡左右全是刷马桶的金汁与烂菜叶，使你不相信三百年前的李香君、柳如是会选这么一个所在住下来，尽管隔岸太平洋六华春酒楼中也在金迷纸醉地吵作一团。且自事变以来，颓垣坏瓦，俨然《桃花扇·哀江南》中景物。即朱、俞二公的"桨声灯影"之文，到此也成谎语，所以赶热闹的大都到"群乐戏院""飞龙阁"之类的地方去，只剩下一二诗人向着钞库街的暗巷沉吟。

　　提起戏剧，北京人是听，南京人则看。听戏是坐在角落，呷一杯香片茶，闭了眼睛，用右手指细按板眼，遇会心时点点头，咽一口茶的风格。看戏是眉挑目语地看，《品花宝鉴》中潘三看苏蕙芳那种看，奚十一看琴言那种看！——因为南京的戏大部分是"歌女"唱的，歌女之在南京，恰如一百余年前"相公"之在北京。唱虽是职业,却不是维持生活的法门。于是为达某一目的起见,遂有"捧×团"等等说法,好像这也是"古已有之"的事了,但究与易大厂之捧梅博士,罗瘿公之捧程砚秋,相去有间吧?我于此道十分外行,恕不多渎。

天下事永远逃不过历史,清朝人对着《春明梦余录》一类记述咨嗟,同光间人则已慨叹《啸亭杂录》中之种种。时至今日,岂唯《天咫偶闻》《藤阴杂记》等竟如三代以上,即《宇宙风》之《北平特辑》亦邈若山河矣。南京掌故之书所知不多,《客座赘语》是较早的了,甘实庵君的《白下琐言》甚风行,纪近事颇楚楚,不失为好文苑;不知数十年后,仍有此种文字否。"后之视今,亦犹今之视昔",一念及此,不禁致慨于沧桑之速也。

1942 年夏

(《两都集》)

朱自清（1898—1948），现代著名散文家、诗人、学者。1916 年考入北京大学预科，1920 年毕业于北京大学哲学系。1925 年任清华大学中文系教授。1931 年赴英国进修语言学和英国文学，后又漫游欧洲五国。1932 年回国，任清华大学中国文学系主任。抗战爆发后，任西南联合大学中国文学系主任。1948 年因患胃病逝世。其作品主要有《踪迹》《背影》《匆匆》《新诗杂话》《欧游杂记》等。

南 京

朱自清

　　南京是值得留连的地方，虽然我只是来来去去，而且又都在夏天。也想夸说夸说，可惜知道的太少；现在所写的，只是一个旅行人的印象罢了。

　　逛南京像逛古董铺子，到处都有些时代侵蚀的遗痕。你可以摩挲，可以凭吊，可以悠然遐想；想到六朝的兴废，王谢的风流，秦淮的艳迹。这些也许只是老调子，不过经过自家一番体贴，便不同了。所以我劝你上鸡鸣寺去，最好选一个微雨天或月夜。在朦胧里，才酝酿着那一缕幽幽的古味。你坐在一排明窗的豁蒙楼上，吃一碗茶，看面前苍然蜿蜒着的台城。台城外明净荒寒的玄武湖就像大涤子的画。豁蒙楼一排窗子安排得最有心思，让你看的一点不多，一点不少。寺后有一口灌园的井，可不是那陈后主和张丽华躲在一堆儿的"胭脂井"。那口胭脂井不在路边，得破费点工夫寻觅。井栏也不在井上；要看，得老远地上明故宫遗址的古物保存所去。

从寺后的园地，拣着路上台城；没有垛子，真像平台一样。踏在茸茸的草上，说不出的静。夏天白昼有成群的黑蝴蝶，在微风里飞；这些黑蝴蝶上下旋转地飞，远看像一根粗的圆柱子。城上可以望南京的每一角。这时候若有个熟悉历代形势的人，给你指点，隋兵是从这角进来的，湘军是从那角进来的，你可以想象异样装束的队伍，打着异样的旗帜，拿着异样的武器，汹汹涌涌地进来，远远仿佛还有哭喊之声。假如你记得一些金陵怀古的诗词，趁这时候暗诵几回，也可印证印证，许更能领略作者当日的情思。

从前可以从台城爬出去，在玄武湖边；若是月夜，两三个人，两三个零落的影子，歪歪斜斜地挪移下去，够多好。现在可不成了，得出寺，下山，绕着大弯儿出城。七八年前，湖里几乎长满了苇子，一味地荒寒，虽有好月光，也不大能照到水上；船又窄，又小，又漏，教人逛着愁着。这几年大不同了，一出城，看见湖，就有烟水苍茫之意；船也大多了，有藤椅子可以躺着。水中岸上都光光的，亏得湖里有五个洲子点缀着，不然便一览无余了。这里的水是白的，又有波澜，俨然长江大河的气势；与西湖的静绿不同，最宜于看月，一片空蒙，无边无界。若在微醺之后，迎着小风，似睡非睡地躺在藤椅上，听着船底汩汩的波响与不知何方来的箫声，真会教你忘却身在哪里。五个洲子似乎都局促无可看，但长堤宛转相通，却值得走走。湖上的樱桃最出名。据说樱桃熟时，游人在树下现买、现摘、现吃，谈着笑着，多热闹的。

清凉山在一个角落里，似乎人迹不多。扫叶楼的安排与豁蒙楼相仿佛，但窗外的景色不同。这里是滴绿的山环抱着，山下一片滴绿的树，那绿色真是扑到人眉宇上来。若许我再用画来比，这怕像王石谷的手笔了。在豁蒙楼上不容易坐得久，你至少要上台城去看看。在扫叶楼上却不想走；窗外的光景好像满为这座楼而设，一上楼便什么都有了。夏天去确有一股"清凉"味。这里与豁蒙楼全有素面吃，又可口，又贱。

莫愁湖在华严庵里。湖不大，又不能泛舟，夏天却有荷花荷叶。临湖一带屋子，凭栏眺望，也颇有远情。莫愁小像，在胜棋楼下，不知谁画的，大约不很古吧；但脸子开得秀逸之至，衣褶也柔活之至，大有"挥袖凌虚翔"的意思；若让我题，我将毫不踌躇地写上"仙乎仙乎"四字。另有石刻的画像，也在这里，想来许是那一幅画所从出，但生气反而差很多。这里虽也临湖，因为屋子深，显得阴暗些；可是古色古香，阴暗得好。诗文联语当然多，只记得王湘绮的半联云："莫轻他北地胭脂，看艇子初来，江南儿女无颜色。"气概很不错。所谓胜棋楼，相传是明太祖与徐达下棋，徐达胜了，太祖便赐给他这一所屋子。太祖那样人，居然也会做出这种雅事来了。左手临湖的小阁却敞亮得多，也敞亮得好。有曾国藩画像，忘记是谁横题着"江天小阁坐人豪"一句。我喜欢这个题句，"江天"与"坐人豪"，景象阔大，使得这屋子更加开朗起来。

秦淮河我已另有记。但那文里所说的情形，现在已大变了。从前读《桃花扇》《板桥杂记》一类书，颇有沧桑之感；现在想到自己十多年前身历的情形，怕也会有沧桑之感了。前年看见夫子庙前旧日的画舫，那样狼狈的样子，又在老万全酒栈看秦淮河水，差不多全黑了，加上巴掌大、透不出气的所谓秦淮小公园，简直有些厌恶，再别提做什么梦了。贡院原也在秦淮河上，现在早拆得只剩一点儿了。民国五年，父亲带我去看过，已经荒凉不堪，号舍里草都长满了。父亲曾经办过江南闱差，熟悉考场的情形，说来头头是道。他说考生入场时，都有送场的，人很多，门口闹嚷嚷的；天不亮就点名，搜夹带。大家都归号。似乎直到晚上，头场题才出来，写在灯牌上，由号军扛着在各号里走。所谓"号"，就是一条狭长的胡同，两旁排列着号舍，口儿上写着什么天字号、地字号等等的。每一号舍之大，恰好容一个人坐着；从前人说是像轿子，真不错。几天里吃饭、睡觉、做文章，都在这轿子里；坐的伏的各有一块硬板，如是而已。官号稍好一些，是给达官贵人的子弟预备的，但得补褂朝珠地入场，那时是夏秋之交，天还热，也够受的。父亲又说，乡试时场外有兵巡逻，防备通关节。场内也竖起黑幡，叫鬼魂们有冤抱冤，有仇报仇。我听到这里，有点毛骨悚然。现在贡院已变成碎石路；在路上走的人，怕很少想起这些事情的了吧？

明故宫只是一片瓦砾场，在斜阳里看，只感到李太白《忆秦娥》的"西风残照，汉家陵阙"二语的妙。午门还残存着，遥遥直对洪武门的城楼，有万千气象。古物保存所便在这里，可惜规模太小，陈列得也无甚次序。明孝陵道上的石人石马，虽然残缺零乱，还可见泱泱大风；享殿并不巍峨，只陵下的隧道，阴森袭人，夏天在里面待着，凉风沁人肌骨。这陵大概是开国时草创的规模，所以简朴得很；比起长陵，差得真太远了。然而简朴得好。

　　雨花台的石子，人人皆知；但现在怕也捡不着什么了。那地方毫无可看。记得刘后村的诗云："昔年讲师何处在，高台犹以'雨花'名。有时宝向泥寻得，一片山无草敢生。"我所感的至多也只如此。还有，前些年南京枪决囚人都在雨花台下，所以洋车夫遇见别的车夫和他争先时，常说，"忙什么！赶雨花台去！"这和从前北京车夫说"赶菜市口儿"一样。现在时移势异，这种话渐渐听不见了。

　　燕子矶在长江里看，一片绝壁，危亭翼然，的确惊心动魄。但到了上边，逼窄污秽，毫无可以盘桓之处。燕山十二洞，去过三个；只三台洞层层折折，由幽入明，别有匠心，可是也年久失修了。

　　南京的新名胜，不用说，首推中山陵。中山陵全用青白两色，以象征青天白日，与帝王陵寝用红墙黄瓦的不同。假如红墙黄瓦有富贵气，那青琉璃瓦的享堂、青琉璃瓦的碑亭却有名贵气。从陵门上享堂，白石台阶不知多少级，但爬得够累的；然而你远看，决想不到会有这么多的台阶儿。这是设计的妙处。德国波慈达姆无愁宫前的石阶，也同此妙。享堂进去也不小；可是远处看，简直小得可以，和那白石的飞阶不相称，一点儿压不住，仿佛高个儿戴着小尖帽。近处山角里一座阵亡将士纪念塔，粗粗的，矮矮的，正当着一个青青的小山峰，让两边儿的山紧紧抱着，静极，稳极。——谭墓没去过，听说颇有点丘壑。中央运动场也在中山陵近处，全仿外洋的样子。全国运动会时，也不知有多少照相与描写登在报上，现在是时髦的游泳的地方。

若要看旧书，可以上江苏省立图书馆去。这在汉西门龙蟠里，也是一个角落里。这原是江南图书馆，以丁丙的善本书室藏书为底子；词曲的书特别多。此外，中央大学图书馆近年来也颇有不少书。中央大学是个散步的好地方，宽大，干净，有树木；黄昏时去兜一个或大或小的圈儿，最有意思。后面有个梅庵，是那会写字的清道人的遗迹。这里只是随意地用树枝搭成的小小的屋子。庵前有一株六朝松，但据说实在是六朝桧；桧阴遮住了小院子，真是不染一尘。

南京茶馆里干丝很为人所称道。但这些人必没有到过镇江、扬州，那儿的干丝比南京细得多，又从来不那么甜。我倒是觉得芝麻烧饼好，一种长圆的，刚出炉，既香，且酥，又白，大概各茶馆都有。咸板鸭才是南京的名产，要热吃，也是香得好；肉要肥要厚，才有咬嚼。但南京人都说盐水鸭更好，大约取其嫩，其鲜；那是冷吃的，我可不知怎样，老觉得不大得劲儿。

1934 年 8 月 12 日作

林语堂（1895—1976），现代著名作家、翻译家、语言学家。福建龙溪人。1916 年在上海圣约翰大学获得学士学位，1920 年获哈佛大学文学硕士学位，1923 年获德国莱比锡大学语言学博士学位。曾任北京大学英文学系语言学教授、厦门大学文学系主任兼国学院秘书、联合国教科文组织艺术文学组组长、国际笔会副会长等职。其用英文所著《吾国与吾民》《生活的艺术》《京华烟云》等被译为多国文字。

南京一瞥

林语堂

南京是一个辉煌的村落。几天前，我在那里消耗到我认为这两年来在本国中所享受到的最美丽的日子。天天在上海公共租界水门汀街道上散步以后，再回到自然界是快乐的。从朋友的口中听到了在南京的自来水、电灯和路政情形，有人会想到这城是难堪居住的，在我确然知道许多南京政府要人的妻子拒绝不去住在这个都城里。上次的游历完全变更了我的意见，而现在我认为妻子们拒不跟丈夫到南京，在旅馆里吃饭，或是从这个朋友的家里到那家去，这完全是接受她们自己应得的结果；一个人不了解这国都的乡村美丽，必定是一个凡夫，而真的缺乏诗人的灵感。

因为出于我预期之外，我在那里找得了一种古雅、宁静、恬穆的空气而从没有人告诉过我的。我并不到南京去拜访部长或是参观中山路和中山陵，我只去观察这真实的南京。说得细一些，我是要去看看有名的南京鸭子。而我相信我这次去得很不错，我认识了这城的田野生活的迷人情景，它的辽阔，它的历史色彩，和它的确切伟大性。城墙的庄严，城外奇美的湖泊中充满着摇摆的芦苇和荷花茎，它的小山和在城中起伏的地形，它的蔬园和家禽场，在狭长荫道上的马车，和这城中的清凉和极端乡村的气概——这些都在心神上产生出恬静而辽阔的印象。这些东西即刻不自觉地使我和这城市相和谐，而这些是任何官吏的宣传都做不来的。其实，一只美丽的南京鸭子在菜圃中蹒跚的现象，比之冗长的官场宣传的文词对我更具宣传作用。我还在中山路上看见一个人在门外刷牙齿——这种现象在上海是见不到的。这便是我所谓朴实的田舍风味。这是显示着心境的平静。

我到时是在清晨，晨雾还是笼罩在城上。我是失散了我的同伴，我便不能乘上来接我们的车辆，我是另外雇了一辆车。在这引擎的略一反抗和稍微震荡以后，这汽车夫总算顺利地驶着，有力地揿着金属喇叭，使我们在面前的黄包车轮、人腿和马腿中清理出一条路来。我注意到我们的车原来是厂车，但在实际上，这是南京的法"通车"，篷是土货，用南京竹来支张着的，在路上发出特殊的辗轧声。我问他这车是否是"福特"的，但是汽车夫骄傲地告诉我说这引擎是老牌"蒲克"，这车台是修理过的祁罗兰脱，而这车篷，正如我说的，是"南京土产"。我吩咐他每小时驶二十哩的速度，而想见到一种我们所经过的地方的情形。我看这速度表，而见到这表已不在了，虽然这表面的仍在上面。

虽然杂闹，我们的车辆仍很快。为想见一些清晰的街景，我吩咐把这边蓬取下，而这汽车夫一路上都在抱怨咒詈冷空气。警察站在路上的中央，用手做着标记让我们过去。迷雾是迅速地消失，而店铺已开门了。在我们的前面是一个晴朗而美好的日子。我们经过了铁道部，那著名的直狮子在我们的右边，一所黄色的巨大建筑物在我们的右边。我问汽车夫这是什么，而他告诉我这是司法部。我对他说，或许是记错了，那必定是司法部管辖下的现代监狱。但是这个人坚持着说这是司法部。在我的袜子里开始有东西在烦扰我了，抓着也没有用。我见到一群红色的标记像金刚钻般地排列在纸上。后来，我由他人告诉说，这是有名的"南京虫"的伟业。我曾想那只有在绅士的床上找到的。

所以我自己想，这便是南京。我想要忠告不幸的预言者和其他的悲观论者，他们是沉溺于他们自己的悲观中，以为国都仍在三月的婴孩期中。有一个著名的美国人，我在火车上很快乐地遇着和他谈话，他告诉我，美国政府从菲列得尔菲亚迁到华盛顿，欧洲的外交家一致地厌恶他们的迁移，因为那时的华盛顿是一个乡村的地方，到处是鸡鸭猪羊等的家禽家畜。这使美国建筑了数十年才成为现在这样美丽的城市。我可说南京是具有着自然的壮丽和一般的成熟，将来不难成为一所伟大的都城。谁也不能预言三十年后的城市将是怎样。同时，我还想劝告官家的宣传家无需否认这事实，现在在南京所能见到的最美丽的东西是它的鸭场，它的凄凉的湖泊，它的历史的城墙，和这样摆的芦苇和山谷中的百合花。在现在的南京，最值得一看的东西我可慎重地说一声，绝不是中山路，也不是中山陵。

南京和北京一样，有一种中古时代的城市的惊人魔力。一种恬静的魔力笼罩在那里。住在上海的人民，绝已忘记了这些东西像现尚存留在二十世纪中的马车。好啦，他们到南京去，会见到这十九世纪的遗物。这街道的景象会强烈地使人回忆到北京，只是比较上更是无限地朴素和滞钝；这房屋是很少优良建筑，很少外观隆盛的。而在某些地方真的是很散落的。沿着中山路，多是空地或桑园，间隔着农舍、禽场或是泥草葺成的茅舍（我这样的记载是给将来的历史家参证）。沿着城墙的某些地方，有些低矮昏暗的江北棚汇近在停滞的池浜旁，正是一幅惊奇的安静和黯淡的插图。在这城中比较热闹的部分，可以见到茶店、干货店、铁店和老式的酒馆，正如在北京常见的。中山路的有些地方十分类似着故都的哈德门大街。沿着沥青路，汽车不息地响着喇叭而追逐、超过着人力车，在两边是辽阔而未铺平的人行道。在这尘埃的道上，可以见到各种的小贩，拉人的黄包车或拉猪的黄包车，行动的理发匠、修鞋匠，肩上扛着磨刀石的磨刀司务，出租的马和骡子、猫和狗，我所要慎重地申说的是雄伟的家禽。老诺亚对于他亚克船的中国部分定是很可满意的。

我于是想找寻我的乡下大老倌，我以诙谐的态度这样地称呼他,或许是这天气所形成的。不论怎样,他的家是于我甚利的。这美丽的十一月太阳,这凉畅而兴奋的空气,这俯瞰全城的美丽而愉快的花园,这远处紫金山的可爱的紫边,和这女主人在花园中的动人谈话,都能联合成一种协调的力量。我所悲悼的是缺乏着多量的家禽,少数的番茄,几种西瓜,尤其是一个井,那在南京原是很多的。有了这些,便可完成了我理想中的完美家庭,使和我们在上海的腐化而残毁了的家庭成一对比。我不能想象一家庭在实感的世界中而没有小鸡、兔子、西瓜藤和一个井。一个家庭而没有了井,将不成为真家庭。假使我有了钱,我要在愚园路上自己造一所住宅,人家一跨进了门,第一样东西可以见到的是挂在枣椰树下的大水桶,下面是一个大井,后天井是给孩子们喧跳和戏耍的。他们将见不到刈了的草场和泉水以及几何形的花床,这些只有上海的女主人会用以夸耀的;当然,他们是不愿见到我住在过热、过窄、一间间的斗室中,除了门手、电线、衣柜、警报铃等外无他长物的,他们也称之为家的。实践我理想中的家,必定要有适宜的地位,但是,现代的文明已发展到这样的一点,使这井成为一个奢侈,没有一个中等的家庭会有井,也没有一个具有别墅的家庭会有凿井的感觉。一种了解人生乐事的好风尚,和一种占有别墅的好风尚,两种常常不能聚在一起的。不论怎样,我告诉我的主人,假使他们在家中有一个井,我将到乡下来游玩的次数更是殷勤些了。

这十一月的太阳使我们很愉快地决定要到郊外去游玩。我们便乘着车出游。我记到这是晚秋的天气，我希望见到些美丽的枫树带着壮丽的红叶。后来我听说我们要经过中山陵，那是在城外东边的紫金山下。我们经过了中山陵，我听说这个著名的设计家是死了。我遗憾着他不能生着看见到他心志结构品的丑陋和残缺的比例。都是突然地使我想到既望一个毕业后的建筑师要有建筑的技巧，正如一个得有文学士学位的人要有一部文学的巨著一样的难能可贵。这些东西是天生的，并不是可以学得来的。都是一样的，我遗憾着中国的民族中并没有一个建筑的艺人具有足够的简单、文雅和雄伟的建筑概念，值得作为我们伟大的民族领袖纪念的。

不论怎样，有人说过，在最近数十年，绝不是中国的伟大的建筑时期。这中山陵没有中国古代的雄伟色彩，缺乏辽阔的边缘；天坛所具的庄严和平静，庄严和与自然相一致，是为中国人确真传习的特性。那和自然的背景不相配的，但似乎炯炯地锐立着恰相反对，正像一颗价廉的白色宝石加在皇冕上，这白色并不能和山脚下的紫金色相协调。在这策划中带一些青莲色，更可达到所愿望中的混合效能。这在最优良的西方法式中是不这样的，没有希腊的简单和风雅，没有高戛克的雄伟，没有印地克的华美。这是属于钢骨水泥的新日耳曼派的法式减去了权力的提示。最显著的缺点是缺乏比例。这看上去似乎是日本戏台上演讽刺的角色，带有庞大、方形、耸起的肩膀和藐小的头。下降的阶级引入到不雅和不整的七曲八弯，正像日本伶人折皱着的外衣在可憎的木刻圆中所代表着的。而我听说这位计划家忘了计算在上升时所需要的安适阶级。为什么整个建筑的轮廓应具这样完全长方形的尖角？真是出我理解之外。不能把正面逐步地上升，从各角而达其大厦或集中的形式，而对于中央使具神圣的崇拜和愉快的虔敬吗？不能把中国式寺宇的屋顶，假使要仿造在这，想使更显示出一些弯曲和自由吗？

但是，离开了人类的可憎，一切都不错，尤其是自然的美丽。这落日在紫金山上真的射映出一种紫金的颜色，经过了秋天富丽的树叶上反射。向南去，这地形是起伏不平，庄严地上上下下。向西望，我见到了这城市包围在青色和紫色的迷雾中。我听说对于官吏们府邸的模范区将建筑在这一块地域。我对此是毫无可疑，与世界上大城的方法相配，将来最时式的地域是应在东边。漫游到秋天的树木中去，我们见到了些红色枫叶的残片。少数的白色的芦花高耸着，和惨淡的红棕色的矮林相对映。一阵轻快而干燥的秋风吹到树木上，带着凄凉和脱落的响声把树叶飘摇到空中去。我的思想回忆到明代的帝王，他们的废墟我正在一步步地跨去……我们在此地遇到了一位南京的部长，穿着骑马裤，我才开始知道怎样会使在这城中的政治成为可忍的了。

太阳已经深入到蓝色的云中，离地平线不远了，我认为我们已在秋天的树林中到达了一天的末了，我们决定回家去。这夜我便趁着夜车回复到文明。

（《中国文化精神》）

　　黄九如（1900—1988），笔名碧遥，湖南人，作家白薇之妹。20 年代曾留学日本，毕业于日本女子高等师范学校。回国后，先后在杭州浙江省立女子师范学校、松江女中、上海麦伦中学等校任教。课余从事写作，是《妇女生活》杂志的主要撰稿者。1949 年后在上海师专（今上海师范大学）任教。著有《长舌两年》《中国十大名城游记》《祖国的山岳》《中国女名人列传》等。

上　海

黄九如

　　别了首都，坐京沪路的火车直往上海。上海！这名冠全国的地方，有人当它是地狱，也有人当它是天堂。我们不管它是天堂或地狱，总之就要亲眼看见。在京沪车厢中，老是见到无边的平原，到处是田园水泽，牛亭茅舍，这就是所谓江南！有这广大肥美的平原，又有江海的交通相副，它们所结晶成的上海这宝珠，其繁华我们可以想像几分。

　　火车停到上海的北站，我们随人波奔出站来。这隔沪战后仅仅一年多的时光，街上却这般人海人山，看不见丝毫萧条的景象；饥饿逼迫着人们，便会赶到这耻辱地、恐怖地、血腥地来求生存！

　　旅馆是由周先生选定地位适中的南京路的大东，从楼上的窗口下望，这"五卅"惨案的伤心地，只有行人和流水似的车子在斗争。至于行人，一派是赳赳的洋人，一派是柔靡萎缩的华人；两派各在梦想他们的剥削欺凌或偷安忍辱的世界，毫不冲犯。

我们的附近就有上海三大百货公司——先施、永安、新新，三公司都有屋顶花园。所谓花园，实际便是游艺场，里面有京剧、影戏各种的玩意。公司里陈列的货物，不外是东西洋货，欧美呢绒，满目琳琅；土老的华货，真不当百分之一。

我们走马看花似的穿完了这儿第一的闹市，便从先施公司门首坐电车朝东，到黄浦滩下车，买了外滩公园的门票步进园里去。园在黄浦江滨，南北狭长；史昌喜欢听"咿呀"的橹声，便拣定靠近苏州河流入黄浦江的地方坐下。这儿只有桨声涛声，令人忘了闹市的嚣烦。黄浦江的那岸，也是屋宇相连，周先生说那儿叫作浦东，工业也很繁盛。江中有许多嵯峨的兵舰，上面挂的英、法、美、日各国的旗帜，我们心里都很明白，谁也不问什么。这边沿马路一带，都是崔巍的银行，其中外人办的居多数；这时已过午后四点钟，门口冷清清的，无人出入。马路上的汽车、电车、人力车像江里的流水，后浪追着前浪，久看叫人昏晕。我心里忽然有所感触，便问周先生上海怎样会如此的繁华，周先生说道：

"这都是帝国主义者的功劳。以前这地方本很荒凉，自从鸦片战争允许了英国五口通商，上海因为它地位的优良，一方是中国海岸的中心，一方是长江流域的吐口，所以在五口中特别发达。同时自洪杨之役，以至于民国以来长期的内乱，国人都趋于上海的租界以求安全，因此发达更快。现在这儿人口有三百五十几万，不但在全国为第一，在全世界也是前十名之内。以中国的贫弱，而能制造这么一个繁华的地方，可见是吸尽了各地的膏血，而这些膏血即所以养育帝国主义者的精力。从这儿输入的洋货，每年达五万万以至于七八万万两。我们孝敬了他们这个数目，还得对他们唯命是从。他们把我们当成狗——以前这些外国公园，门口都写着'华人与犬不准入内'——我们也只好以狗自居，不敢反抗。算是"一·二八"的沪战，我们站起来像个人样，挺着脖子和他们拼了一下；然而终因为没有拼命拼到底，他们的横行依然如故了！"

这番话使得我们凄然。随后史昌说道："明天我们能不能看一看战后的遗迹呢？"周先生点了一下头，于是领了我们沿江边走了一会。

晚上我们把上海市的地图细细地看，苏州河的南北两岸直到黄浦江滨，属于公共租界；公共租界的南方是法租界；法租界的南方是上海县城，称为南市；公共租界的北方，沿京沪铁路和淞沪铁路一带，称为闸北。南市和闸北，才是华人管辖的地方，然而听周先生说来，已经日渐被划入外人势力范围之内，去年战事发端的虹口一带，俨然是日本租界了。

我们由北四川路向虹口走去，两旁许多被枪炮炸毁了的房屋，至今还没有修葺；周先生说北四川路以前本是上海第二闹市，自从战后，远不如法租界的霞飞路了。虹口一带很多日人的商店，最滞目的便是战后新造的日本兵营，据说里面构造十分坚固，可以做战时的壁垒；有此根据，将来的凶暴，更不知到如何程度。由虹口转西，就到了闸北，这真是伤心的地方！许多高楼大厦，都成了颓垣瓦砾；满街乞丐成群，人过处如饿狼的追随猪犬。宝山路一带，以前闻系最为繁盛，今犹未复旧观。后至宝兴路北，有"五卅"烈士墓，墓上置石刻雄鸡，大约取其报晓惊梦之意；墓前立一碑，上刻"来者勿忘"四字。在这一隅徜徉，不自觉而感到我们是次殖民地，是受压迫者了。

由北站乘淞沪路火车直到吴淞，沿途所见，和闸北情形相似。商务印书馆、东方图书馆、劳动大学、中国公学等大建筑物但余危墙直立。寒风飕飕，仿佛有万千的怨鬼，在乱堆中啼号；我们各隐着悲痛，沉默地观察了一遍。随后坐汽车到新造的上海市政府；碧瓦红柱，外观似古宫殿，内部的构造又取法西式，甚为壮丽。四周旷野茫茫，这大厦不免有些寂寞。周先生说新近的大上海市计划，连合上海吴淞为一区，于吴淞建筑船坞，使新式大洋船可以自由出入；同时商业移往吴淞，则上海的租界自然等于废物；所以在吴淞与上海之间适中的地点修造市政府，已于二十三年元旦移往新屋办公。大上海市的计划若真能早日实现，当然是极可欣庆的事，只恐半殖民地的中国，难以如愿地进行。我和史昌、郑复二人趁着周先生在看远景的当儿，返身向市政府的前门行一鞠躬，默祷它未来的繁荣。

回来经过江湾体育会路，只见车如流水，我问周先生是什么地方，周先生说这是跑马厅，此刻正是赛马的时候。他一面说，一面买了门票带我们进去看。里面人数很多，上中下三等都有，我们都很奇怪，劳动阶级的人怎么有这些闲情逸致。后来才知道这不是纯粹的游艺，而是一种赌博，里面来赛的马都有号码，谁买中了最先跑到的马的号码，便有奖金。周先生说上海共有三个跑马厅，其余两个，一个是在公共租界，一个是在引翔港。我想这些地方，不知害了多少人倾家荡产，走投无路，只是为有钱的人添些热闹罢了。

在江湾，顺便去参观了复旦大学。周先生说这一带以前是文化区域，沪战时通给日人的炮火毁掉，现在只剩复旦和持志大学。日人心计毒辣，破坏了我们的物质，又故意破坏我们的文化，真是可恨极了！

晚上我们翻开《上海市大观》来看，周先生问我们明天爱看什么地方。我说要看徐家汇天文台，史昌说要看"四个世界"，郑复说要看龙华宝塔。周先生说这些地方都得去看，只恐怕要分作几天，因为地方太大了。

第二早我们由南京路往西，电车中看见那公共租界的跑马厅，里面有许多西人在踢足球。附近有一所高楼，共计二十二层，为金城、盐业、大陆、中南四行储蓄会的产业，上海的洋房，据说它算最高的。

电车坐到了静安寺，我们便下来步至寺前，马路的中央，一口石栏围着的古井。周先生说这是上海唯一的古井，里面涌泉昼夜不息，一般人称它为"海眼"。以前上面还有一亭，现已坍废；清代乾隆帝游江南时，曾题它为"应天涌泉"。上海是一个新兴的洋场，古迹绝少，因此这古井相当有名。同时静安寺也是有名的大庙，每年旧历四月初八日，善男信女称之为大佛生日，又叫作浴佛节，其实便是定期的庙会。到那时前后数日，来此礼拜者非常拥挤；一般小贩都来摆摊，情形十分热闹。

从静安寺再往西，坐的愚园路的无轨电车；我坐无轨电车还是第一次。它也和有轨电车一样，分为头等、三等两个车厢。初坐电车的人，以为头等太阔气，三等太不体面，总想找二等来坐，然而上海的电车是缺少二等的。我和史、郑两人曾经思索过这理由，大约洋人在上海修电车之后，觉得他们和我们褴褛的华人，中间相距绝不止一等，所以从他们常坐的头等，一降下来到我们华人常坐的车厢，便是三等了。我们把这话告诉周先生时，他也点头称是。

从车窗看愚园路的景色，马路非常洁净，两旁尽是精致的洋房和繁茂的树木。周先生说这是上海最贵族、最清雅的地方，到了晚上，除了汽车而外，绝少行人。愚园路的尽头有兆丰公园，这又是贵族的游散地。里面草场密林，清池小桥，布置非常幽静，并且附设有音乐堂、动物园。活泼整洁的儿童，潇洒舒适的男女，仿佛天国乐园里掉下来的幸福的人们在这儿欢笑徜徉。我们看了这些，也就流连不忍别去。后来周先生说道："你们要看的地方多着呢，万不能停在这儿大半天不动。上海好玩的公园，你们才只看过这儿和外滩公园两处；此外还有虹口公园、法国公园、汇山公园、舟山公园、昆山公园、文庙公园，半淞园，等等；还有私人的花园，像犹太人哈同所设的爱俪园，比这还更富丽。你们若是这样慢吞吞的游法，要几时才能离开上海呢?"我们被他逼得没法，只好跟着他出了园门。

　　出了兆丰公园便到约翰大学，这是外人设立的学校。这一带大学林立，普通称为沪西文化区。走出约翰大学，越过沪杭甬铁路和中山马路，便是大夏大学。校内有一条清溪，据说直流到西郊外的丽娃栗姐村。这村每年春夏开门，沪上有钱的人们都到那儿去泛舟、游泳或饮食、舞踏，现在是初冬，已经关门，我们无由参观了。沿中山马路往南走，首先经过光华大学，再稍稍偏东，就是复旦中学，校址是李公祠，里面有李鸿章的铜像。再往南就是交通大学，这是盛宣怀所创办，里面有他的铜像。他一生的事迹，怕只是这一件算最好了。再往南经过徐家汇公学，便到了徐家汇天文台，这才是我们的目的地。这是一个建筑很古朴的洋房，里面一位出来招待的王先生给我们详细地说明。他说这台筑于前清同治年间，由法籍技师管理，现在有地震学和气象学两部;其余磁气学和天文学两部，已于光绪二十六年移往江苏松江县的佘山天文台。徐家汇天文台关系我国沿海及长江的航运甚大，一切军舰、轮船出入，都以它的气象报告为指南。只可惜这种重要的工作竟须假借外人之手，这不得不算是耻辱了。顺便去拜见了徐光启的坟墓;可巧今天是十一月二十四日，正当他的逝世三百周年纪念，沪上许多闻人硕士都集在这儿举行纪念典礼，我们侥幸也得参与盛会。

　　天文台的附近有一镇叫作三角地，那儿有很大的天主教堂。周先生找着一个年老的乡人谈话，据说这儿的教务非常发达，附近的居民大都是教友，他们除了上帝和洋人之外，再没有可敬可爱的东西。徐家汇的房产地业通通是教堂所有，利用几样孤儿院、育婴堂等慈善事业，把无知的民心收买干净。他言下不胜感慨。教会怎样地做帝国主义者侵略的工具，这些都是很好的实例了。

　　徐家汇的河滨有一种流动的民族，终年住在小船之内，生活的清苦无可形容；主要的生计，便是贩卖螺虾和乌龟肉。上海三百多万人中，有一两百万人天天在街走来走去，可是没人知道那些高楼大厦里面是怎样生活；至于这儿的水上贫民，便又是天天望着上海的烟尘，而不知上海是怎么个模样。上海这地方真像一座七重宝塔，最上层坐着又肥又大的帝国主义者，手里拿着枪炮向底下瞄准。下层便是这些苦人，上层和下层的中间还有几种人。我心里这么想时，拿了铅笔在记事本上这么画着；作恶的史昌，他在第三层塔上写了"文铮"两字。细细地想来的确不错，我们在这儿优哉游哉，实在是在帝国主义者的脚下而在贫苦人的头上，我们要怎样才可以免除这宝塔式的丑恶的现象呢？

　　天色已向黄昏，但我们的游兴还正勃勃，便又乘车赶到了龙华镇。那儿有龙华教寺和龙华古塔，相传开始建筑于三国时孙权的赤乌十年，唐时毁于黄巢之乱，后复重修，现为上海市附近著名的古迹。从龙华寺直到上海南市的高昌庙，约十八里之遥，夹道都栽有柳树，柳外则为桃花，据说每年春时，桃红柳绿，沪上士女倾巷来游。可惜我们今日，但有枯枝萧瑟，寒鸦叫唱而已。

从龙华寺回寓，已经是夜里的十点钟左右。今日的游程不小，从公共租界向西，再转而南，差不多绕着上海市西南打了半个圈。若照统治权而论，简直是走过了三个国土：从龙华到南市一带，街上站的是中国警察；过后便是安南巡捕；到南京路的寓所来，又是印度巡捕了。法国和英国，驱使他们属地的亡国奴来做欺侮中国的爪牙，"是可忍，孰不可忍"呢？

晚上街市的情形又是另一个样，无所事事的游荡的闲人，特别的成山成海。其中不少无赖汉的"流氓"，和不少丑业妇的"野鸡"，更有一种衣冠不整，有类流氓而较庸懦的"瘪三"。此外则为中流以上的有闲阶级，他们或去戏院，或观电影，或打哥尔夫球①，而最多的是进跳舞厅。上海年来的商业，据说各业都倾向萧条，唯有跳舞场却一天天发达，以半殖民地的国家而如此的金迷纸醉，怎么不叫人伤痛？

早晨的情形又另是一个样，大多数的人是以昼作夜，所以早晨的街市，除了小菜场而外，冷清清地很少人行。西洋人说世界上行人最拥挤杂沓的市街就是上海，但他们也许是没有细细地见过上海的早晨吧？

史昌到街上买了报来，大惊小怪地喊道："我看见一个语学博士！一个黄包车夫，见了穿大袖子的日本女人能说日本话，见了高个子的西洋人又能说几句西洋话。"周先生笑笑地回答

---

① 今译高尔夫球。——编者注。

道："上海的语学博士多着呢！三岁的小叫化，也能叫几声'马当姆'（太太）或'密西'（是密西斯'太太'的变音）！试看街上所见到的文字，无论是广告或店铺的招牌，总是中外文字并用，有时竟只有外国文。这儿已经不能算是中国的土地，那么黄包车夫能说外国语，岂不是他的本行吗？"这番话把我们都听得哑然。后来我想了一想问道："那么上海到底有多少外国人呢？"周先生翻了一下小册子，说道："总共不过四万多人，不是人数多少的问题，是侵略者和殖民地的关系而已。"

看了一会报纸，在本埠新闻上有几桩绑票案，这是上海的特产。随着周先生到四马路一带去玩。商务印书馆、中华书局、世界书局、开明书局、大东书局等等的大书店，占住了一条长街，一看就可知道上海是全国出版业的中心。在四马路的小餐馆里吃了中饭，周先生说要去看大世界，史昌听了这话，笑得合不拢嘴来。我和郑复也以为里面必有世界大观，都藏着高兴。大世界的门票仅仅两角小洋，是一个平民的娱乐地方，因此里面十分拥挤。我们穿过了许多的游艺杂耍，在一处说书场，正在说《水浒传》；本想多听一下，但腐败的闲人和妓女太多，使人兴致扫地，只得匆匆地走出。郑复望着史昌拉长了的脸子，笑笑地问道："上海四个世界才只看见一个，现在我们去新世界还是去大千世界呢？还有一个小世界，或者可以牺牲不去的。"史昌装作没有听见，把眼光望着马路上一群拾香烟头的小孩。我感觉得这一个大世界只是中国的世界，腐败没落了的社会，应有尽有的是苍蝇、蚊子、跳虱之类。

　　我们在没有决定要去的地方之先，在街上徘徊了一会。眼前落叶似的过客，有红包头的印度人，黑脸孔的马来人，高帽子的土耳其人，黑头巾的安南女人。这儿是人种的博览会场，真是个"大世界"！后来周先生说道："上海已经玩得够了，这剩下的时间，去看看浦东吧！"我们都拍手赞成，于是从江滨坐了轮船，一会儿就到了那边。那边的街市虽没有上海这边的繁华，但仍很热闹。我们穿街过巷，找到了浦东中学。校内的设备很完全，校园里一个铜像，铜像底下的基石刻着"杨公斯盛遗像"六个大字。周先生问我们知不知道这人，我们都摇摇头，后来他说道："这是浦东中学的创办人，他本人是泥水匠出身，后来感觉到不识字的苦痛，毁家兴学，创办了这个学校。"我们听了，不由得感动起来，默默地向他致敬。

　　回寓后，我们都写着《五日沪上》。我的首段是这样："自从鸦片之战，英帝国在这儿种下了一颗火星，它日日地炽烈，现已成为燎原之势。国人对于它的光焰熊熊，只知道恍惚趋承，而不顾它的毒焰所及，已使全国焦头烂额。这灭亡中国的祸根！……"

（《中国十大名城游记》）

孙福熙（1898—1962），字春苔，现代散文家、美术家，孙伏园之弟。1912 年考入浙江省立第五师范学校。1920 年到法国勤工俭学，入法国国立里昂美术专科学校学习。1925 年归国后任北新书局编辑，先后出版散文集《归航》、小说集《春城》等。1928 年任国立西湖艺术学院教授。1938 年回家乡中学任教，不久到昆明任友仁难童学校校长。1946 年从昆明回到上海，以卖画为生。1948 年任浙江大学文学院教授。

上海照相半打

——小事件中的大问题

孙福熙

　　上海？说起上海，我讨厌极了！

　　上海没有可说的事，可说的没有一件是有趣的，也就是说了没有一件是有益的。不过，真是出人意料之外的，明知是毫无趣味的，留在照相里，倒觉得有趣起来了；我希望，写在文章里，或者也侥幸地有趣起来。第二个理由：听说英国人决不放弃上海，"尽得而曼"竟死要这臭上海，我倒也偏不放弃这臭地皮的主人的资格了。这理由可以说是赶时髦，或者说是适合时代潮流。还有一个小小的理由，话是有点儿……迂阔的，不过有点儿……老成；老年人的话，据老年人传下来说，是值五百钱一句的，所以非听不可，也就是非说不可的。好比是一个梨子，烂的地方不挖去，一定渐渐地烂到全体。上海不但是针、盆、煤油、啤酒、冰淇淋、热水瓶、番士林①、时髦的哔叽、奇技的机器、淫巧的娼妓的全国总发行所，还有，店铺虽小，全国的文学、美术、哲学、主义、科学，不要忘记"流浪者"的科学，也都要在这里发行的。我们如果不稍稍地出一个"上海专号"之类论论上海的好坏，保管你有一个最近的将来使全国腐烂得与上海一样。

不过，我是只讲这半打上海照相的。

上海是人上踏人的！不但用真实的脚踏人，还用了"脚力"，用了手段，用了无论什么个人所有的力量去践踏一切人。你不看见吗？走到宝山路虬江路口，在踏无可踏的一条电柱上面，还是人上踏人的。

在一个花盆内，撒下密密层层白菜或大豆的种子，不久它们平均地发芽了。倘若没有人给它们分种，它们就挨挤着发长，虽然身体轧得十分细长了，还是"呒没话头"地挤着。我们上海人就不能了，上海人会用奇样的方法，出人不备时，一挨把他人遮盖了；上海人是不想到个人生产的时候原与白菜、大豆的种子一样，是一样轻重的。你看华兴路口的电柱上就知道了。在远东公学、广东书院，总觉比什么专门日夜校重要，于是自己的牌子就遮盖它之上了；邮务、海关英文什么就觉比什么水火保险公司重要而遮盖它了。在他们或者"自"有理由：衰老阶级是应该打倒的，或说遮盖老的正是在救救老的，这算是别

---

① 今译凡士林。——编者注。

有苦心，但我以为这是枉费苦心的。大家忘记人是并立的，赵踏在钱身上，似乎是人类中有了胜利的人了，然而，被踏者也是人类中之一，所以正可以说人类是失败了。我们人有这样一个大缺点，做惯的事就毫不觉得地永远做下去，没有能力再找一条新路的了。其实，电柱上的这许多招牌有多少实用的呵！已经知道它的名字而必须来找者，并不靠这一块牌子与牌上的一枝箭矢。如果要靠这块牌子给人以深刻的印象，或者使人选择时觉得广东书院比什么专门日夜校为好为重要，我看即使有效，也是几万分之一的了。

倘若我是有"人"的真正观念的，我们不必像叫花头上的虮子或帐子角上的臭虫在电柱上挨挨挤挤地争而积，我们只要有准确的城市地图，有整齐的门牌号码，要来找的人就可依图走来，看准门牌进去，连有否门口的牌子也是随便的。现在固然门牌也零落不齐，而总门牌煤气的、电灯的、自来水的"磨"等等号码都夹在一处，使人难认。如此，虽然牌子一直钉到十里二十里外的电柱上，也是无益的。至于要做广告，原是另有方法，而且应该另外新寻方法，岂电柱上的一块牌子所可胜任？

然而我们上海市民是不管这些的，试看九江路湖北路口的陶朱里。在一个里内，当有整齐的门牌号码的了，在门口设有整齐的条格，供里内住户或店铺记名，并可加以号码，这是很方便的；然而放荡惯的我们偏要大大小小的钉招牌，既不为了登广告，也不为了做什么，非但凌乱地钉一阵，还要钉到整齐守分的格子上。是的，这块"中和号爱国布庄"牌子使我看到了，然而，倘若它在格子内，我也能看到的。像我现在不需要爱国布的时候，也决不因为见到它的牌子大而去找它，除非代被它遮蔽的几家抱不平而去与它评理的时候。

人与人自相矛盾的事体不仅在牌子上钉牌子一桩。在上海，最常见的要算是墙上画着的乌龟了。你看开明书店所在的宝山里的口头所画，乌龟画到三个之多，而墙下的溲溺还是流淌着。至于商务编译所旁的西宝兴里，这里是尚公小学所在，而住着几位商务编辑名人的；在里口，虽然墙上写着"禁止小便"斗方大字，而地上更满陈大便。凡有写"禁止"的地方，其结果不但是暗示可能，而且等于奖励了。要做到路不便溺，除根本使人没有便溺外，只有按段设立厕所之一法。说来不错，在中国，不但不预备人在路上便溺，就是在屋中也是不预备的。稀奇的人独一无二的人租定一间房子，居然在身下两个洞里有物也流出，这又没有法子，只好在搬来的时候屁股头随挂一个木桶接着，否则流了出来，房主就要以为是异人而逐出他了。可是这种异人并不稀罕，到上海来等船出国去的几位先生，每天非买一张大世界的门票不可，去放出这两种异物。在夜间不能买票的时候，于是每早花八个铜子，买五六大张的报纸（这是很值得的）包好了，到第二天早晨去换了菜米进来的时候，带出去，轻轻地放在垃圾桶里，才算做了一天的大公事。

其实这异物并不是谁特有的，每天早晨直至九时、十时甚至午间，你能看到这样的情状。本来，照西方人所用方法，每层屋中设备厕所，屋大的每层设数处，每层通粗管，由自来水冲洗下去；过若干日，由肥料公司于夜深无人时用汽机抽引去，是可以对付的了。可是在中国，人似乎不爱这样归入团体的办法，也如钉牌子爱大、爱特别的样子，大概各人各有好的用器，各有好的用法也。不论如何，既然做了人了，我们对于这件不甚高明的事总得想一个不太见笑的办法才对。

我们所见的这两事原是很小的，但其中包括一个大问题，就是从二事中表现出我们没有认清"人"的真意义。

我的文字是很噜苏的，我看还是这半打照相所表现的明白些，我们上海人看图设计吧。

十五年十二月①

---

① 本书所选文章，篇末如采用中文数字纪年（均为民国原书所载），系指中国历法年月日，如本处即指民国十五年（公历 1926 年）十二月；如为阿拉伯数字，则指公历年月日。特此说明，以后不再为此加注。——编者注。

林语堂（1895—1976），现代著名作家、翻译家、语言学家。福建龙溪人。1916 年在上海圣约翰大学获得学士学位，1920 年获哈佛大学文学硕士学位，1923 年获德国莱比锡大学语言学博士学位。曾任北京大学英文学系语言学教授、厦门大学文学系主任兼国学院秘书、联合国教科文组织艺术文学组组长、国际笔会副会长等职。其用英文所著《吾国与吾民》《生活的艺术》《京华烟云》等被译为多国文字。

上海颂

林语堂

上海是可怕的，非常可怕。上海的可怕在于：它是光怪陆离的东西方下流的奇怪混合，它那表面的繁华，掩饰着它的空虚、平庸和低级趣味，它也赤裸裸地表现出拜金的狂热。它的可怕在于：它满城都是矫揉造作的女人，做牛做马的苦力，枯燥乏味的报纸，资本短缺的银行以及无国家观念的人。它的可怕在于它的伟大也在于它的虚弱，可怕在于它的畸形、邪恶与愚妄，可怕在于它的歌舞升平、纸醉金迷，可怕在于它巍然耸立于黄浦江岸的石砌的大厦和靠从垃圾桶里拾破烂为生的贫民。我们实在可以为这座可怕的大都市高唱一首这样的颂歌：

啊！伟大而神秘莫测的都市，为你的伟大、为你的神秘莫测而三呼！

　　为这座以充满铜臭味和皮肤青白、手指僵硬、肥头大耳的银行家而著称的都市三呼！

　　为这座狂欢乱舞的都市，都市里有的是饮人参汤、喝燕窝粥的、胸部平坦的太太，太太们尽管饮的是人参汤、喝的是燕窝粥，却仍然面色苍白、生活乏味。

　　为这座吃饱睡足的都市，都市里有的是笋足柳腰、脂脸黄牙的太太，太太们都像猴子那样"嘻嘻嘻"地度过一生。

　　为这座跑腿叩头的都市，都市里有的是油头滑脑、油腔滑调的旅馆侍役，侍役们侍奉着皮肤青白、手指僵硬、肥头大耳的银行家，侍奉着脂脸黄牙的狂欢乱舞者。

　　你真是伟大而神秘莫测！

　　在夜深人静的时候，我们的脑海里浮现出一幅你的畸形图画：车水马龙的南京路上混浊的人群，比混浊的黄浦江里混浊的鱼群更混浊，可我们从中又想到了你的伟大。

　　我们想到你那大腹便便的暴发商，却记不清他们是意大利人、法国人、俄国人、英国人还是中国人。

　　我们想到你的按摩女郎，裸体舞女，赌博大王茄西亚，以及你那四马路上的妓院。

　　想到你那下野的道台、土匪、知县与督军，戴着玳瑁边眼镜，留着八字胡须，用他们搜刮来的膏脂报效妓女，但报效几个月后，发现他们的求欢遭到了拒斥，他们饥饿的色欲仍未得到满足。

想到这些下野的道台与督军们痴头呆脑的公子，帮助其老子将那罪恶的不义之财挥霍一空。

想到你那有钱的、堕落的鸦片烟鬼，他们乘坐派克汽车成列地在街上驰骋，随身带着喂得饱饱的、养得壮壮的、衣着整齐的俄国大汉做保镖。

想到每天接待自杀者的黄浦江，想到那些舞女与心碎的情郎混在黄浦江的鱼群里。

想到旅馆里的歌舞厅，那里庸俗相聚又迎庸俗，衣饰装扮都是庸俗。

想到你那跑狗场，穿着袒胸夜礼服的白种女人在那里与店铺的黄种伙计摩肩接踵，喜笑颜开，与灰毛狗和红眼兔亲昵戏狎，乐不可支。

想到暴发户，他们在觥筹交错、马达震耳的喧闹场中目不暇给，手足无措；想到暴发户，他们吩咐旅馆侍役就像少校下命令，喝汤也要挥刀舞叉。

想到你那摩登的人，他们学了几句洋泾浜英语，便洋洋自得，从不放过向你说“many thanks”（谢谢）和“excuse me”（请原谅）的机会。

想到你那些女学生，她们乘人力车时跨坐在书包上，穿着卷统的短袜，戴着上面绣有五颜六色的知更鸟与菊花的帽子。

想到你那傲慢而粗鄙的外国人，那样的傲慢，那样的粗鄙，使人一望而知他们有在本国的身份——他们头脑简单，肌肉发达，手脚笨拙，而且还充分利用他们发达的肌肉，笨拙的手脚。

那些付小费大方、结大账吝啬的人，那些乡音未被人懂得，便顿感受了屈辱的人。

我们对这些事苦思、惊叹，却弄不清它们的来踪去迹。

啊，你这不可思议的都市！你的空虚，你的平庸以及你的低级趣味，是多么的令人难忘！

你这座城市庇护着下了野的强盗、官僚、督军和骗子，又滋生着未发迹的强盗、官僚、督军和骗子！

你这座中国最保险的安乐窝，即使乞丐在你这里也不老实！

（《林语堂杰作选》）

孔另境（1904—1972），原名令俊，笔名东方曦。茅盾夫人孔德沚之弟。1922 年就读嘉兴二中，同年入上海大学中文系读书，与施蛰存、戴望舒同学，1925 年毕业。1929 年到天津南开中学任教，不久转至河北省立女子师范学校，任出版部主任兼《好报》编辑。1935 年任上海华华中学教导主任。1939 年，将华光业余中学戏剧科改办成华光戏剧专科学校，培养影剧人才。其代表作品有《齐声集》《秋窗集》《孔另境散文选》《现代作家书简》《中国小说史料》等。

天津卫记

孔另境

一、 灰色的印象

六年前，在一个料峭春寒的早晨，我走完了七百三十一浬①的海程②，轮船刚进大沽口就停住了。从埠头上望出去，只见海河两岸的旷野上堆积着许多的白色坟墓似的东西（望过去似雪一般的白，太阳射在上面反映出耀眼的光芒，而序次零零落落的，宛如南方旷野上所见的坟堆），一问，知道这就是盐山。盐山中间常有一二间异常卑陋的小屋，大概就是盐民的住所了；但同时有一大堆西式的建筑被这些盐山包围着，耸竖着高高的

---

① 浬，海里旧也作浬。——编者注。
② 从上海到天津的海程为七百三十一浬，约合中国三千一百余里。——原注。

烟囱，据说就是北方最大的制盐厂——久大精盐公司。

轮船是靠在海河的北岸，地名塘沽，与南岸的大沽遥遥相对。因为轮船已经开不进海河，所以乘客们不能不纷纷上岸。侵晨的寒风刺肌欲裂，原来我已经达到了北国了呀！这时才突然从意识上清醒过来似的，"多么寒冷的北国"，不禁又微微唱叹了一声。

跨上火车（北宁路线），才算躲避了寒风的侵袭，但车厢里并没有凳子可坐，仅是一辆铁皮敞车，和南方的三等车比较起来，真是相差太远了。乘客们大家把自己的随身行李做坐凳，横七竖八地，仿佛是一群逃荒的难民。

车颠颠簸簸地向西狂驶，我偷眼外望，只见两旁尽是荒漠无际的旷野，田地上见不到一枝寸草，龟裂着不整齐的纵横纹路，即使偶然望见几颗树木，也都光着身子在和狂风搏斗。除了这飞驰的火车，全个空间看不见一点生动的东西，那情景是多么凄凉！我虽然没曾见过沙漠，但此刻自然会起一种仿佛走入了沙漠里一般的感觉。

一路把我浸入于悲凉的沉思中，我几乎不相信这火车会把我带到一个华北最繁盛的都市去；要是现在还没有地图这东西存在，我也许早无勇气再向前进了。但这种幻想，没好久就被现实所打破，等我睁开眼睛的时候，一幅四五天没见的熙熙攘攘的万民图又展开在我的眼前了。

车已经停在天津的东车站。

从人群中挤着走出车站，忽然迎面扑来一阵猛风，吹得我迷住了眼睛。等我重新动脚前进的时候，只觉得嘴里有些咝咝作响的什么东西，用手去一抹，才明白已经吃了不少细微的沙粒啦。这次给了我一个经验，往后在街上走的时候，永远把嘴闭得紧紧的；因为吃沙的习惯，在生长于南方的人的胃里怕一定不大合式的。

坐在人力车上，观览沿途的街景。这地方也有不少洋楼，市面虽不及上海的繁华和壮丽，但任我所走过的地方中，确也不劣于广州。马路也大都是沥青铺的，如上海所见的石片路在这里却找不出来。车子拉过一座铁桥，望下桥去，看不见水流，却是一条罩满了灰黑尘埃的冰河，宛似一条煤屑铺成的马路。《李陵答苏武书》里不是有一句"胡地玄冰"吗？要是没曾去过此地，如何能想得到北地的冰竟然是黑色的呢？一路上，挟着灰沙的寒风不住地一阵阵从当面打将过来，我拼命屏住了呼吸，有时弄得几乎接不上气。这种局促的样子，现在回忆起来还觉得异常可笑哩。他们北方人一点不觉得难受的样子，仍旧若无其事地边吃沙边走路，只要从他们鼻子两旁的两条黑窝里，就可证明他们确是久经风沙的了。不过一般妇女——自然得将捡煤球之类的社会层除外的——却比较嫩弱些，她们都在面上罩一层薄薄的堆沙，远望去姿色隐约，愈增妩媚，颇有西洋中世纪妇女罩面网的风味。

要说出北方的特点来，那么这风和沙无论如何是不能除外的。天津是华北商业的中心，自然不缺少一切物质文明的炫耀，但这初次给我的印象，总觉着和南方的都市有些异样。它的全部空间都缺少一种显明的色素，无论房屋、建筑、街道以至于人的皮肤，尽罩着一层薄薄的灰暗色，这自然又是受终年不断的风沙的影响了。若要加它一个最恰当的形容词，那么说它宛似一只灰色的骆驼是再合适也没有的呢！

二、 八里台和墙子河

到天津已有一星期之久，除了在房间里耳食一些别人讲给的天津胜景风习而外，自己还没曾跨出过大门。这原因自然是为了事务太忙；既不是为观光而来，对于闲情逸致的游览自然只能放在第二步。而且那时还存了这么一个心想：以为留住既不是一月半月的时光，将来尽有机会，何必忙在一日呢，因此把游览的心也就搁在脑后了。

星期天来了，同事们家在临近的都在前一日下午就纷纷回去，学校里只剩了几个远地的同事。学生们走的更是大半，一所千几百人的小社会，突然感觉得冷清岑寂起来。早餐吃过，一位同事推门进我的住房来，他带笑地说：

"孔兄，今天我来做向导吧，带你去认认路头。——不过我得声明只是去认识路头，天津是找不出一个好玩的地方的，比不得你的家乡随处是山水胜景，所以腿酸不能怪我，希望心要压得极低才行！"

这是一位怪有趣的同事，他也是南方人，面貌瘦瘦削削，谈吐温和多趣。他虽然也是从新式学校出来，但从他的外貌上怕要误会他是胜国业子的。年龄自然比我大得多，不过他仿佛并不记得自己的年龄似的，仍愿意和我们一般年青人打在一伙，有兴致地谈谈笑笑，所以一般同事给他一个外号叫"老勿变"，他听着也不见怪。他和我熟悉得非常快，当我到天津的晚上就进我房来谈闲，知道彼此的籍贯又在邻省，所任的功课又是同行，所以格外觉得有联系，容易亲近了。他来天津已经有四年工夫，对于天津的门槛自然极熟，我早就请定他要做我的向导，因此他今天赶着就来招呼我了。

他接着还告诉我，另外还有两位同事愿意同行，一位是数学教员张先生，一位是史地教员刘先生。我当即向他表示谢意，一面匆忙地整了整衣帽，同着走出卧房。

我们的住地是位于天津的西南角，离旧城址不远，由文老先生（就是我们的大同乡"老勿变"先生）的主意，我们先向南行，沿墙子河而至八里台。

说起天津的形势，是可以称得上一句"交通便利"的，因为它适处于五河合流之处。所谓五河，即南运河、北运河、永定河、大清河和子牙河，这五河合汇而成海河（一名沽河），注于渤海。自咸丰十年（1860年）英法联军之役辟为商埠后，又筑铁道，北至北平，东至沈阳，南至南京，为北宁路与津浦路之交错点。故远如蒙古、新疆之货物，亦无不散集于天津的。它在商业上是仅次于上海的大都市，近年因农村破产日甚，天津人口增加到将近二百万，而法、日、英租界尤拥挤不堪，与上海如出一轨。

天津虽为五河合流之处，但市内河道却并不多，主要的仅是一条白河；像我们此刻要去的墙子河，只能说是一条小沟，河身浅狭，河水恶浊，和上海闸北的横浜一模一样。我们沿着它走去，一路闻吸河内发出来的恶臭，几乎把早上所吃的一点饼食都呕了出来。文老先生沿路和我们说些笑话，并叮嘱我们须要忍耐这臭气，他向我说："你不要嫌它恶浊，好的尽在后边呢！"因此我们自然只能不说什么的了。

刘先生对于天津的掌故特别熟悉，他讲了许多有趣的事情给我们听，其中有一条特别重要的，是关于"天津卫"这名词的由来。他说：

"'卫'本作防护解，担任防护之职的也叫'卫'，如侍卫。明太祖定天下以后，立'军卫法'，选择要害之地，分兵驻守，一郡设'所'，两郡以上设'卫'，卫中驻兵五千六百人；天津因处陆海要卫，故设卫防之，名天津卫，后人因即呼天津为天津卫了。"

这个掌故原极平常，但一般人却只知道用它，而不晓得它的来源。当我从塘沽上车的时候，就听见两个北方人在互相问答，一个问："你到哪儿去？"一个答："我到天津卫去。"当初我只觉得奇怪，仿佛是自己耳朵的重听，后来在天津的报纸上，看见也常常有人用这三个字，因此我知道它一定有来源的，此刻承刘先生一说，才恍然大悟。

一路胡言乱道，不觉已走了七八里路。据说所谓八里台者，就是从南开算起有八里路，但当我们果然走到八里台的时候，却并没有见什么台，只是看见一所南开大学。这个学校就建于墙子河边，校址虽然不算得大，可是场所的分配很合适，布置也幽闲可喜。我们进去走了一圈，见该校种种设施整饬有精神，较之有许多国立大学的散漫懈颓，倒使我得了一个很深的感想。该校向为中国人自办，故没有什么教会的气息，但也没有官僚衙门的臭味，在我所见过的许多大学中，这个学校不能不说是一个最具特点和最富朝气的了。

从八里台折而向东，循河行，地方渐渐荒僻，都会的景色已看不见了，一换而成为田野风味。河里的水，一过八里台也突地换了个样子，由恶浊的泥水一变而成为一泓清流；河里也出现了许多小游艇，虽不如我们家乡西子湖里的游艇清雅洁净，但在这么一个灰色骆驼的环境里而有如此小巧玲珑的玩意儿，已足使我近十天来的沉闷头脑为之一新了。

我们自然不会错过去荡一荡小艇的机会，于是我们雇妥了一只比较洁净一些的，要它顺流东下。两岸杨柳成行，小艇从它们的枝头下擦过，已可看见似绿豆大的青翠芽叶在抽发了；想将来绿柳成荫的时候，这所在确乎不失为一个业余游散的乐园哩。此刻气候毕竟还嫌冷些，所以游人寥寥无几，听说只要天气一暖，这里不但荡河的人拥挤，西洋人来此游泳的也极多极多的。

在河里荡了约摸一个小时，大家觉得兴已尽足，所以重新又舍舟登岸。一问船家，前边已经是英租界的跑马厅路了，若仍走旧路回家，都以为太乏味，于是决定听从向导文老先生的意见，爽性再去周游天津的各国租界。

三、 租界地

说起租界这东西，也算是中国的一种特色，全国的各大城市，几乎没有一处没有它的存在的。天津为华北商业中心，自然是不会例外的了。天津租界的名目比各地更来得多，原前有英、法、日、意、德、俄、奥、比等八国租界，大战后，德、奥、俄、比四国已先后放弃，改为特别区，现在所余的还有英、法、日、意四国租界，其中以英租界辖地最广，人口和商业则推法租界为第一。

列强帝国主义者以武力强制划去一块地方做他们人民的居留地，美其名曰租界，但产业主的中国不但没曾有收到过一文租金，还连业主的主权也完全丧失。在他们租界地的范围内，中国人只能以客卿的地位寄居着，受他们武力的保护，向他们完纳捐税。因中国连年内战，故一般人民反视租界为乐园，因此形成了租界特别繁荣的局面。

天津的各国租界都倚白河而设，英、法、日在河之西岸，意租界则在河之东岸。我们从跑马厅路东行，穿过了英租界的全部，直走到白河岸边，目的是要去看一看对河的俄国花园。这一段路长得很，沿途也多属荒野之区，极少烟火气，但一到河岸的时候，情景又热闹起来。这条河的河身是相当宽阔的，汽船和帆船不绝地在河里来来往往，听说河水再涨高些，上海来的大汽船也可开进来了。

我们从义渡过到了对岸，几步就达园门。花园沿河而筑，园墙极长，但已斑驳塌损。我们走进园门，张眼一望，只见满园都是秃树枯草，路径上也积满垃圾，似乎早已没人经管，一种荒凉冷落，大非南方所见的花园的情景。我们一路默默走着，心上仿佛有一种说不出的重压，本是想来休息一下这疲惫的身心的，现在呼吸了这凄惨空气，浑身更发出一种懒懈的感觉出来。腿部也觉得沉重了，但遍找也不见一张坐凳。远远看见几个活动的人形向我们走来，我们还以为是游园人，但当一近身的时候，才明白是几个行乞的白俄。他们衣衫的褴褛，行动的迟钝，点缀在这老大残破的花园里，活活描出一幅帝俄倾覆时的剪影。他们围随着我们作喃喃求乞之状，自然情状是再可怜不过的，但一想到他们当年的威福，连忙把抓铜子的手缩退了回来。

这个园的布置实在并不恶俗，园址的面积也不小，树又多，大者已可合抱，想当年定有过一番盛况。收回以后，要是能好好经营，未始不是给天津人造一点清福；可怜中国人的脾气，只愿盖造自己的家园，公众幸福之类是侵入不进他们一贯的头脑里的，因此把守不住人家的成业，也无怪其然了。后来看见已经收回的各租界的市政设施，更证明我的观察是并无错误的。

玩了半天，肚子也有些饿了，太阳正挂在当头，身上也有些热烘烘起来。所以目前迫切的问题，仅仅休息疲乏是不够了，还得加点燃料到肚子里去。

于是重新渡回河来。商量的结果，因为天津的酒菜馆大都集中在法租界，英租界里仅有几家西餐社，大家的意见又不想吃西餐，因此叫了四辆胶皮（天津人呼人力车为"胶皮"，大概以车辆是树胶来做成的缘故），一直拖到法租界的中心梨栈。

吃饭之间，谈起北方人的配偶问题。据刘先生的"考证"，大致北方男子在十四五岁就得结亲，讨来的妻子则总得二十三四岁左右，夫妇间相差十岁是不算稀奇的；甚至丈夫还是小孩，而新嫁娘则已过双十年华了。这种情形尤以乡村中为甚，原因自然是为了要获得一种劳动力，却不管就此牺牲了这一对配偶的幸福！这种婚姻习惯，从生理一方面说，是极不合理的，因为照普通的情形，女子总比男子容易衰老，所以男子大十岁倒还可说得过去。现在北方的情形却颠倒了过来，等到丈夫正入壮年时期，而妻子却已成为老太婆了，试想这种家庭生活是多么凄惨呢！无怪我接触许多从乡下出来读书的中学生，他们一谈起自己的家庭就要皱眉，有的甚至于为了家庭问题的苦闷妨碍了学业的进取，我真不能不为北方的许多年青男女叫屈呼冤了！即从这一点说，也可见北方文化程度的低下和一般社会思想的顽固了。

我们四个都是生长在南方的人，所以对这个问题特别地感觉得惊奇和有趣味，一直谈到大家放下饭碗，还仿佛有些煞不住口的样子。

走出饭馆，决定再回到英租界去，因为那里的一个英国花园刚才还没曾进去。四人都衔着烟卷，慢慢地踱着，看些沿路的街景；肚子一饱之后，精神也有些奕奕然了。天津电车的路线不多，而且不分路数，仅以黄牌、红牌、蓝牌、花牌等划分之。车价比上海便宜得多，远和近只分两种价格，一种记得是三个大铜元，一种是四个大铜元（现在自然早涨上一些了，但决不会超过十个大铜元的），也不分等级，所以乘客大多是贩夫、店员居多，摩登少爷、小姐之流是决计不会来趁的。天津马路的名字和南方也不同，在英法租界都以号数记之，如十六号路、十九号路等，大概纵的是单数，横的是双数；日租界则多以日本名名之，如旭街、须磨街等；而中国地则又冠以《千字文》上的字眼儿，如天纬路、地纬路等。——这种记路方法确乎比南方来得有规则，容易使人记寻，这一点倒使我认为满意之至。

天津的商业中心是在法租界，一入英租界几乎就见不到铺子，沿路两旁大都是西式的住宅，幽雅宁静，和法租界的喧嚣尘繁刚好是一个反比例。英国花园即在英中街的中间，园址多不过十亩地，所以一进园门就可把全园景色一览无余。这花园的长处在它富有一种整饰之美，布置得井井有条，恰如英国的民族性。目前天气还冷，所以花草还不多，游人也很少，只有许多西洋妇女推着小孩的卧车在园里走走而已。我们觉着坐也乏味，兜一个圈子就回了出来。

从英租界回校是须经过法租界和日租界的，文先生提议不坐车，以便把法国花园和日本花园都走一遍，也可算我们一次走完天津的四大花园了。这意见当为我们接受。

英、法、日三个花园都建在市之中心，这和上海的极司斐尔与虹口公园之建在空旷僻野者不同，因此面积自然不能广大。法国花园和英国花园的大小相仿佛，布置却各异。英国花园仿佛是一个大雅君子，法国花园则宛似一个浪漫的少女，前者是严肃的，后者是热情的。也许就因为这缘故，游人也比较多了。我们看见好几个学生正和女朋友在园里坐谈，一望见他们的老师进来，一溜烟儿就逃跑了出去，累得文老先生连呼"作孽"不止。

不料我们这次惊散了几对情侣，要是再坐下去也觉得不好意思起来，大家认为还是另找一处安身地，于是脚步改向日本租界。

一入日本租界，随处都看见日本的商店和日本的男女，宛如身临东夷岛之上了。这种因地域而表示出特别情调的，恐怕在南方的大城市里是看不到的，然而天津的英、法、日租界却都显然地带来了它们本国的特殊风味，其中以日本租界尤为显明。

日本花园的风味也是如此，当我们的脚一跨进园门，几乎使你忘记身在中国，无论一花一石，都显出小巧玲珑，表示出大和民族的灵魂来。中国人在这里游乐的极少，西洋人也见不到一个，全部的游客尽是日本的长幼男女和日本的军人。我们四人走在里边，仿佛精神上感受一种浓厚的压迫，连呼吸也觉得不大畅快起来。人类国别的界限究竟还不能泯灭，在这小小的地方就得到证明了。

精神一不痛快，游玩之心也随着低落。大家也不想再坐，就匆匆从一扇边门里穿了出来，套上四辆胶皮，车价也不愿去争论了。

四、 红天一角

一个南人初到北地，首先感得烦闷的，要算是漫天的黄尘了。它不但使人呼吸上感到不舒服，而且还给人精神上一种不痛快，因为无论你怎么注意窗户的开启，严密地防堵沙尘侵入，它还能神秘地优游到你的房空间来。一切房间里的陈设上面，它都要驻足，即使你如何勤于拂刷，总也抵挡不过这无穷无尽的侵入者。在我的写字桌上，我曾经做了一个统计，每隔十分钟去拂刷一次，拂刷的时候，我总可以在桌上划出很清晰的字来，经过了一夜晚以后，那么我的黑桌面就会染成黄色了。这情形，你想多么要使人感到精神上的不痛快呵！

记得有一天下午，我因为没曾进过城里，约了一位同事去城内闲逛。天津城原早给庚子联军轰毁了，现在改造为一条围城马路。有一种白牌儿电车绕着它走，从现在的围城马路看来，可知天津城的范围原是极狭小的。我们去的目的无非是打算看看城内的街景，也是无聊赖的举动。

天色出门时就不大正气，我们却并不在乎，这缘故是因为北方原不容易看见青天一色的时候，多半是雾腾腾、灰黯黯的，好在它下雨的时候是极难得的，顶多碰上一阵大风沙，再不会有什么了不起的事的。

哪知天下的事情毕竟是难于预料的。当我们刚走进围城马路的时候，天忽然变得更阴沉起来了。一忽儿，风飞沙走石地刮起来，我们仿佛走入了黄沙阵里，五步之前已经辨不出东西。

望望天空，黄漫漫地，渐渐儿厚起来重起来，仿佛是夹着万万吨的沙泥要压到头顶上似的。路人逃避了，车马也不见了，整个的空间完全被黄沙所占领。这个如大祸将临的情形使我有些茫然不解起来，问问人，据说天就要下泥雨了，但是还有点不大相信。

我们也只好不前进了，躲避在一家店铺的外堂里，以便观察究竟。如此又继续着约十分钟，天空愈益觉着沉重，原是灰黄色的，后来一点点地加深起来，变成了火黄色，变成了火红色，仿佛整个的天空着了火，但没有热，只有风，这情形真使我不胜惊诧了。突然，仿佛它等不及我的思索，一阵沉重的响声打到我们的头顶上来，不是冰雹，却果是刚才路人所说的泥雨。天空的火也渐渐儿被这泥雨所熄灭，稍稍轻浮了，明亮了，等我们走到马路上的时候，雨也停了，风也小了。这时道路和一切建筑上，宛似加染了一层花点，一看，果然是点点泥浆。这是多么使一个南方人觉得惊异的一幕呵！

这阵泥雨并没有把马路打湿，反而镇压住了地面上的灰沙。天津城内除了中间的一条十字路外，再找不出一条马路，有的只是胡同小巷。这些小胡同异常肮脏，一走进去，只觉得一种泥脏气味，除此以外，还到处听见本地土音的骂街声。

北方的语言以北平话为最清脆可听，尤其出于妇女之口，更仿佛是春莺的流啭。但天津话又沉浊得很，而且语句的组织和语汇仿佛都显示了一种商业的气氛，我虽住天津四年，总也没有引起我对它的好感。

不过话又得说回来，我虽对天津话没有好感，但对天津人说话的技术却不胜佩服。这大概因为天津是一个商市，所以我觉得每个天津人都很会说话。听说天津人有一个外号叫"卫嘴子"，可见他们之善于词令是有历史的关系了。

天津的城内现在已成为毫不重要的地段了，商业都集中在租界地，政治区域则又在河北，它已走着和上海的县城同样的命运了。

中国的民族性，以勤俭耐劳闻于世，可是我们在南方各地却很难找出一个代表区来，一到北方则随处都成了中国民族性的代表区。据我在北方四五年的观察来说，北方人的自奉确是俭朴到无可再加了。即以饮食一项来说，最贫苦者是不用说了，以一般小市民而论，他们每餐所吃的，只是用一个菜（因为北方人喜吃葱、大蒜，所以也以炒韭菜最普通，鱼肉是极难得吃上一次的）、一碗小米稀饭，和几个极粗糙而带微黑的馒头；要是吃菜饺子，则一个菜也可以不要了。我曾经参观了好几位同事的家庭，都是如此（他们都有百元以上的收入的），一般小商店里也颇多如此的。据说再贫苦一些的，则终年吃窝窝头也已经是最满意了。至于服饰一项，不用说较南方人朴素得多，我常见马路上穿着红布上衣大绿裤子的女子，要是他们在家庭里，自然还更朴实一些了。

话愈扯愈远，就此打住。我这篇《天津卫记》也就在这里告一结束了。

（《庸园集》）

陈友琴（1902—1996），笔名珏人、静岩。1923 年肄业于上海沪江大学文学系。1930 年后历任上海建国中学、敬业中学、务本女中语文教师，《中央日报》副刊编辑，安徽屯溪柏山皖中、建国中学、江苏临中教员，杭州之江大学国文讲师，杭州《东南日报》副刊编辑，浙江临安杭州幼师副校长，北京大学文学研究所副研究员，中国社会科学院文学研究所副研究员、研究员。作品主要有《温故集》《长短集》《晚清轩文集》等。

成都印象记

陈友琴

几乎被东南人士遗忘了的蜀国故都，最近是更时代化了。马路、洋房、汽车居然在腹心的内地里，代替了石路、平房、鸡公车——一种手推车，车上供着一把太师椅子或草垫座位，专推客人走路的。这是值得庆幸的还是值得悲哀的呢？一位留学法国的四川朋友告诉我说："成都地势，活像巴黎，它将来有变成巴黎第二的希望。"我想：假如成都会变了巴黎第二，我们这老大古国，在国际上不知已改变到什么地位了。

成都人和成都市，在在都现出一种幽闲恬适的神气。虽然每天早上，乌鸦们在屋顶上到处是咭咭哑哑地噪着叫着，使得新来做客、没有听惯这种声音的人们感觉得麻烦讨厌，几乎要把"幽闲恬适"的赞辞都给推翻了。可是你一走上马路，所看见的蜀国人士们，慢条斯理，文质彬彬地踱来踱去；一走进公园或茶馆里，他们闲着嗑牙谈天，雍容不迫的劲儿，会使你立刻感觉到"幽闲恬适"的招牌是无论如何下它不掉的。

乌鸦之多，当然因为成都城里多树；"中庭月白树栖鸦"，鸦在树上栖着，自然寂寞有趣，自然会使诗人咏叹起来。可是当乌鸦"一声声叫喳喳何处喧哗"的时候，就要令人们不安起来，因为它妨害了熟睡沉沉的瞌睡汉。

当乌鸦正在屋角树头上飞的时候，我起来上少城公园了。少城公园是成都市内比较大的公园，据说风味和北平中央公园相仿佛。少城原就是前清旗人住的区域，少城边近的胡同，简直和北平的胡同没有二样。房屋也是矮矮的四合间，朱漆门上的大铜环，和园墙内伸出头来的花枝儿；连胡同内的垃圾臭水，也是和北平不约而同地在大门外陈列着。我出了胡同，经过少城内的街市，不远就是公园了。公园的确还不算小，不过建筑物比北平中央公园差得多了。很远就望得见的一座高塔，是辛亥年四川保路同志的纪念塔；关于保路的历史，郭沫若在《反正前后》里记载得很详细。我在塔下所看见的，有不少青年男女争骑脚踏车，在练习着西洋送来给我们代替行路的新颖方术。旁边有一块长方形场地，有一个老者，在练习着显见得是落伍的射箭游戏——射箭虽也是武艺，在今日只能算是游戏——东方的和西方的、新的和旧的文明，在这里分明露出它的端倪了。

通俗教育馆设在少城公园内，几个陈列室，颇费了当初创办人的心力，可是现在管理者似乎欠了一点精神，门儿常常关着，从门窗外就可以嗅见里面的灰尘气，也许走进去，蛛丝会缠住你的头颅哩!

不知道是公园里的花有吸引人的力量,还是公园里的女人有吸引人的力量,每天游人往来不息地穿织着。成都的花,在古代就与洛阳的争美;成都的女人,在今日居然也足与津沪的争时髦了。花是红白粉披的点缀在池边石畔;女人是电烫的卷发、高跟的蛮鞋,徘徊于林下阶前。

都市之美,林泉之乐,在这儿都全备了!

关于吃的,成都之味有甲于天下之称,小馆子里的豆腐花、泡咸菜,是任何地方寻不出来的最经济而平民化的好味道。精美而贵族化的,有聚丰园之烧鸭,有姑姑筵、黄老头儿的各种拿手好菜。爱阔的朋友还常常在西餐馆里请客,香槟酒、白兰地、雪茄烟、加里克、三炮台,四倍五倍于上海原售价的,这里都一无所缺;如果成都可以变成巴黎第二,这些都是促成巴黎第二的先锋队吧。

虽然在同一疆域内的另一面,吃的是臭烂酸菜煮成的糊,号称观音土的泥类,是他们正式的道地的中国餐,不过那是另外一回事,与成都人的生活根本不生关系。有一次我在餐会上和一位欧洲留学回国的四川同志谈,谈到我们将到川北农村最凋敝的地方去走一走,他似乎夷然不屑。他说旅行是他所爱的,可是川北那种地方,他无论如何不愿去,因为犯不着吃一些冤枉苦。从这里,我们便可以了解最高等的川人,也可以了解受外国教育者的身份了!

成都是没有夜市的,上饭馆酒店,照例是要在太阳未落山以前，天暗了你要解决肚皮饿的问题，那真是千难万难了。当我第一夜在成都找饭馆，不知吃了多少次的闭门羹，伸着头向饭馆内一探，见凳儿椅儿早已一律上了桌面，翻转身伏在那儿休息了。地下早已扫过，电灯也关熄着，伙计们说不定已在柜台上打铺盖；对于顾客，不但正眼儿也不瞧一下，有时还骂你一声冒失鬼，你只好有冤无处申哩。看看表，恰巧才指到七点三刻罢了。

黄包车夫到了晚上八九点钟，便一律拖着空车回家去睡觉了。到这时，你最好是莫开尊口去雇车，不如迈开大步自己走的好，不然拉车的人也要怪老爷们不识时务了。虽然你睡到枕头上，还时听见街上的汽车喇叭叫，不过那你可莫要管，他们有的是口令和护照，关你什么事哩。

在成都恰巧遇着废历新年，这真是我一生的好机遇。我一向在家乡就很看重过年这回事，看见人家欢欢喜喜地，我也不得不跟着欢喜。成都人直到现在，还是很热烈地过旧历年。除夕那天晚上，朋友们都到隔壁人家喝酒守岁去了，我因为明天清早要趁热闹去，独自对着一支红蜡烛出了一回神，不久便上床睡了。翌日元旦早上我坐着车子出城，向武侯祠赶去。成都的风俗习惯，正月初一这一天，人家起身开了财门以后，为图一年顺利起见，要看准吉利的方向奔去，直奔到精疲力倦再回家，这样，这一年准定走好运。今年运气在西南方，阖城的人都正对着西南方向走去。我们出门的人，为图个"出行大吉"的好兆头，不免也去随喜一番。果然走出了城，人山人海，万头攒动，拥挤不堪。车子在距城门口有一箭之遥的地方，就被武装同志禁止着不许通过了。下车走了两里路的光景，熙熙攘攘，好一派升平气象。有的人在跑马，有的人在推车；卖东西的，除卖食品外，以儿童的玩具为最多。大路上走不通的时候，找运气的人也只好落荒而走了；田埂上，草泥地上，菜园或豆畦里，都有人的踪迹。忽然后面汽车喇叭一叫，推鸡公车的连忙让不迭，灰尘起处，闪出一条甬道般的地方，让车过去。汽车上坐的，当然是花枝招展的人儿，又不知哪一家公馆内的官眷了。车过了，在路上走的人又合拢起来。

走着，走着，"锦官城外柏森森"的丞相祠堂到了眼前。鼓着勇气，挤进去。前面是昭烈帝祠，中供先主，两旁为关张，两庑有的是蜀汉当年文臣武将的各个神像。树林之下，石碑之前，满满地搭着茶篷，吃点心的，嗑瓜子的，说说笑笑，喊喊叫叫的，闹成一片。烧香磕头的，都到塑像的神龛面前去了。我们一直朝后走，走到诸葛亮的寝宫，这才明了我们的先帝爷和军师是合庙的。军师当然是高高上坐，和戏台上一模一样地打扮着。楹柱上的联语虽多，我们也无心记忆，急于要上昭烈帝的陵墓去。

四围是圆圆的一道城垛式的高墙，箍住了小山阜似的坟冢，冢头高出庙的屋顶数尺，气象也可以说是伟大了。几棵落了叶的树木，和一片枯黄的坟头草，据说这下面就长眠了当年曾轰轰烈烈做过一番的汉刘备。碑上刻着"汉昭烈帝之陵"几个大字。从侧面小门挤上冢头，冢头上还有一块宽宽数方丈的面积哩。一位说大书的，高踞在冢头上说大书，许多听众或立或坐地在冢的倾斜面洗耳恭听着，大约就是说的《三国演义》吧，这真正是本地风光了。不过，"丰碑指出陵园地，赢得坟头说大书"，恐怕这非我们大耳皇帝当年所料及的呵。

循着西南面的城根，经过现在为邓锡侯所有的百花潭，隔着水没有去游览，就一直向青羊宫去了。青羊宫的庙址果然宽宏，最大的宝殿是一气化三清的老子庙堂，庄严得着实要令人为之肃然。可是宝座前匍匐着的两只小铜羊，光滑滑的，被人们左摸一下胡子，右抚一下下颏，据说摸抚两手，准可以得福消灾，这又不免要叫人发笑了。隔壁有二仙庵，我们没有去，因为我们的目的地是在草堂寺。

草堂寺离青羊宫不过里半路的光景，沿着杜工部的浣花溪向前走去，春色刚染上了柳梢，溪水在汩汩地响着，仿佛想见诗人当年曳杖行吟的神态。只是当年境地，也已太变得不成话了。草堂变成了寺院，寺院里又点缀了三个小茅草神龛。中间一个茅龛，供的是杜工部，左右两边却又供了一位黄山谷，一位陆放翁。茅屋顶偏又破得不成样子，雨水打得三位大诗人面目黧黑，狼狈不堪。一个恶作剧的朋友从茅龛背后蹿上了工部身边，向工部做了一个鬼脸。诵工部《茅屋为秋风所破歌》，诗人是无论在生前在死后，都要受茅屋之厄，我们将怎样能为我国一代大诗人解嘲呢？然而草堂前还皇皇地悬着"安得广厦千万间，大庇天下寒士皆欢颜"的横额，这不是有意在开他们的玩笑吗？

　　草堂前的地面上，满满铺着各种石刻，游人挤来挤去地逡巡着，我们在此时却幸而遇着欢迎我们的朋友了。有几个男的，也有几个女的，他们拉着我们寻着一间不易寻着的茶座，大家坐起来，学学成都人吃茶谈天。

　　成都人的健谈，往往为我所最钦佩的，有时一谈几个钟头，娓娓不倦，而且声浪并不是很低的；"惊座"的陈遵，到处可以发现出来，这也许是蜀国特产的天才吧。等我们从草堂寺归来，天色已经很晚了，我们一直回到城内最繁盛的春熙路，这儿电炬通明，汽车之声不绝，商店里的各种洋货证明了四川近年来有惊人数目字的入超。同伴们提议看电影了，戏馆是在青年会隔壁，片子是《三剑客》。我在这里面发现了几个小小的奇迹。第一是影片每开到一二十分钟必中断一次，甚至几分钟也要坏一下，然而看客们丝毫不以为异，还很耐心地守着，观众们都不发一声地静下去，直等到片子复活时，大家仿佛苏生一般的又看下去。第二是一个口操四川土语的说幕人，在银幕对面楼上高坐着，大声疾呼地唱出剧情来，他代替了说明书的任务，有时极不需要的解释，他也不惮烦地替大众们解释。第三是某军长带进来六七个女同志，左顾右盼，得意忘形，在花楼上高坐昂然，他仿佛忘记了前线将士们正在恶战，携着所谓"爱人"，恣情享受。这些，都是我在电影馆里一刹那间所发现的小奇迹。

　　电影馆外的奇迹更多了。街上有辉煌的金字大招牌，写着"坭庄"二字，你知道坭庄是什么呢？僻巷里铺门口垂着"谈心处"的布帘，你知道谈的是什么心呢？等你回到寓邸里睡着，五更头会有武装同志们打开门来搜查你的行李，你知道又是什么一回事呢？

来成都是为看教育，姑且先从国立大学看起。虽然有名的华西大学也在成都，但因为与我国无关，只好先屏诸不论。

历史上著称的皇城，俗说原就是刘备做蜀汉皇帝的金銮宝殿所在地。其实是骗人的话，绝没有千年古城能保持到现在的。看它年代，至多不过几百岁罢了。有人考证出来，皇城实为王城之讹，是明代封世子为蜀王时建筑的蜀王城。皇城也罢，王城也罢，反正它总是古色斑斓的一座旧而且老的宫城，里面摆起一座庄严静肃的最高学府来，不可说不是地位相当了！

当街三座石牌坊，方方四五尺大小的刻石，刻着"为国求贤"四个大字；一条石路走进去，便是三个大门洞的城楼；楼没有了，城垣上长些青草，外面挂着"国立四川大学"的标识。穿过厚厚的城门洞，仿佛是在游明故宫了。在大学附设的存古书局内，我买了井研廖季平的经学著作，和教授林山腴的《清寂堂诗录》。廖季平去年死了，著作却在这里出版发卖。这大学是以古老文章相标榜的，只要看林老夫子《示儿》诗，"五际四始谈革命，那知世有胡适儿"这一类骂人的话就知道了。其余集子里捧戏子明珠的佳作也不少。我捧了清寂翁的佳作，走遍了"清寂"的学府。真是静悄悄地，四下里没一个人儿。据说放寒假业已一个多月了，破纸窗秉承着东北风的命令，在各个教室前絮叨叨的细语，阶沿上长起茸茸的绿苔，寝门外丢着满地的纸屑儿。这样一走，匆匆地就想出去了。一重厅，一座楼，一排走廊，一条甬道，我的足力确有些儿乏了。在最伟大的敞殿前，我发现了别人刚坐来的一辆胶皮车，我坐上了，一直便拉回了寓处。四川朋友告诉我，去年政府当局曾有拍卖皇城的动议，后来因教育界激烈反对，才作罢了；前年冬腊间的成都巷战，以皇城内煤山为凭借地，这都是如何不幸的史实呵。

（《萍踪偶记》）

罗念生（1904—1990），原名懋德。著名学者、翻译家，在古希腊文学的翻译和研究方面有杰出贡献。1922年考入北京清华学校。1929年至1933年先后进入美国俄亥俄大学、哥伦比亚大学研究院和康奈尔大学研究院。1933年开始翻译希腊古典文学。1934年回国，历任北京大学、四川大学、武汉大学、清华大学等校外语系教授。其作品主要有译作《乞援人》《波斯人》《七将攻忒拜》等。

芙蓉城
罗念生

燕京城像一个武士，虽是极尽雄壮与尊严，但不免有几分粗鲁与呆板；芙蓉城像一个文人，说不尽的温文，数不完的雅趣。芙蓉城的地基相传是西王母大发慈悲，用香灰在水面炼成的。城中从来不敲五更，因为敲了便会沉没；不信，掘地三尺便可见水，好像历城一样到处都是水源。这城在一个高原的盆地中央，四围环绕着"蓊郁千山峰"。西望灌县的雪岭，犹如在瑞士望阿尔伯斯山①的雪影一般光洁。春天来时，山上的积雪融化了，洪水暴发，流到一个极大的堰内；堰边筑着一道长堤，防范这水泛滥。这堤比黄河的堤防还更坚实，还更紧要，特派一员县令治理；倘若疏心一点，那座城池顷刻就会变作汪洋。

---

① 今译阿尔卑斯山。——编者注。

堰内的水力比起奈阿格拉瀑布①的还强：磨成水电，全省可以不烧柴炭。从这堰口分出几十支河流，网状般荟萃在岷、沱二江，芙蓉城就在这群水的中央。谷雨时节，堤边开放一道水门，让清亮的雪水流下盆地给农家灌溉。这些农田多是方方块块的，有古井田的遗风，也就像我们顶新派诗人的"整齐主义"一样美。这儿的土壤很肥沃，一年计有三次收获；今天割了麦，明天便插秧，眼见黄金换成翡翠。这儿也许冷，但冷得不让结冰；也许吹风，但不准沙石飞扬；也许有尘埃，但不致污秽你的美容；这儿云多，云多是这儿的光彩——"锦屏云起易成霞"，所以南边的邻省叫作"云南"。

"蜀先人肇自人皇"，在很古时代，就有人想到西方的"古天府"；但那时无路可通，"秦开蜀道置金牛"，才辟了一条"金牛道"。后来发现了西方有灵气，"大耳儿"据了芙蓉城南面称尊；至今小城内还遗存一座金銮宝殿，恍惚京师的太和一般尊严华丽。不久，又有一位风流皇帝在马嵬驿抛了爱妃，跳到"天回镇"；他望见那儿有一团异气，忙命太子返兴师，自己却跑到芙蓉城乐享天年。如今改朝换代，还有人觉得那儿山川险峻，可攻可守——所以我们的国父戎机不顺时，想进去闭关休养；常胜将军"匹马单刀白帝城"，也逗留在那边疆土，一心想进驻芙蓉城。

芙蓉城对穿九里半，周绕四十里。从孟昶开端，城上遍植

---

① 今译尼亚加拉瀑布（Niagara Falls）。——编者注。

芙蓉，硕美鲜艳。"二十四城芙蓉花，锦官自昔称繁华。"中央有小城，也有一座煤山。西南角石牛寺旁有块"支机石"，高与人齐，略带青紫，相传是织女的布机坠下人间；还有一块尖锐的"天涯石"，生在宝光寺，象征远行人的壮志。城中古迹要数文翁兴学的"石室"、君平算命的卜肆、扬雄的"子云亭"和他抄太玄经的洗墨池。

西郊外可寻访相如的古琴台，在市桥西岸，也就是文君当垆涤器的地方。北门外可望凤凰山，满生着青葛的梧桐。山旁有驷马桥，相如当日豪语道："不乘高车驷马，不过此桥。"附近有昭觉寺，寺大僧多，古柏苍翠。明代的"和尚天子"曾在那儿选高僧辅佐诸王，可知名气的隆重了。

东关外有望江楼，不亚于黄鹤楼的举目空旷。前人有半边对子，缺少下联："望江楼，望江流，望江楼上望江流，江楼千古，江流千古。"旁有一口古井，每个名士，每个游人都要取点井水来品尝。因为多才多色的薛涛的香魂潜没在井中，所以这水就香艳名贵了。江上顶好玩是端午的龙舟竞渡：名士，美人，观客，重重叠叠聚在江边；耳听火炮一响，龙舟鸣金击鼓奔向彩舫；忽然一只酒醉的水鸭从舫上飞下，群龙怎样奋勇也擒不住它。江水流到峨眉山麓，转变黑了，特产一种美味的墨鱼，相传东坡洗砚台染黑了的。

南郊不远就到武侯祠。祠有几抱大的古柏，传说是孔明亲手植的，恍惚像孔林的枯桧。这老柏有些灵怪，不逢盛世不发青枝。祠内竹林修茂，气象森威；先帝的衣冠坟像一个山头，横斜着楠木几株。正殿上有副匾联："三分割据纡筹策，万古云霄一羽毛。"殿旁古式的草亭里存放着空城计弹用的古弦琴，亭周题满了名句，还记得几字："问先生所弹何调，居然退却十万雄兵？"想司马氏见了，当如何懊恼。到如今依然祭祀隆重，时有过客瞻拜；庙宇重修，正梁是千里外运来的一根"乌木"。

南门口有一道长拱的古桥，很像颐和园的十七洞桥。"万里桥西一草堂"，逆流西上，行过很长的芦花小径，直通"草堂寺"。寺门很古雅，两旁题着"花径不曾缘客扫，蓬门今始为君开"，你见了也必心中荣幸，充满了无边的诗意。石砌上的苔痕，垣墙外的野草，虬干的古梅，清幽的竹径，都是杜公从前的诗料。堂前有一方很深的池塘，塘内养着许多鱼鳖，有的白鲤已长到"丈大丈长"。如果你抛下一块面饼，那些鱼会成团起来吞食，嘴皮伸到水面有茶碗样大，吞起东西来"通通"地响。一个暮春晚上，杜公在池畔吟诗未成，忽觉青蛙叫得烦腻，他用朱笔在蛙的头上点了一点，封它到十里外去唤"哥哥"，所以如今草堂寺的青蛙头上有一点红痣。逢到四月十九日"浣花节"，你可邀约良朋，泛舟到草堂，摆一台"浣花宴"，醉酒赋诗，极尽雅人雅事。

出寺不远就到百花潭，又叫浣花溪：水涯竹木丛生，天然幽韵；这溪水用来濯锦，格外鲜明，薛涛曾取这水制造十色笺。"百花潭水即沧浪"，后人因爱慕这名句，在溪边的柏林里，年年春天举办"花朝会"。全省的花卉宝器都送到那儿赛会，远近的人都爱到那儿观赏。城内的戏园、茶社、酒肆、商场和音乐、武艺、球戏等娱乐都移到花会去。每天有成千成万的游客观花玩景：会场内笑声与管弦合奏，美色与名花斗艳。妇女们更有别样的心事，进青羊宫道院去摸弄青羊，许下求嗣的心愿。你高兴可以到处游玩，有何首乌，有灵芝草，江安的竹器精巧玲珑，峨眉山的"眉尖"清甜适口。倦了，你踏进酒家酌饮几杯，别忘了当垆的美人。醉后，你醺醺地在十里花圃中吸芳香，看美色，这艳福几生修到！

芙蓉，你的自然美妙，你的文艺精英，我还不曾描出万一。愿你永葆天真，永葆古趣，多发几片绿叶，多开几朵鲜花；别给楼高车快的文明将你污秽了，芙蓉！

自跋：我有次乘驴到西山踏雪，那位驴夫从戎游过四川，他频频向我赞叹蜀中踏雪："喝！那才是真山真水啦！……呵唷唷……先生，北京简直不成……你瞧，那雪里的西山还不是那笨头笨脑的，一点儿也不秀气。……呵唷唷！……我这辈子再也别想进川了。……喝！那才是真山真水啦！……"这是驴夫随心吐出的诗话，我因想起蜀中的风物值得介绍。昨晚梦归故乡，见几对鸬鹚在妩媚的江边觅食，心中莫名地高兴，起来便写就这文。

茅　盾（1896—1981），原名沈德鸿，笔名茅盾等，字雁冰。浙江嘉兴桐乡人。新文化运动的先驱，中国现代著名作家、文学评论家、文化活动家以及社会活动家。1913年考入北京大学预科第一类。预科毕业后，入商务印书馆编译所工作。代表作品有《子夜》《霜叶红似二月花》《春蚕》《白杨礼赞》等。

成　都
——“民族形式”的大都会
茅　盾

　　未到成都以前，就有人对我说：如果重庆可以比拟从前的上海，成都倒可以比拟北平。比如：成都人家大都有一个院子，院子里大都有这么一两株树；成都生活便宜，小吃馆子尤其价廉物美；乃至成都小贩叫卖的调门也是那么抑扬顿挫，颇有点“北平味”。结论是住家以成都为合宜。

　　另一位朋友，同意于这样的“观察”，但对于那结论，不同意。他说：和平时期，成都住家确是又舒服又便宜，但现在则不然，因为现在是“非常时期”。从去年二三月起，物价已在步步高升（当然这不是说以前就不升），生活已不便宜，不过，吃的方面，还有几种土货，和重庆比，仍然低廉些；可是最叫人头痛的，是“逃警报”。从十一月到四月，重庆是雾季，但重庆虽没有警报，成都却不一定没有；反之，四月以后，雾季过完，重庆一有警报，成都也一定有，重庆人逃警报，成都人得奉陪。成都城内没有什么防空洞，因为一则是平地，像西安那种马路旁的地下室，证明还不是百分之百安全的；二则成都平地掘下二三尺就有水，要筑地下室，很成问题；三则成都人口又是那么密，哪有许多钱来建造够用的防空洞呢？这几项理由，当然是无可争辩的，于是公共防空洞之类，城里就索性没有。警报一拉，成都人仓皇锁了大门，蜂拥出城而去。成都并不小，为了保证市民们有充分的出城时间，第一次拉警报表示敌机已经入川，市民们得赶快收拾细软准备走；判明了敌机是向重庆进袭时，成都就拉第二次警报了，市民们就扶老携幼，逃出城去。如果敌机在重庆轰炸了，那在成都就拉紧急警报，不到重庆解除警报，成都是不会先解除的。故曰：每逢重庆人逃警报，远在六百多里外的成都人就得奉陪。

　　成都市民逃警报时作风是如此：第一次警报拉过后，就带着包裹箱笼往城外去；经验告诉他们，既有第一次警报，必有第二次，晚去不如早走，而且离城十里外方为安全，这又怎能不早走呢？以后的事，你可以用算术来推知：出城时间一小时，警报时间三至四小时，回城时间又是一小时，共计五小时至八小时。这还是最低的估计。

　　但除了逃警报这一点，在成都住家大概是好的。1938 年上季的长沙，曾有过这样的现象，长沙人往乡下搬，下江人则往长沙逃，租住了长沙人遗下来的空屋——这被幽默的长沙人称之为"换防"。相同的现象，似乎在成都也有。一些阀阅世家的高门大户内，往往租住了下江来的豪客。

成都洋房不多，除了那条春熙路，大部分的街道还保存了旧中国都市的风度；同类的商店聚在一条街上，这在成都是一个显著的现象。鞋帽铺和铜锡器铺的街道，都相当的长；这些商铺，同时也是作场，铜锡制的用具，如茶壶、脸盆、灯台，都颇玲珑精致。还有仿造的洋式剪刀，也还不差。至于细木工，则雕镂的小摆设很有点精雅的。在今天大后方的许多省会中，成都确有其特长，无论以市街的喧闹，土产的繁庶，手工艺之进步，各方面看来，成都是更其"中国的"，所谓五千年文物之精美，这里多少还具体而微保存着一些。

卷烟（即土制雪茄）大概是抗战后新兴的手工业，在成都异常活跃。现在西北的西安、西南的柳州都有中国制的雪茄工厂。这都是模仿洋式的，无论从形式、从香味而言，我不能说它们比四川的差。但是称为"卷烟"的四川土制品，例如中江的出产，却确是中国的"卷烟"，而不是仿造的"雪茄"。成都的，尤其如此。我曾经在兰州，乃至在新疆的哈密和迪化，见过四川中江的"卷烟"，如良心牌、日月牌（奇怪的是，西安与兰州交通甚便，却未见西安出的雪茄），可是成都少见中江的货。成都卷烟品类之多，不胜指数，大概是每一烟店同时便是作场。买了烟叶来自己卷制，已是一种风尚。所以成都的卷烟店一定挂着摆着大批的烟叶，包扎成棒棰状。而出售的制成品，单以外形而论，也就不少；圆形或方形而外，又有方形而四边起了棱线的一种，更有圆形而全身加以匀称之棱线者，尤其特别的，是在口衔的一端附加了短短的鹅毛管或红色金色硬纸卷成的小管，作为卷烟的"咬嘴"。装在烟斗吸的"杂拌"的纸盒上却只有牌子的名儿（例如鼎鼎大名的"华福临"），并无烟名。

大小菜馆和点心店之多，而且几乎没有"外江菜"立足之余地，也是成都一个特色，熏兔子、棒棒儿鸡，几乎到处可遇。所谓熏兔，实在已非全兔，而只是两条后腿，初看见时你不会想到这是兔子。点心方面，有一家卖汤圆的，出名是"少奶奶汤圆"，据说不知有此者就不算是道地的成都人。

城外路灯较少，入晚常见行人手持火把，一路扑打，使其光亮。这又使我想起了兰州人的火把。兰州的火把是薄薄的木片，阔约二寸，长约尺许，一束一束出售。兰州有一句话："火把像朝笏。"

1941 年 3 月

（《见闻杂记》）

茅　盾（1896—1981），原名沈德鸿，笔名茅盾等，字雁冰。浙江嘉兴桐乡人。新文化运动的先驱，中国现代著名作家、文学评论家、文化活动家以及社会活动家。1913 年考入北京大学预科第一类。预科毕业后，入商务印书馆编译所工作。代表作品有《子夜》《霜叶红似二月花》《春蚕》《白杨礼赞》等。

"雾重庆"拾零

茅　盾

二十九年我到重庆刚赶上了雾季。然而居然也看见了几天的太阳，据说这是从来少有的。人们谈起去年的大轰炸，犹有余怖；我虽未曾亲身经历，但见于水潭（这是炸弹洞）之多，以及没有一间屋子不是剥了皮——只这两点就够了；更不用说下城那几条全毁的街道，也就能够想像到过去的大轰炸比我所听见的，实际上要厉害得多。

然而"雾重庆"也比我所预料的更活跃，而且也更其莫名其妙。"雾重庆"据说是有"朦胧美"的，朦胧之下，不免有不美者在，但此处只能拾零而已。

重庆的雾季，自每年十一月开始，至翌年四月而终结，约有半年之久。但是十一月内，"逃炸"的人们尚未全归，炸余的房屋尚未修葺齐整，而在瓦砾堆上新建筑的"四川式"的急就的洋房也未必就能完工，所以这一个月还没活跃到顶点。至于四月呢，晴天渐多，人与"货"又须筹备疏散，一年内的兴隆，至此遂同"尾声"，故亦当别论。除去首尾两月，则雾重庆的全盛时代不过四个月；可是三百六十行就全靠在这四个月内做大批的生意，捞进一年的衣食之资、享乐之费，乃至弥补意外的损失。而且三百六十行上下人等，居然也各自达到了他们的大小不等的"生活"目的，只看他有没有"办法"！有办法而且办法颇多的角色，自可得心应手，扶摇直上；办法少的人呢，或可幸免于冻馁，但生活费用既因有些人之颇多办法而突飞猛进，终至于少办法者变成一无办法，从生活的行列中掉了队。有人发财，亦不免有人破产；所以虽在雾重庆的全盛期，国府路公馆住宅区的一个公共防空洞中，确有一个饿殍搁在那里三天，我亲眼看见。

这里只讲一位比上不足、比下有余的人物。浙籍某，素业水木包工，差堪温饱，东战场大军西撤之际，此公到了汉口，其后再到重庆；忽然时来运来，门路既有，办法亦多，短短两年之间，俨然发了四五万，于是小老婆也有了，身上一皮袍数百元，一帽一鞋各数十元，一表又数百元，常常进出于戏院、酒楼、咖啡馆，居然阔客。他嗤笑那些叹穷的人们道："重庆满街都有元宝乱滚，只看你有没有本事去拾！"不用说，此公是有"本事"的，然而倘凭他那一点水木包工的看家本事，他如何能发小小的四五万？正如某一种机关的一位小老爷得意忘形时说过的一句话："单靠薪水，卖老婆当儿子也不能活！"

这些比上不足比下有余的小小暴发户，今天成为"繁荣"雾重庆的一分子。酒楼，戏院，咖啡馆，百货商店，旧货拍卖行，赖他们而兴隆；同时，酒楼，戏院，咖啡馆，百货商店，旧货拍卖行的老板们，也自然共同参加"繁荣市面"。

重庆市到处可见很大的标语："藏钞危险，储蓄安全。"不错，藏钞的确"危险"，昨天一块钱可以买一包二十支装的"神童牌"，今天不行了，这"危险"之处，是连小孩子也懂得的；然而有办法的人们却并不相信"储蓄安全"，因为这是另一方式的"藏"。他们知道囤积最安全，而且这是由铁的事实证明了的。什么都囤，只要有办法；这是大后方一部分"经济战士"的大手笔。如果壮丁可以不吃饭，相信也有人囤积壮丁，以待善价的。据说有一个囤洋钉的佳话，在成都方面几乎无人不知：在二八年之夏，成都有某人以所有现款三四千元尽买洋钉，而向银行抵押，得款再买洋钉，再做抵押，如此反复数次，洋钉价大涨，此人遂成坐拥十余万元之富翁。这故事的真实性，颇怀疑，然而由此可见一般人对于囤积之向往，也可见只要是商品，囤积了就一定发财。

重庆市大小饭店之多，实足惊人。花上三块钱聊可一饱的小饭店中，常见有短衫朋友高踞座头，居然大块吃肉、大碗喝酒。中山装之公务员或烂洋服之文化人，则战战兢兢，猪油菜饭一客而已。诗人于是赞美道：劳力者与劳心者生活之差数，渐见消灭了，劳力者的生活程度是提高了。但是，没"办法"之公务员与文化人固属可怜，而出卖劳力的短衫朋友亦未必可

羡。一个光身子的车夫或其他劳力者每天拼命所得，或许是多
于文化人或公务员，每星期来这么两次大块吃肉、大碗喝酒，
也许是不成问题的；然而要是他有家有老有小，那他的"生活
程度"恐怕还是提不高的。君不见熙熙攘攘于饭店之门者，短
衫朋友究有若干？

"耶诞"前后，旧历新年首尾，风云变幻，疑雾漫漫，但满
街红男绿女，娱乐场所斗奇竞艳，商场之类应节新开，胜利年
的呼声嘈嘈盈耳，宛然一片太平景象。

拍卖行之多而且营业发达，表示了中产阶层部分的新陈代
谢。究竟有多少拍卖行？恐怕不容易回答，因为这一项"新兴
事业"天天在滋长；而且"两栖类"也应时而生了，一家卖文
具什么的铺子可以加一块招牌"旧货寄售"，一家糖果店也可以
来这么一套；而且堂堂的百货商店内也有所谓"旧货部"。所谓
"拍卖行"者，其实也并不"拍"而卖之，只是旧货店而已；
但因各物皆为"寄售"性质，标价由物主自定，店方仅取佣金
百分之十五，故与"民族形式"之旧货店不同。此种没本钱的
生意，自然容易经营，尤其是那些"两栖类"，连开销都可省。
据说每家平均每日约有二千元的生意，倘以最低限度全市五十
家计算，每天就有十万元的买卖，照重庆物价之高而言，十万
元其实也没有几注生意好做。被卖的物品，形形色色都有，就
只不曾见过下列三样：棺木、军火和文稿。也没有什么好东西，
比方说，一件磨光了绒头的毛织的女大衣，标价一百四五十元，
立刻就卖出了；这好像有点出奇，但再看一看，所谓"平民式"

的棉织品（而且极劣）的女人大衣，在"牺牲"的名义下也要卖到一百九十九元一件，就知道旧货之吃香，正是理所当然了。旧货的物主，当然是生活天天下降的一部分中产阶层，可是买主是哪一路角色呢？真正发国难财的阔佬们甚至真阔佬们，对这些"破烂古董"连正眼也不会瞧一眼的；反之，三百元左右收入的薪水阶级，如果是五口之家，那他的所入刚够吃饭，也没有余力上拍卖行。剩下来的一层，就是略有办法的小商人以及走运的汽车司机，乃至其他想也想不到的幸运的国难的产儿。这班小小的暴发户，除了吃喝、女色之外，当然要打扮得"高贵些"，而他们的新宠或少爷小姐当然也要装饰一下，于是战前中产者的旧货就有了出路。

报上登过所谓"新生活维他命西餐"的餐单——据说这是最节俭且最富于营养的设计。兹照录该餐单如下：

一、汤：黄豆泥汤。
二、正菜：猪肝，洋葱，烘山芋，酱豆瓣，青菜。
三、点心：糖芋头。
四、副品：葱花"维他饼"，花生酱，乳腐，维他豆汁，川橘。

看了这餐单，谁要是还说不够节约，那他就算"没良心"；但是，如果懂得重庆粮价物价，不妨计算一下，这样一顿"新生活维他命西餐"够一个平常人吃饱，谁要是说花不了一块五毛钱，那他也是"没良心"！一块五毛国币一市斤的米，一个没有胃病的人一个月光吃米就该多少？五口之家，丈夫有三百元的月入，两个儿女如果想进初中，那简直是很少办法；即退一步，不说读书，但求养活，则以每月三百元来养五口，实在无可再节约，而且也谈不到什么营养。

南温泉为名胜之区，虎啸是尤为幽雅，某某别墅对峙于两峰之巅，万绿丛中，红楼一角，自是不凡。除此以外，属于所谓南泉市区者，无论山石水泉，都嫌纤巧不成格局——甚或有点俗气。花溪本来也还不差，可是西岸的陪衬太糟了，颇为减色。这一条水里终天来往着渡船，渡费每人一毛，包船则为一元。据船夫说：四五年前，渡船一共仅六七只，渡费每人一分，每日每船可得三毛；现在呢，渡船之数为六十余，每船每日可得五元，去了船租二元，仅余三元，够一人伙食而已。今日之五元不及以前之三毛。然而出租渡船的老板们的收入，却是今胜于昔。据该船夫说，他的老板就是南温泉一个地主，有渡船八只，每月可得租费四百八十元，一年为六千元强，去修理费每年约共二千元，尚可净余四千元。至于渡船的造价，现在每只约需六百元（从前仅四五十元），八只为四千八百元。一年之内本钱都已捞回，第二年所得已为纯利了。但这样的好生意还不是国难财！

1941 年 3 月

（《见闻杂记》）

陆晶清（1907—1993），著名文学家、编辑。原名陆秀珍，笔名小鹿、娜君、梅影。1922 年入北京女子高等师范文科班学习。1926 年前后与石评梅共同编辑《蔷薇周刊》。1931 年赴日与王礼锡结婚，数月后回上海协助王礼锡主编《读书杂志》。1933 年与王礼锡流亡英国伦敦。1939 年初回国。1945 年以特派记者身份赴欧洲采访。1948 年回国，先后在暨南大学、上海财经学院任教。

重庆在烈焰中

——致阿登·夏洛蒂夫人

陆晶清

当你得知几月前你曾到过的地方——重庆——被残暴无耻的侵略者——日本——一次又一次地轰炸时，我能想像到你是怎样地震惊与愤怒。你会在你那间古雅精致的客厅里焦急不安地旋转；你会不能制止地多量地喝酒；你会拿着酒杯，遥对着东方你所爱护的中国而太息，甚至于会痛苦。

我要告诉你这一幕你所渴望知道的大悲剧，但是我很怕我的笔不够描画所有的真实的恐惧与惨状，并且，我拿着笔的手是这样地抖颤，我的心像被毒蛇缠绕着一般的疼痛，我竭力想镇静，但是我不能镇静。集合全世界的悲剧作家也构思不出这样一幕惨痛的悲剧题材，因此，我不相信远在欧洲的人们会能想像到这几日来日本侵略者在重庆空中的屠杀是怎样地残暴。

你总还记得重庆市的繁盛？现在已被日本的重量轰炸弹和烧夷弹毁灭了！余下的是破瓦残垣，是焦土，是埋在烧红了的砖瓦下的血肉模糊、断肢断头的死尸！成千万人失掉了他们的生命，成千万人没有了家，成千万人负伤躺在病床上呻吟！朋友，你所游览过的重庆市区所遇见过的许多和善的东方老人，代表东方美的妇女，天真活泼的中国小孩子，都已牺牲了他们的生命，在大火下化作了灰烬！请你闭下眼来想想，这是一幅什么样的图画？这是一个什么样的世界？

现在让我来告诉你五月三四两日日机狂炸重庆时我自己的经历和我所见到的一切。三日下午，我刚吃罢午饭，回到房里拿出纸笔要写一封信给住在战区附近的家人，空袭警报就响了，于是我抛下笔，跑出家门，卷入逃生的广大人群中，向着到防空洞的路上跑；还没有到达目的地，紧急警报已响了，所以我在防空洞口就听见日机掷下的炸弹的爆炸声。因为被炸地点距我所到的防空洞很近，炸弹爆炸时我的耳膜都被震痛了。那是我一生第一次听到的最大最可怕的声音。在防空洞中，我和洞里所有的人都很清楚地听到从日机下抛掷的炸弹像急雨一样地落下，爆炸声像巨雷一样地响，每一颗炸弹都像落在我们心上，我们无言，我们无泪，只有血仇的烈火燃烧着我们心头的愤怒！警报解除后，我随着虎口余生的大众出了防空洞。天！只看见三面火光，只听到一片哀号和哭声。满街避难的人们扶老携幼哭诉着他们悲惨的遭遇，救护队用担架床不断地运送着鲜血直流的伤者。我立在街头看烧红了半边天的火，看失掉了家的难民，看血迹模糊的伤亡同胞，辛辣的酸泪一直往肚里流！我怀疑字典里的"和平""人道"是专为欺骗愚者而造的名词。

三号日机用轰炸毁灭重庆和屠杀爱好和平的中国人所留下的悲愤还在住居重庆的每一个中外人士的心中燃着怒火，第二次更残毒的轰炸又来临了！那是四号傍晚，当各家正在准备晚餐时，大批日机又窜入重庆市，又是在我们住宅附近的市区掷下不能计数的炸弹和烧夷弹，立刻，房屋倒塌，四面大火，避难者的哭声震天，造成中外历史上未有过的惨劫！那一夜，从四号黄昏直到五号天亮，大火围着我们所住的地带燃烧，我们和成千万的人们都无食无眠，且无路可走。惨淡的月光和血红的火光照映着遍地倒卧的伤者，无家可归的新的孤儿寡母，震惊过度失了常态的白发的老弱男女，他们的哭声是那样地悲哀，他们的呻吟是那样地凄惨，我在他们中间旋转着，忘了饥饿，忘了疲乏，忘了自己的一切。我怀疑我已不在人间，那是地狱的景象，活的人间不应该有那样的惨状！

这些天，重庆的人们没有能够安定地度过一天，睡过一夜，日本飞机时时来袭重庆。警报声中，人人都在和死神抢夺生命，那些惨死者的尸身正在发掘和掩埋，那些断脚断手的伤者正在痛楚中求生，那些被毁了家室、丧失了亲人的劫后余生者正在田野间度着凄苦的日子。

我想我应该停止描述这些过度的凄惨，刺激你，使你不安；我知道，上述的一切已经够扰乱你的平静，我很抱歉！但是我不能不把真实告诉你同情中国的友人！使你知道我们为维护世界和平而抗战的中国人，是在受着怎样惨毒的苦难！尤其是作为最被人关心的中国的老少妇女和未成年的儿童们，在日机轰炸下血肉横飞或变为灰烬的简直计算不清有多少！你是爱和平、爱中国的仁者，作为我们中国的伟大的朋友，帮助中国抗战及救济中国被难妇孺的各种努力，都使全中国人感激！现在，我希望你能把我告诉你的一切，转告国际妇女，转告同情中国的欧洲人士，使他们知道我们的遭受与牺牲，使他们进一步认识日本侵略者的残暴与无耻！

　　最后，我还应该告诉你：全中国的人，绝不会在恐怖下屈服的，我们要用血与肉来争取正义和平，直到获得胜利为止！

1939 年 5 月 7 日于重庆

胡　适（1891—1962），原名嗣穈，学名洪骍，字希
疆；后改名胡适，字适之，笔名天风、藏晖等。安徽绩溪
人。因提倡文学革命而成为新文化运动的领袖之一。历任
北京大学教授、北京大学文学院院长、中华民国驻美利坚
合众国特命全权大使、北京大学校长等职。胡适兴趣广泛，
著述丰富，在文学、哲学、史学、考据学、教育学、伦理
学、红学等诸多领域都有深入的研究，被誉为现代思想文
化界最稳健、最优秀、最高瞻远瞩的哲人智者。

广　州

胡　适

一

一月九日早晨六点多，船到了广州，因有大雾，直到七点，
船才能靠码头。有一些新旧朋友到船上来接我，还有一些新闻
记者围住我要谈话。有一位老朋友托人带了一封信来，要我立
时开看。我拆开信，中有云："兄此次到粤，诸须谨慎。"我不
很了解，但我知道这位朋友说话是可靠的。那时和我同船从香
港来的有岭南大学教务长陈荣捷先生，到船上来欢迎的有中山
大学文学院长吴康先生、教授朱谦之先生，还有地方法院院长
陈达材先生。他们还不知道广州当局对我的态度，陈荣捷先生
和吴康先生还在船上和我商量我的讲演和宴会的日程。那日程
确是可怕！除了原定的中山大学和岭南大学各讲演两次之外，

还有第一女子中学、青年会、欧美同学会等，四天之中差不多有十次讲演。上船来的朋友还告诉我：中山大学邹鲁校长出了布告，全校学生停课两天，使他们好去听我的讲演；又有人说，青年会昨天下午开始卖听讲券，一个下午卖出了两千多张。

我跟着一班朋友到了新亚酒店。已是八点多钟了。我看广州报纸，才知道昨天下午西南政务会议开会，就有人提起胡适在香港华侨教育会演说公然反对广东读经政策，但报纸上都没有明说政务会议议决如何处置我的方法。一会儿，吴康先生送了一封信来，说：

> 适晤邹海滨先生云：此间党部对先生在港言论不满，拟劝先生今日快车离省，暂勿演讲，以免发生纠纷。

邹、吴两君的好意是可感的，但我既来了，并且是第一次来观光，颇不愿意就走开。恰好陈达材先生问我要不要看看广州当局，我说：林云陔主席是旧交，我应该去看看他。达材就陪我去到省政府，见着林云陔先生，他大谈广东省政府的"三年建设计划"。他问我要不要见见陈总司令，我说，很好。达材去打电话，一会儿回来说：陈总司令本来今早要出发向派出剿匪的军队训话，因为他要和我谈话，特别改迟出发。总司令部就在省政府隔壁，可以从楼上穿过去。我和达材走过去，在会客室里略坐，陈济棠先生就进来了。

陈济棠先生的广东官话我差不多可以全懂。我们谈了一点半钟，大概他谈了四十五分钟，我也谈了四十五分钟。他说的话很不客气："读经是我主张的，祀孔是我主张的，拜关岳也是我主张的。我有我的理由。"他这样说下去，滔滔不绝。他说："我民国十五年到莫斯科去研究，我是预备回来做红军总司令的。"但他后来觉得共产主义是错的，所以他决心反共了。他继续说他的两大政纲：第一是生产建设，第二是做人。生产的政策就是那个"三年计划"，包括那已设未设的二十几个工厂，其中有那成立已久的水泥厂，有那前五六年才开工出糖的糖厂。他谈完了他的生产建设，转到"做人"，他的声音更高了，好像是怕我听不清似的。他说：生产建设可以尽量用外国机器、外国科学，甚至于不妨用外国工程师，但"做人"必须有"本"，这个"本"必须要到本国古文化里去寻求。这就是他主张读经、祀孔的理论。他演说这"生产""做人"两大股，足足说了半点多钟，他的大旨和胡政之先生《粤桂写影》所记的陈济棠先生一小时半的谈话相同，大概这段大议论是他时常说的。

我静听到他说完了，我才很客气地答他，大意说："依我的看法，伯南先生的主张和我的主张只有一点不同。我们都要那个'本'，所不同的是：伯南先生要的是'二本'，我要的是'一本'。生产建设须要科学，做人须要读经祀孔，这是'二本'之学。我个人的看法是：生产要用科学知识，做人也要用科学知识，这是'一本'之学。"

他很严厉地睁着两眼，大声说："你们都是忘本！难道我们五千年的老祖宗都不知道做人吗？"

我平心静气地对他说:"五千年的老祖宗,当然也有知道做人的。但就绝大多数的老祖宗说来,他们在许多方面实在够不上做我们'做人'的榜样。举一类很浅的例子来说吧。女人裹小脚,裹到把骨头折断,这是全世界的野蛮民族都没有的惨酷风俗。然而我们的老祖宗安然行了一千多年。大圣大贤,两位程夫子没有抗议过,朱夫子也没有抗议过,王阳明、文文山也没有抗议过。这难道是做人的好榜样?"

他似乎很生气,但也不能反驳我。他只能骂现存中国的教育,说"都是亡国的教育";他又说,现在中国人学的科学都是皮毛,都没有"本",所以都学不到人家的科学精神,所以都不能创造。在这一点上,我不能不老实告诉他:他实在不知道中国这二十年中的科学工作。我告诉他:现在中国的科学家也有很能做有价值的贡献的了,并且这些第一流的科学家又都有很高明的道德。他问:"有些什么人?"我随口举了数学家的姜蒋佐,地质学家的翁文灏、李四光,生物学家的秉志——都是他不认识的。

关于读经问题,我也很老实地对他说:我并不反对古经典的研究,但我不能赞成一班不懂得古书的人们假借经典来做复古的运动。"这回我在中山大学的讲演题目本来是两天都讲'儒与孔子',这也是古经典的一种研究。昨天他们写信到香港,要我一次讲完,第二次另讲一个文学题目。我想读经问题正是广东人士眼前最注意的问题,所以我告诉中山大学吴院长,第二题何不就改作'怎样读经?'我可以同这里的少年人谈谈怎样研究古经典的方法。"我说这话时,陈济棠先生回过头去望着陈达材，脸上做出一种很难看的狞笑。我当作不看见，仍旧谈下去，但我现在完全明白是谁不愿意我在广州"卖膏药"了！

以上记的，是我们那天谈话的大概神情。旁听的只有陈达材先生一位。出门的时候，达材说，陈伯南不是不能听人忠告的，他相信我的话可以发生好影响。我是相信天下没有白费的努力的，但对达材的乐观我却不免怀疑。这种久握大权的人，从来没有人敢对他们说一句逆耳之言，天天只听得先意承志的阿谀谄媚，如何听得进我的老实话呢？

在这里我要更正一个很流行的传说。在十天之后，我在广西遇见一位从广州去的朋友，他说，广州人盛传胡适之对陈伯南说："岳武穆曾说：'文官不要钱，武官不怕死，天下太平矣。'我们此时应该倒过来说：'武官不要钱，文人不怕死，天下太平矣。'"——这句话确是我在香港对胡汉民先生说的。我在广州，朋友问我见过胡展堂没有，我总提到这段谈话。那天见陈济棠先生时，我是否曾提到这句话，我现在记不清了。大概广州人的一般心理，觉得这句话是我应该对陈济棠将军说的，所以不久外间就有了这种传说。

二

我们从总司令部出来，回到新亚酒店，罗钧任先生、但怒刚先生、刘毅夫（沛泉）先生、罗努生先生、黄深微（骚）先生、陈荣捷先生，都在那里。中山大学文学院长吴康先生又送了一封信来，说：

　　鄙意留省以勿演讲为妙。党部方面空气不佳，发生纠纷，反为不妙。邹先生云：昨为党部高级人员包围，渠无法解释。故中大演讲只好布告作罢。渠云，个人极推重先生，故前布告学生停课出席听先生讲演。惟事已至此，只好向先生道歉，并劝先生离省，冀免发生纠纷。

　　　　　　　　　　　　　　　　　一月九日午前十一时

　　邹校长的为难，我当然能谅解。中山大学学生的两天放假没有成为事实，我却可以得着四天的假期，岂不是意外的奇遇？所以我和陈荣捷先生商量，爽性把岭南大学和其他几处的讲演都停止了，让我痛痛快快地玩两天。我本来买了来回船票，预备赶十六日的塔虎脱总统船北回，所以只预备在广州四天，在梧州一天。现在我和西南航空公司刘毅夫先生商量，决定在广州只玩两天，又把船期改到十八日的麦荆尼总统船，前后多出四天，坐飞机又可以省出三天，我有七天（十一～十八）可以飞游南宁和柳州、桂林了。罗钧任先生本想游览桂林山水，他到了南宁，因为他的哥哥端甫先生（文庄）死了，他半途折回广州。他和罗努生先生都愿意陪我游桂林，我先去梧州讲演，钧任等到十三日端甫开吊事完，飞到南宁会齐，同去游柳州、桂林。我们商量定了，我很高兴，就同陈荣捷先生坐小汽船过河到岭南大学钟荣光校长家吃午饭去了。

　　那天下午五点，我到岭南大学的教职员茶会。那天天气很热，茶会就在校中的一块草地上，大家团坐吃茶点谈天。岭大的学生知道了，就有许多学生来旁观。人越来越多，就把茶会的人包围住了。起先他们只在外面看着，后来有一个学生走过来对我说："胡先生肯不肯在我的小册子上写几个字？"我说可以，他就摸出一本小册来请我题字。这个端一开，外面的学生就拥进茶会团坐圈子里来了。人人都拿着小册子和自来水笔，我写得手都酸了。天渐黑下来，草地上蚊子多得很，我的薄袜子抵挡不住，我一面写字，一面运动两只脚，想赶开蚊子。后来陈荣捷先生把我拉走，我上车时，两只脚背都肿了好几块。

晚上黄深微先生和他的夫人邀我到他们家中去住，我因为旅馆里来客太多，就搬到东山，住在他们家里。十点钟以后，报馆里有人送来明天新闻的校样，才知道中山大学邹鲁校长今天出了这样一张布告：

国立中山大学布告第七十九号

为布告事。前定本星期四五两下午二时请胡适演讲。业经布告在案。现阅香港《华字日报》，胡适此次南来接受香港大学博士学位之后，在港华侨教育会所发表之言论，竟谓香港最高教育当局也想改进中国的文化，又谓各位应该把它做成南方的文化中心，复谓广东自古为中国的殖民地等语。此等言论，在中国国家立场言之，胡适为认人作父。在广东人民地位言之，胡适竟以吾粤为生番蛮族，实失学者态度。应即停止其在本校演讲。合行布告。仰各学院各附校员生一体知照。届时照常上课为要。此布。

校长邹鲁

中华民国二十四年一月九日

这个布告使我不能不佩服邹鲁先生的聪明过人。早晨的各报记载八日下午西南政务会议席上讨论的胡适的罪过，明明是反对广东的读经政策；现在这一桩罪名完全不提起了，我的罪名变成了"认人作父"和"以吾粤为生番蛮族"两项！广州的当局大概也知道"反对读经"的罪名是不够引起广东人的同情的，也许多数人的同情反在我的一边。况且读经是武人的主张——这是陈济棠先生亲口告诉我的——如果用"反对读经"做我的罪名，这就成了陈济棠反对胡适了。所以奉行武人意旨的人们必须避免这个真罪名，必须向我的华侨教育会演说里去另寻找罪名，恰好我的演说里有这么一段话：

> 我觉得一个地方的文化传到它的殖民地或边境，本地方已经变了，而边境或殖民地仍是保留着它祖宗的遗物。广东自古是中国的殖民地，中原的文化许多都变了，而在广东尚留着。像现在广东音是最古的，我现在说的话才是新的。（用各报笔记，大致无大错误。）

假使一个无知苦力听了这话忽然大生气，我一定不觉得奇怪。但是一位国立大学校长，或是一位国立大学的中国文学系主任，居然听不懂这一段话，居然大生气，说我是骂他们"为生番蛮族"，这未免有点奇怪吧。

我自己当然很高兴，因为我的反对读经现在居然不算是我的罪状了，这总算是一大进步。孟子说得好："乃孔子则欲以微罪行，不欲为苟去。"邹鲁先生们受了读经的训练，硬要我学孔子的"做人"，要我"以微罪行"，我当然是很感谢的。

但九日的广州各报记载是无法追改的，九日从广州电传到海内各地的消息也是无法追改的。广州诸公终不甘心让我蒙"反对读经"的恶名，所以一月十四日的香港英文《南华晨报》(South China Morning Post) 上登出了中山大学教授兼广州《民国日报》总主笔梁民志（Prof. Liang Min–Chi）的一封英文来函，说：

> 我盼望能借贵报转告说英国话的公众，胡适博士在广州所受冷淡的待遇，并非因为（如贵报所记）"他批评广州政府恢复学校读经课程"，其实完全因为他在一个香港教员聚会席上说了一些对广东人民很侮辱又"非中国的"(Un–Chinese) 批评。我确信任何人对于广州政府的教育政策如提出积极的批评，广州当局诸公总是很乐意听受的。

我现在把梁教授这封信全译在这里，也许可以帮助广州当局诸公多解除一点同样的误解。

三

我的膏药卖不成了，我就充分利用那两天半的时间去浏览广州的地方。黄花岗、观音山、鱼珠炮台、石牌的中山大学新校舍、禅宗六祖的六榕寺、六百年前的五层楼的镇海楼、中山纪念塔、中山纪念大礼堂，都游遍了。中山纪念塔是亡友吕彦直先生（康南尔大学同学）设计的，图案简单而雄浑，为彦直生平最成功的建筑，远胜于中山陵的图案。黄花岗七十二烈士（中有亡友饶可权先生）墓是二十年前的新建筑，中西杂凑，全不谐和，墓顶中间置一个小小的自由神石像，全仿纽约港自由神大像，尤不相衬。我们看了民元的黄花岗，再看吕彦直设计的中山纪念塔，可以知道这二十年中国新建筑学的大进步了。

我在中山纪念塔下游览时，忽然想起学海堂和广雅书院，想去看看这两个有名学府的遗迹。同游的陈达材先生说，广雅书院现在用作第一中学的校址，很容易去参观。我们坐汽车到一中，门口的警察问我们要名片，达材给了他一张名片。我们走进去，路上遇着一中校长，达材给我介绍，校长就引导我们去参观；东边有荷花池，池后有小亭，亭上有张之洞的浮雕石像，刻得很工致。我们正在赏玩，不知为何被校中学生知道了，那时正是十二点一刻，餐堂里的学生纷纷跑出来看，一会儿荷花池的四围都是学生了。我们过桥时，有个学生拿着照相机走过来问我："胡先生可以让我照相吗？"我笑着立定，让他照了一张相。这时候，学生从各方面围拢来，跟着我们走，有些学生跑到前面路上去等候我们走过。校长说："这里有一千三百学生，他们晓得胡先生来了，都要看看你。"我很想赶快离开此地。校长说："这里是东斋，因为老房屋有倒坏了的，所以全拆了重盖新式斋舍。那边是西斋，还保存着广雅书院斋舍的原样子，不可以不去看。"我只好跟他走，走到西斋，西斋的学生也知道我来了，也都跑来看我们。七八百个少年人围着我们，跟着我们，大家都不说话，但他们脸上的神气都很使我感动。校墙上有石刻的广雅书院学规，我站住读了几条回头看时，后面学生都纷纷挤上来围着我们，我们几乎走不开了。我们匆匆出来，许多学生跟着校长一直送我们到校门口。我们上了汽车，我对同游的两位朋友说："广州的武人政客未免太笨了。我若在广州讲演，大家也许来看热闹，也许来看看胡适之是什么样子；我说的话，他们也许可以懂得五六成；人看见了，话听完了，大家散了，也就完了。讲演的影响不过如此。可是我的不讲演，影响反大得多了。因为广州的少年人都不能不想想为什么胡适之在广州不讲演。我的最大辩才至多只能使他们想想一两个问题，我不讲演却可以使他们想想无数的问题。陈伯南先生们真是替胡适之宣传他的'不言之教'了!"

我在广州玩了两天半，一月十一下午，我和刘毅夫先生同坐西南航空公司的"长庚"机离开广州了。

我走后的第二天，广州各报登出了中山大学中国文学系教授古直、钟应梅、李沧萍三位先生的两个"真电"，全文如下：

（一）广州分送西南政务委员会，陈总司令，林主席，省党部，林宪兵司令，何公安局长勋鉴：昔颜介庾信，北陷虏廷，尚有乡关之重，今胡适南履故土，反发盗憎之论，在道德为无耻，在法律为乱贼矣。又况指广东为殖民，置公等于何地，虽立正典刑，如孔子之诛少正卯可也，何乃令其逍遥法外，造谣惑众，为侵掠主义张目哉。今闻尚未出境，请即电令截回，径付执宪，庶几乱臣贼子，稍知警悚矣；否则老口北返，将笑广东为无人也。国立中山大学中文系主任古直，教员李沧萍、钟应梅等叩，真辰。

（二）探送梧州南宁李总司令，白副总司令，黄主席，马校长勋鉴：（前段与上电同，略）今闻将入贵境，请即电令所在截留，径付执宪，庶几乱臣贼子，稍知警悚矣。否则公方剿灭□□，明耻教战，而反容受刘豫、张邦昌一流人物以自玷，天下其谓公何，心所谓危，不敢不告。国立中山大学中文系主任古直，教员李沧萍、钟应梅叩，真午。

电文中列名的李沧萍先生，事前并未与闻，事后曾发表谈话否认列名真电。所以一月十六日《中山大学日报》上登出"古直、钟应梅启事"，其文如下：

胡适出言侮辱宗国，侮辱广东三千万人。中山大学出布告驱之,定其罪名为认人作父。夫认人作父,此贼子也,刑罚不加,直等以为遗憾。真日代电,所以义形于色矣。李沧萍教授同此慷慨。是以分之以义,其实未尝与闻。今知其为北大出身也,则直等过矣。呜呼道真之妒。昔人所叹,自今以往,吾犹敢高谈教育救国乎。先民有言,丈夫行事当磊磊落落。特此相明,不欺其心。谨启。

古 直
　　　启
钟应梅

这三篇很有趣的文字大可以做我的广州杂忆的尾声了。

(《南游杂忆》)

胡　适（1891—1962），原名嗣穈，学名洪骍，字希疆；后改名胡适，字适之，笔名天风、藏晖等。安徽绩溪人。因提倡文学革命而成为新文化运动的领袖之一。历任北京大学教授、北京大学文学院院长、中华民国驻美利坚合众国特命全权大使、北京大学校长等职。胡适兴趣广泛，著述丰富，在文学、哲学、史学、考据学、教育学、伦理学、红学等诸多领域都有深入的研究，被誉为现代思想文化界最稳健、最优秀、最高瞻远瞩的哲人智者。

香　港

胡　适

　我在元旦上午坐哈里生总统船南下，一月四日早晨到香港，住在香港大学副校长韩耐儿（Sir William Hornell）的家里。我在香港的日程，先已托香港大学文学院长佛斯脱先生（Dr. L. Forster）代为排定。西洋人是能体谅人的，所以每天上午都留给我自由支配，一切宴会、讲演都从下午一点开始。所以我在港五天，比较很从容，玩了不少地方。

　船到香港时，天还未明，我在船面上眺望，看那轻雾中的满山灯光，真像一天繁星。韩校长的家在半山，港大也在半山，在山上望见海湾，望见远近的岛屿，气象比青岛、大连更壮丽。香港的山虽不算很高，但几面都靠海，山和海水的接近，是这里风景的特色。有一天佛斯脱先生夫妇邀我去游览香港市的背面的山水，遍览浅水湾、深水湾、香港仔、赤柱各地。阳历的一月正是香港最好的天气。满山都是绿叶，到处可以看见很浓艳的鲜花；我们久居北方的人，到这里真有"赶上春了"的快乐。我们在山路上观看海景，到圣士梯反学校小坐喝茶，看海上的斜阳，风景特别清丽。晚上到佛斯脱先生家去吃饭，坐电车上山，走上山顶（The Peak）。天已黑了，山顶上有轻雾，远望下去，看那全市的灯火，气象比纽约和旧金山的夜色还更壮丽。有个朋友走遍世界的，曾说，香港的夜景，只有南美洲巴西首都里阿德耶内罗（Rio de Janeiro）和澳洲的西德内（Sydney）两处可以相比。过了一天，有朋友邀我去游九龙，因时间太晚，走得不远，但大埔和水塘一带的风景的美丽已够使我们惊异了。

有一天，我在扶轮社午餐后演说，提到香港的风景之美。我说：香港应该产生诗人和画家，用他们的艺术来赞颂这里的海光山色。有些人听了颇感觉诧异。他们看惯了，住腻了，终日只把这地方看作一个吃饭做买卖的商场，所以不能欣赏那山水的美景了。但二十天之后，我从广西回到香港时，有人对我说，香港商会现在决定要编印一部小册子，描写香港的风景，他们准备印两万本，来宣传香港的山水之美！

香港大学最有成绩的是医科与工科，这是外间人士所知道的。这里的文科比较最弱，文科的教育可以说是完全和中国大陆的学术思想不发生关系。这是因为此地英国人士向来对于中国文史太隔膜了，此地的中国人士又不太注意港大文科的中文教学，所以中国文字的教授全在几个旧式科第文人的手里。大陆上的中文教学早已经过了很大的变动，而港大还完全在那变动大潮流之外。近年副校长韩君与文学院长佛君都很注意这个问题，他们两人去年都曾到北方访问考查。去年夏天港大曾请广东学者陈受颐先生和容肇祖先生到这里来研究港大的中文教学问题，请他们自由批评并指示改革的途径。这种虚心的态度是很可以佩服的。我在香港时，很感觉港大当局确有改革文科中国文字教学的诚意，本地绅士如周寿臣、罗旭和诸先生也都热心赞助这件改革事业。但他们希望有一个能主持这种改革计划的人，这个人必须兼有四种资格：（1）须是一位高明的国学家；（2）须能通晓英文，能在大学会议席上为本系辩护；（3）须是一位有管理才干的人；（4）最好须是一位广东籍的学者。因为这样的人才一时不易得，所以这件改革事业至今还不曾进行。

香港大学创始于爱里鹗爵士（Sir Charles Eliot），此君是一位博学的学者，精通梵文和巴利（Pali）文，著有《印度教与佛教》三巨册；晚年曾任驻日本大使，退休后即寄居奈良，专研究日本的佛教，想著一部专书。书稿未成，他因重病回国，死在印度洋的船上。一九二七年五月，我从美国回来，过日本奈良，曾在奈良旅馆里见着他。那一天同餐的，有法国的勒卫（Sylvan Levi）先生，瑞士（现改法国籍）的戴弥微（Demieville）先生，日本的高楠顺次郎先生和法隆寺的佐伯方丈，五国的研究佛教的学人聚在一堂，可称盛会。于今不过八年，那几个人都云散了，而当日餐会的主人已葬在海底了！

爱里鹗校长是最初推荐钢和泰（Baron Stael Hodstein）先生

给北京大学的人。钢先生从此留在北京,研究佛教,教授梵文和藏文,至今十五六年了。香港大学对中国学术上的贡献,大概要算这件事为最大。可惜爱里鹗以后,这样的学术上的交流就不曾继续了。

香港的教育问题,不仅是港大的中文教学问题。我在香港曾和巢坤霖先生、罗仁伯先生细谈,才知道中小学的中文教学问题更是一个亟待救济的问题。香港的人口,当然绝大多数是中国人。他们的儿童入学,处处感觉困难。最大的困难是那绝大多数的华文学校和那少数的英文中学不能相衔接,华文学校是依中国新学制的六六制办的,小学六年,中学也六年。英文中学却有八年。依年龄的分配,在理论上,一个儿童读了四年小学,应该可以接上英文中学的最低级(第八级)。事实上却不然,华人子弟往往要等到初中二三年(即第八九年)方才能考英文中学。其间除了英文之外,其余的他种学科都是学过了还须重习的。这样的不相衔接,往往使儿童枉费去三年至五年的光阴。所以这是一个最严重的问题。香港与九龙的华文学校约有八百所,其中六百校是完全私立的,二百校是稍有政府津贴的。英文中学校之中,私立的约有一百校,其余最好的三十校又分三种:一种是官立的,一种是政府补助的,一种是英国教会办的。因为全港受英国统治与商业的支配,故学生的升学当然大家倾向那三十所设备最好的英文中学。无力升学的学生,也因为工商业都需要英文与英语,也都有轻视其他学科的倾向。还有一些人家,因为香港生活程度太高,学费太贵,往往把子

弟送往内地去求学；近年中国学校不能收未立案的学校学生，
所以香港儿童如想在内地升学，必须早入中国的立案学校。所
以香港的中小学的教学问题最复杂。家长大都希望子弟能早学
英文，又都希望他们能多学一点中国文字，同时广东人的守旧
风气又使他们迷恋中国古文，不肯彻底改用国语课本。结果是
在绝大多数的中文学校里，文言课本还是很占势力，师资既不
易得，教学的成绩自然不会好了。

　　罗仁伯先生是香港中文学校的视学员，他是很虚心考虑这
个中文教学问题的，他也不反对白话文。但他所顾虑的是：白
话不是广东人的口语，广东儿童学白话未必比学文言更容易，
也未必比学文言更有用。这不仅是他一个人的顾虑，广东朋友
往往有这种见解。其实这种意思是错的。第一，今日的"国语"
本是一种活的方言，因为流行最广，又已有文学作品做材料，
所以最容易教学，学了也最有用。广东话也是一种活的方言，
但流行比较不远，又产生的文学材料太少，所以不适宜用作教
学工具。广东人虽不说国语，但他们看白话小说，新体白话文
字究竟比读古书容易得多了。第二，"广东话"绝不能解决华南
一带语言教学问题，因为华南的语言太复杂了，广东话之外，
还有客话、潮州话等等。因为华南的语言太复杂了，所以用国
语做统一的语言实在比在华北、华中还更需要。第三，古文是
不容易教的，越下去，越不容易得古文师资了；而国语师资比
较容易培养。第四，国语实在比古文丰富得多，从国语入手，
把一种活文字弄通顺了，有志学古文的人将来读古书也比较容

易。第五，我想香港的小学、中学若彻底改用国语课本，低级修业年限或可以缩短一二年。将来谋中文学校与英文中学的衔接与整理，这也许是很可能的一个救济方法——所以我对于香港的教育家，很诚恳地希望他们一致地改用国语课本。

我在香港讲演过五次：三次用英文，两次用国语。在香港用国语讲演，不是容易的事。一月六日下午，我在香港华侨教育会向两百多华文学校的教员演说了半点钟，他们都说可以勉强听官话，所以不用翻成广东话。我说得很慢，自信是字字句句清楚的。因为我怕他们听不明白，所以这篇演说里没有一句不是很浅近的话。第二天各华字报登出会场的笔记，我在《大光报》上读了一遍，觉得大旨不错，我很高兴，因为这样一篇有七八成正确的笔记使我相信香港的中小学教员听国语的程度并不坏，这是最可乐观的现象，在十年前，这是绝不可能的。后来广州各报转载的，更后来北方各报转载的，大概都出于一个来源，都和《大光报》相同。其中当然有一些听错的地方，和记述白话语气不完全的地方。例如，我提到教育部王部长的广播演说，笔记先生好像不知道王世杰先生，所以记作汪精卫先生了。又如我是很知道广州人对香港的感情的，所以我很小心地说，"我希望香港的教育家接受新文化，用和平手段转移守旧势力，使香港成为南方的一个新文化中心"，我特别把"一个新文化中心"说得很清楚，但笔记先生好像不曾做惯白话文，他轻轻地把"一个"两字丢掉了，后来引起了广州人士不少的醋意！又如最后笔记先生记的有这样一句话：

　　现在不同了。香港最高级教育当局也想改进中国的
文化。

　　这当然是很错误的记录：我说的是香港最高教育当局现在
也想改善大学里的中国文学的教学了，所以我接着说港大最近
请两位中国学者来计划中文系的改革的事业。凡有常识而无恶
意的读者，看了上下文，绝不会在这一句上挑眼的，谁知这个
句子后来在中山大学邹校长的笔下竟截去了上下文，成了一句
天下驰名的名句！

　　那篇演说，因为各地报纸都转载了，并且除了上述各点小
误之外，记载得大体不错，所以我不用转载在这里了。我的大
意是劝告香港教育家充分利用香港的治安和财富，努力早日做
到普及教育；同时希望他们接受中国大陆的新潮流，在思想文
化上要向前走，不要向后倒退。可是我在后半段里提到广东当
局反对白话文，提倡中小学读经的政策。我说得很客气，笔记
先生记的是：

　　　　现在广东很多人反对用语体文，主张用古文；不但古
　　文，而且还提倡读经书。我真不懂。因为广州是革命策源
　　地，为什么别的地方已经风起云涌了，而革命策源地的广
　　东尚且守旧如此。

　　这段笔记除了"风起云涌"四个字和"尚且"二字我绝不

会用的，此外的语气大致不错。我说得虽然很客气，但读经是陈济棠先生的政策，并且曾经西南政务会议正式通令西南各省，我的公开反对是陈济棠先生不肯轻轻放过的。于是我这篇最浅近的演说在一月八日广州报纸上登出之后，就引起很严重的反对。我丝毫不知道这回事，八日的晚上，我上了"泰山"轮船，一觉醒来，就到了广州。

罗文干先生每每取笑我爱演说，说我"卖膏药"。我不懂这句话的意思，直到那晚上了轮船，我才明白了。我在头等舱里望见一个女人在散舱里站着演说，我走过去看，听不懂她说的是什么问题，只觉得她侃侃而谈，滔滔不绝，很像是一位有经验的演说大家。后来问人，才知道她是卖膏药的，在那边演说她手里的膏药的神效。我忍不住暗笑了：明天早起，我也上省卖膏药去！

(《南游杂忆》)

徐霞村（1907—1986），原名徐元度，笔名方原等。著名翻译家、学者和词典学家；在文学创作和学术研究方面都卓有建树，尤以译著成就突出，20 世纪 30 年代翻译的《鲁滨孙漂流记》蜚声全国。1925 年入北京中国大学哲学系。1927 年 5 月赴法勤工俭学，就读于巴黎大学文学院。1926 年开始在《晨报》副刊和《小说月报》等报刊上发表作品。1930 年后在北京大学等校任教。抗战胜利后主编《新湖北日报》。

"英国人的乐园"

徐霞村

醒来时，天已大亮，魏从外面回来说，外面景致很好，应该快起来看看。于是我赶快喝了咖啡，走上甲板。

三日来除了水就是天的海上，这时已排上了两列蜿蜒的小山。在盖满树木的山面上，露着红色的土质；一朵朵的白色的水气绕着它们的圆顶，如同圣者的光圈。浓重的云彩散在天空，被东方的曙光照着，现出灿烂的边缘；下面的海水是那样碧绿，那样平静，使人想到春天的西湖。有时偶然有个广东式的舢板从我们的船旁滑过，把清楚的影子映在水里，又近又小，使你不敢相信它是真的。

我对袁说，如果他要作画，今天可不愁没有材料。他告诉我，这些东西真使他手痒。

过了一会，我们的船渐渐走近香港。香港的岸上立满了很高的西式建筑，从远处看来，好像一些小的鸽子窠隐显于树林中。水面上也增加了许多船只——无论是帆船，是军舰，是邮船，在这静恬的空气里，都好像带了几分美丽。即使偶尔有一两声汽笛，因了有两山的回响，也不怎样使人厌恶。

我们的船也不靠岸，就停在这艳装的海峡里了。

许多接客的小船都向我们围上来，每一个上面都差不多插着一个"某某酒店"的旗子。我们船上的广东旅客都好像认识他们，也不讲价就开始把行李用绳子系下去。

"香港是英国人的乐园。"这句话真使人心动！

西谛、魏和我都想上岸看看，但又因为不知什么时候开船而不敢冒险。我们由船头跑到船尾，由船尾又跑到船头，踌躇着。

西谛提议先到扶梯口去看看风色，于是我们又跑到二等舱。扶梯口这时已挤满了人。维持秩序的外国人见我们站在那里，以为是要上岸，便催我们赶快下去。

"When must we come back if we get down?"

西谛乘机问他。

"Oh, you have plenty hours."

"下去吧，大概不要紧了。"

"管他呢！"我说。

下面正靠着一只小汽船，我们也不问三七二十一，很从容地跨上去。船里的人似乎毫不注意我们，仍旧替别人接行李，接完行李便把船向岸驶去。

到岸后，一个老板似的广东人先跳上去，然后帮助每个旅客上去。

"How much should we pay?" 我们问。

"Thank you." 他满面堆笑地说。

"Three persons, without baggage, how much?"

"Thank you, thank you."

"Don't want? All right."

我们大步地走开，一个个笑得直不起腰来。

照了一个像，我们便开始决定到什么地方。我本想提议去坐登山电车，后来因为西谛说要找个朋友，我们终于决定到商务印书馆。

一半靠着我们的瞎闯，一半靠着殷勤的询问，我们居然找到了它，但是所得的却是闭门羹。我们立刻注意，关门的铺店不只是商务，别的大公司、大洋行也很多。在街上，男女学生成群地游行着，卖弄着他们那些漂亮的制服。如果你站在码头上，你也可以看见所有的军舰都挂上了彩旗。若不是西谛买了一份报，我真不知道今天就是"大不列颠的帝国日"。

在恼丧之中，我们忽然看见，在柏油的十字路口，靠着一个很高的石墙，有一个人工的炮台道。我们走过去。道很窄，两边种着西洋芭蕉，顶上覆着浓密的槐树，使人立刻把刚才的炎热忘却。从头至尾都充满了寂静，久久不见一人，好像一条禁宫的入路。

我们都打算在这里休息一会。

"这不是到登山电车的路吗？"魏忽然说，指着一个"To The Peak Tramway"牌子。

"好极了，让我们上去吧！"

我们走上炮台路，费了很大的劲才找到停车处，停车处是一个火车站似的房子，一辆宽而短的电车停在里面。我们赶得很巧，刚一上去车就开了。被一根铁绳拉着，它很快地爬上那陡而窄的轨道，好像一个升降机。我们可以感到我们的耳朵因空气稀薄而不觉得有些聋了。

向下看，我们上岸的海湾已如一个轮廓不清的小池，笼罩在一层水汽之下了。我们的阿多斯和别的船只稀稀地浮在它的面上，如同一些小孩的玩具。四周是葱然一片——葱色的山尖，葱色的山谷；从葱色之中时时荡出泉水的流声。

电车穿过了山腰的白云，在清静的山顶慢慢停下。我们站在山道上，可以看见后港的风景。

后港的风景完全与前港不同。一切都是清淡的，没有一点艳丽的色彩。天是浅灰，海是淡青，中间夹着几片薄云，如同渺漠的小岛。太阳发着微光，把这模糊的海天照成一幅图画。我不相信谁能立在这里而不觉得自己飘飘欲仙！

"啊，英国人的乐园！"

孟斯根（1908—?），原名孟显直，又名孟宪智，笔名孟十还、孟咸直，曾留学苏联10年。在黎烈文主编的《译文》上发表过许多俄国和苏联文学译文。与鲁迅合作翻译《果戈理选集》等书，与鲁迅来往密切，《鲁迅全集》里收有多封鲁迅写给他的信。1949年到台湾，后移民美国。

忆哈尔滨

孟斯根

　　和朋友们闲谈起国内什么地方来，就常被问道：你喜欢上海呢，还是喜欢杭州呢？在这班人眼中，上海和杭州当然是最好的地方了。不，我答，我不喜欢上海，也不喜欢杭州。那么你喜欢什么地方呢？我喜欢哈尔滨呀。于是朋友失望。记得某次有一位先生竟回问我哈尔滨在哪里，是不是中国的地界。在现在，我们如其说这位先生没有地理知识，却不如说他是位幽默家，因为此时若和萧伯纳老头子讲这话，恐怕他也会用疑问的口气来这么回问一声吧。

　　上海虽然是世界繁华大埠之一，虽然有爵士音乐，有土耳其浴室，舞女的唇和腿，电影明星的《毛毛雨》，但这些都还不能迷醉我这青年时代的心。那蓝眼睛水兵的皮鞋脚、那被踢肿了脊背的洋车夫、那恶魔似的灰色军舰、那油油的西洋浪人的胖脸、那大肚子……总使我感觉这不是一个合理的人的世界，于是我憎厌上海。

杭州呢，谁都知道它是人间天堂：游水有湖，登高有山，看花有梅、桃，进香有三竺、灵隐，吃有莼菜、醋熘鱼；如果你是未婚的青年男女，还有月下老人祠预备着你去求签，卜一卜你的喜讯佳期。然而杭州也有它的许多许多坏处，雨、蚊、热、早晨的大粪担子、湖滨像苍蝇一般兜揽生意的船夫、站在柜台后面赤着上身的店员、"急漓古辣"的杭腔……都给人一种不快之感。如果杭州没有这些缺憾，或许我也成为喜爱杭州的人了。

言归正传，我说我喜爱哈尔滨呀。

一跳下中东路火车，第一眼就会使人想到那半欧半俄式的巍峨广阔的候车房是在中国任何地方都不曾见过的。这大房子里面是整洁的，除了书报出售处、食堂，找不到一个卖五香蛋、豆腐干小贩，在地下找不到一堆甘蔗渣，一块水果皮。若在夏天（最好在夏天到哈尔滨去），才走出这建筑物时，使人更观感新异的，是迎面隆起的鲜艳夺目的大花坛，和向左右伸展开的两片浓密的树林，令人立刻忘记了旅行的疲倦与尘嚣之苦。有人说车站代表所在地进化的程度，但哈尔滨车站所代表的不能说是中国人的进化程度，因为十几年以来的哈尔滨，表面主权虽属于中国人，实际治权却还是操在俄国人手里。这个地方一向也好像中东铁路一样，是一个分析不清的谜网。

哈尔滨的道路一半是用柏油和平石铺的，一半是用细砂铺的，无论怎样大风的天，街上也没有一点飞扬的尘土，这一点只有上海可以比得上吧。市内商业区和住宅区的每条街道上都栽种着整整齐齐大小的树木，有些地方的树下还设有公园里样的长凳，给游人随时好坐下休息一会。小贩都有固定的岗楼般的小木房子，因而街上听不见一声叫卖的呼喊，这一类小贩多是卖饮料食品的、卖纸烟水果的等等。像上海各马路随地就摆下来那些千奇百怪的货摊，我在哈尔滨住过几年，不曾看见过一次。

这地方的商店，招牌上可以不写中文，但不能不写俄文。每家商店都必须聘请一员俄文翻译，否则他在俄国人方面便要失掉许多生意。因此在哈尔滨便产生了许多洋泾兵式的俄文，许多俄文化的华文。例如面包在俄文是"和咧巴"，中国人便将色紫的粗面包叫作"黑咧巴"，色白的细面包叫作"白咧巴"；商场在俄文是"巴杂里"，中国人便叫商场"八杂市"。大家嘴里这样说，文字以至官家公文上也这样写，习以为常，便形成一种哈尔滨的特殊的语文了。

市内有很多小规模的公园，有的在两条路的交点，有的就在一爿店铺门前，并且有园丁按时洒扫、培植花草。几处大公园中最有名的、离闹市约三里远的马家沟公园成为住在哈尔滨的外国人的快乐摇篮。园长五里，树木葱茏，参天蔽日，走进去仿佛走到一带广袤无垠的森林一般。在这里时常会出于意外地碰见一对对挽臂喁语的亲密的异邦男女，但一瞬间，粗密的枝干又埋藏住他们了，只有微风一阵阵送来他们的娇声媚笑。

啊，朋友，怎样可爱恋的所在呀！可是这种地方很少见有中国人来游玩，我想，这原因大概也和林语堂先生游虎跑时所遇见那位少年不肯看瀑布有同样的理由吧！（见《论语》十七期）

即使正当盛夏时候，住在哈尔滨也不用担心蚊子咬的，这地方简直可说就没有蚊子。苍蝇也只有短短几天的寿命，并且这里的苍蝇不像内地苍蝇那样厚脸，赶跑又来，倒是颇具有类似礼让之邦的大国民风度——达观，只要温饱无虞，就深知明哲保身的道理的。

不知因为什么，哈尔滨的臭虫可特别多，又比在内地所看见的体大而多毒，随便哪家洋房里的粉壁上，都能够发现几条褐紫色的血印，有如画家抹的油笔一般。这种"就地正法"的办法，在内地也极通行。当执刑者看着那小动物在手指下从容就义的时候，其心中必然会感到似凯旋又似报复那样的快乐吧？我每次捉到臭虫，总是放在地下，一踏完事，这就一点没有意思了。以前和我同住的一位同事，捉着这东西总是放进一只小玻璃瓶里，这"无期徒刑"我觉实在比什么惩罚都难受，然而这乃是近代法律的特质啊。不过臭虫到底还没有人类的那种聪明和力量，即使怎样大屠杀，也不会激起革命的吧！

凡到过哈尔滨的人，最不能忘记的应该是那一处一处精小的餐馆。只要费六七角钱，就有一顿丰盛的俄餐，旁边还有妙龄的"白俄"女郎招待。如果你高兴，就给她一杯酒，她便会坐在你的身旁，推情送媚，和你斗趣哩！这些漂流的无国籍人，差不多全无一技之长，只靠"命运"去找饭吃。什么道德、人生观，在他们都是空话，只要有利益给他们，便什么都肯做出来。祖国的社会主义的生活，这些浪漫偷生惯的帝俄余孽是受不了的，所以他们宁愿抛弃那向上的人生，而走这永远漂流和堕落的道路了。这一批"白俄"无论男女，却都有一个共同的希望，一个共通的信念，便是：推翻苏维埃政府，恢复帝制。他们妄以为这目的达到，就是他们的幸福世界了！

哈尔滨又是各国与中国人种的大博览会，商业大竞争场。广东人、浙江人、直隶人、山东人、英国人、德国人、俄国人，都集在这里经营角逐，因此人心的诡诈和险恶，是不言可知的了。也就因为是这样，一团的大混合，要写哈尔滨的风俗习惯，真是一部二十四史，不知从何处说起，不是一篇短文所能详及的了。

我爱哈尔滨，是爱它的独有的风格、情调。

我虽然离开哈尔滨又有五六年了，可是我没有一天能忘记它，没有一天我不想念它。现在时常回绕在我脑里的问题是，"什么时候我才能够再去看看哈尔滨呢？"有时自慰道：朋友，等着吧，你不听人说日俄开战，是我们重做东北主人翁的好机会吗？若不然，你不听人说第二次世界大战是我们拾得世界主人翁交椅的好机会吗？

我等候着日俄开战，等候着第二次世界大战！

但愿今日，曝晒于暴日下的哈尔滨无恙！

1933 年 5 月 19 日

靳　以（1909—1959），原名章方叙，又名章依，字正侯，笔名有靳以、方序等。天津人。作家。少年时代在天津南开中学读书。1932 年毕业于复旦大学国际贸易系。1933 年起，先后与郑振铎合编《文学季刊》，与巴金合编《文季月刊》。抗战期间任重庆复旦大学教授，兼任《国民公报》副刊《文群》编辑。1940 年在永安与黎烈文编《现代文艺》。1944 年回重庆复旦大学，抗战胜利后随校回上海，任国文系主任，与叶圣陶等合编《中国作家》。一生共有各种著作 30 余部，代表作品有《猫与短简》《洪流》《幸福的日子》《热情的赞歌》等。

哈尔滨

靳　以

一、小巴黎

哈尔滨是被许多人称为"小巴黎"的。中国人在心目中都以为上海该算是中国最繁华的城市，可是到过了哈尔滨，就会觉得这样的话未必十分可信。自然，在哈尔滨没有那种美国式的摩天楼，也没有红木铺成的马路；但是，因为住了那么多有钱的人，又是那么一个重要的铁路交叉点，个人间豪华的生活达到更高的程度。因为衔接了西伯利亚大铁路，最近的衣饰式样从巴黎就更快地来了，这为一切中国、外国女人所喜欢。在那条最热闹的基达伊斯基大街上，窗橱里都是出奇地陈列了新到的这一类货品。这使女人们笑逐颜开，而男人们紧皱眉头（有的男人也许不是这样的）。钱像是很容易赚进来，可是更容易化出去。当然，这里也像其余的大都市一样，包含了许多有一辈子两辈子也花不光的财产的富人；又有一爿大的铁路局，直接地间接地豢养了成千成万的人，使这个城市的繁荣永远不会衰凋下来。住在吉林和黑龙江的人希望到哈尔滨走走，正如内地的人想着到上海观光一样。就是到过多少大都市的人，也能为这个都市的一切进展所惊住。尤其是到过外国的人，走在南岗马家沟道里的街上，会立刻引起对异国的追想。一切都仿佛是在外国，来往的行人也多半不是中国人。我就时常惊讶着，当我走在南岗的居住区的一段路上，那样的建筑直使我想起一些俄国作家所描写的乡间建筑。间或有一两个俄国孩子从房里跑出来，更使我想到我不是在中国，轻婉的琴声如仙乐一样地从房子里飘出来。

多少街上也都是列满了俄国商店，再高贵些的就是法国商店。在那样的街上，如果一个人不会说一句中国话，不会感到什么不方便；若是不会说俄文，就有处处都走不通之苦。这正是哈尔滨，被人称为"小巴黎"的一个东方都市。

二、 街路

我很喜欢那里以长方石铺成的街路。不像其他的都市一样，用沥青和沙石来造平滑的路，却多半是七寸长五寸宽的长方石块来铺路的。当着坐在马车里，马的蹄子打在路上，我十分喜欢谛听着那清脆而不尖锐得厌人的声音，那些路也是平坦的，可并不是像镜子一样的光滑。就是在道外，一条正阳街也是用这样的石块铺成的。

这样的路在冬天经过几月的冰冻之后，可不会就坏掉了；而在夏天，也没有为太阳照得渗出的沥青油来粘着行人的脚。走在这样的路上是爽快的。在深夜，我时常喜欢一个人在街心走着，听着自己的鞋跟踏在路上的声音。这样我愈走愈高兴，独自走着很长的一条路。

三、 街上的车

跑在街上的车，我最喜欢的是一种叫作斗子车的了。那车是驾了一匹马，拖了一个斗一样的车厢，两旁两个大车轮子，上去的时候要从后面把座位掀起来。坐到那上面，走在清静的街上，我会要御者把鞭子给我，由我来指挥那匹马行走。但是在繁闹的街市，他就拿过去了，为着怕出危险的缘故。因为没有易于上下的地方，许多人是不愿意坐那样的车，若是出了事，会有更大的危险。我却不怕，友人告诉我几次斗子车从南岗下坡滚下来出事的事情，我还常是一个人偷偷地去乘坐，因为我是最喜欢那车子的。

那里的电车比起上海来要好许多许多，第一就看不见那种习于舞弊的讨厌的售票人。而车中的布置，座位的舒适，和我自己所坐过的一些都市中的电车来比较，也是要居于第一位。那上面的司机人和售票人都是初中毕业的青年人，在二十岁左右，穿着合身的制报。没有头等和三等的分别，座位上都是铺了绿绒。乘客是必须从车的后门上来，前门下去，免去一些拥挤。到了每一个停站，售票人用中国话叫过一次之后，再用俄文叫一次。他们负责地使电车在街上安顺地驶行。

大汽车也是多的，除开了到四乡去的之外，从道里到道外，南岗，马家沟，都有这样的车。这不是一个公司的营业，可是无数的大汽车联合起来收同一的车价，走着规定的路程，对乘客的人数有一定的限度。更便利的是那些在街上往返走着的小汽车，随时可以停下来，只要花一毛钱，就可能带到很远的地方。

再有的就是马车和人力车，人力车的数量是最少的。

四、 夜之街

到晚上，哈尔滨的街是更美丽的。但是在这里，我要说的街是指基达伊斯基大街和与它连着的那些条横街。

无论是夏天和冬天，近晚的时节，在办公室的和在家中的人就起始到街上来。只有饮食店、药店是还开着的，其余的商店都已锁好了门，可是窗橱里却明着耀眼的灯。那些窗饰，多是由专家来布置，有着异样引人的力量。渐渐地人多起来了，从左面的行人路顺着走下去，又从右面的行人路上走回来。大家在说着话，笑着沿着这条街往返地散着步。在夏天，有拿了花束在贩卖的小贩，那些花朵照在灯光之下，像是更美丽一些。到了冬天，却是擦得发亮的红苹果，在反衬着白色的积雪。相识的人遇见了，举举帽子或是点点头，仍然不停止他们的行走。有一段路，伫立了许多行人，谛听着扩大器放出来的音乐，在工作之余，他们不用代价而取得精神上的粮食。

在一些横的街上，是较为清静一些，路灯的光把树叶的影子印在路上，衰老的俄国人，正在絮絮地说着已经没有的好日子。在那边遮在树影下的长凳上，也许坐了一对年青人，说着年青人的笨话，做着年青人的笨事。在日间也许以为是丑恶的，可是美丽的夜，把美丽的衣裳披在一切的上面，什么都像是很美好的了。

五、 太阳岛

夏日里，太阳岛是人人想去的地方，可是当我和我的友人说的时候，他却说可以不必去，因为过了江就有盗匪。但是我确实地知道许多俄国男人和女人仍旧去的，每次走在江边，也看到了许多人是等候着渡船过去。于是我和另外的一个友人约着去一次。

到那边去可以乘坐公共过渡汽船，也能乘坐帆船，还可以坐着瘦小的舢板过去。我们是租好一舢板，要自己摇过去。从江边到太阳岛，也有几里的路程，到了太阳岛，已经费去一小时的工夫。我们把船拴在岸旁，走上岸去。

沿着岸，麇集了许多舢板游船，沙岸上，密密地排满了人。有的坐着，有的睡着，好多女人是用好看的姿式站在那里。那都是俄国人，穿着游泳衣，女人把绸带束在头上，笑着闹着，一些人在水中游着。有的人驾了窄小的独木舟，用长桨左右地拨着。随时这独木舟会翻到水中去，驾船的人也会游泳着，把倾覆的船翻过来，又坐到里面去，继续地划着前进。

在岛的尽头有一家冷饮店，装饰成一个大船的样子，有奏乐的人在吹奏。很多穿了美丽游泳衣的女人坐在那里，喝着冷饮。她们的衣服没有一点水，也没有一点沙子，只是坐在那里瞟着来往的男人。

没多少远，就有荷枪的卫兵守在那里，这是用以警备盗匪的袭击。

回去的时候，太阳是将近落下了。温煦的阳光照在我们的脸上，斜映起江波的金花闪耀着我们的眼睛。我们一下一下地向着东面划去，留在我们后面的船只能看见黑黑的影子，柔曼的歌声从水上飘到我们这里来。

六、 道外

写到"道外"这一节，我就要皱起眉头来。我并不是因为曾经在外国住得久（其实我是连去都没有去过），忘了自己的祖国，无理由地厌恶着中国所有的一切。若是稍稍把情感沉下去，想到住满了中国人的道外区，立刻就有一幅污秽的景象在脑中涌起来，就没有法子使我不感到厌恶。

只有一条正阳街是稍稍整齐些，可是盖在木板下的阴沟就发着强烈的臭味。横街上呢，涂满了泥水的猪还在阴沟里卧着，两旁的秽土像小山一样地堆积起来。

沿着江边的一条路，是排满了土娼的街。苦工们有了钱，到这里来花去的。只要坐在从车站到道外的电车上，就能经过这条街；靠西的一排都是这样矮小的房子，挂满了红布窗帘。那里还有囤积黄豆的粮食，雨下得多了，豆子存的日子久了，发了芽，渐渐地腐烂起来，冒出比什么也难闻的气味来。

因为木料价格的低下，还有当局的疏忽，所有的建筑物都少用砖泥洋灰。所以，火灾像是每天至少总有两三起。一起也很少是一小部分，因为房屋太密了，一阵火就能烧光了一大片，使多少人没有安身的地方。但是当着这被毁后的房子再造起来，只顾目前的便宜，仍然大量地用着木材。

这正是我们中国人办事的精神，这里也正是完全住了中国人的区域。

茅　盾（1896—1981），原名沈德鸿，笔名茅盾等，字雁冰。浙江嘉兴桐乡人。新文化运动的先驱，中国现代著名作家、文学评论家、文化活动家以及社会活动家。1913 年考入北京大学预科第一类。预科毕业后，入商务印书馆编译所工作。代表作品有《子夜》《霜叶红似二月花》《春蚕》《白杨礼赞》等。

西京插曲

茅　盾

　　四〇年五月下旬，华侨慰劳团三十余人刚到了那赫赫有名的西京。就在他们到达的前一晚，这一座"现代化"的古城，受过一次空袭，繁盛的街市中，落弹数枚。炸飞了瓦面，震倒了墙壁和门窗的房屋，还没有着手清除，瓦碟堆中杂着衣服和用具；有一堵巍然独峙的断垣，还挑着一枝晾衣的竹竿，一件粉红色的女内衫尚在临风招展，但主人的存亡已不可知。

　　街上时常抬过新丧的棺材，麻衣的家族跟着走，也还有用了三四个军乐队吹吹打打的。这一天，烈日当头，万里无云，人们的衣服都换了季。下午二时许，警报又响了，人和车子的奔流以钟楼为中心点，像几道水渠似地向六个城门滚滚而去，但敌机并没进入市空。

　　华侨慰劳团被招待在一所有名的西京招待所。这是西安最漂亮的旅馆，道地的西式建筑，受过训练的侍役（有不少是从上海来的）。不过也只能说在目前西安，它是最漂亮的旅馆。可是那座大饭厅早已被炸一洞，至今未加修补。

炸后电灯尚未修好，那一晚西安市上烛光荧荧，人影憧憧，颇为别致。但月色却皎洁得很，西京招待所的院子里停着两部卡车和一二架小包车，似乎料到今晚还要有一次警报。果然，七点钟左右，警报响了，招待所立刻混乱起来了。事实上，那时候西京招待所的客人只有两大帮，一是华侨慰劳团，又一便是第二战区所属的什么队，院子里的两部卡车恰好一帮一部。然而那天招待所里却也有几位"散客"——也不妨说是一小帮，他们全是第一次到西安，什么都摸不着头绪。

警报响过，茶房立刻来锁房门了，这几位"散客"莫明其妙地跑到大院子里，断定了这几辆汽车一定是招待所准备着给旅客们躲警报用的，于是便挤到车旁。这时候，突然发现了大批警察（后来知道他们是来保护那华侨慰劳团的），更有些穿便服的古怪角色，在院子里嚷嚷吵吵，似乎一面在等人催人，一面又在检点人数。卡车之一，已经站了许多人，另一部呢，却不断地有人上去，也有下来，好像互相寻找。

那一帮"散客"是五个人，其中一位身材魁梧的 C 君，摇摇摆摆上了那已经站着许多人的卡车；其余的四位，S 君夫妇及其子女，则向另一卡车进攻，可是那一对少爷小姐刚刚挤了上去，那车子就开走了。S 夫妇立即转移目标到另一辆小包车，车门开着，里面有人向外招呼，他俩也没问一声，就进去了。

他们绝没有想到，这是私人的车子；坐定以后，才看明白车中那人是一个军官模样的中年人，而军官模样的，也看清这上来的两位不是他所要招呼的人。可是这当儿，有一个带盒子炮的勤务兵跑到车门外说道："太太找她不到，光景是坐了那车子走了。"于是军官模样的便叫开车。

车子出了城门，便开足速率；路旁很荒凉，仅见前面隐隐也有车。坐在车里的三个人都不说话。经过了一带树林以后，路旁已有一部卡车停着，小包车赶过去一箭之路，也停住了，军官模样的立即下车。S夫妇挂念着两个孩子，就问那司机道："就在这里吗？怎么不见那两部卡车？"

"什么，哪一部卡车？"

"就是一块儿停在招待所院子里的。"

"那可不知道。"

"哦——你们不是一起的吗？"

"不是。"说完这句话，那司机开了车门下车去了。

S夫妇觉得不对，也下了车，原来路左就是一块高地，种着大麦，有好些人在这里，显然都是躲警报来的。S夫妇上了坡，走到麦田边，却见两个孩子坐在地上，原来他们的车先到，也正在望着人丛找他们的爸妈。

现在明白：他们四个人坐的车子都是私人的车。而且这里离城大概又不远，因为那不是西安市吗，在月光下像一大堆烟雾。

夜气愈来愈凉，天宇澄清，麦田里有些草虫在叫。敌机到底来不来呢，毫无朕兆。S夫妇他们四人拣一个幽静的地方坐下，耐心地等着。

这时听得坡下有人叫道："拉紧急警报了，不要站在路旁！上坡去，麦田里也好，那边树底下也好！"

S他们都蹲下。暂时大家都不作声。看天空，一色净蓝，什么也没有。

天空隐隐传来一片嗡嗡的声音，近处有人压低了嗓门叫："大家别动！飞机来了！"嗡嗡的声音似乎清晰些了，但一会以后，又听不见了。附近一带，却有人在说："我看见的，两架！"也有人说："三架！"接着就有人站起来，而且轻快地招呼着他的同伴们道："下去吧！飞机已经过去了，快该解除警报了。"有些人影子在移动，都往坡下跑。

同时，坡下的人声忽然响亮起来，一迭声地欢呼道："解除了，解除了，走吧！"汽车马达的声音也嘈然纷作。S君和夫人、孩子们下坡去，到达公路上时，那些汽车都已开动了。他们顺步走回去，不到一箭之路，就雇到了人力车；看表，已经十二点了。

第二天上午，S君去看了朋友回来，刚走进招待所的前厅，就有一个穿西装的人拦住他问道："找谁呀？"S君看了那人一眼，觉得此人既非侍役，亦非职员，好生古怪，当时就回答道："不找谁。我是住在这里的。"但此人却又问道："住在哪一号房间？"S君更觉得古怪了，还没回答，招待所的一个侍役却走过来向那人说道："他是×号的客人，另外的。"那人"哦"了一声，也就走开。S君看见他走到前厅的门边和一个宪兵说话去了，并且同时也看到从前厅到那边客房的甬道里还有五六个宪兵。

S君回到自己房里，刚刚坐下，同伴C君来了。C君一面拭着额角的汗珠，一面说："好天气！说不定会有空袭吧。"于是拿起桌子上的水瓶倒了一杯水，喝了半口，又说："今天这里有宪兵又有便衣，你注意到没有？"

"刚才都看见了。似乎还盘问进出的人呢！"

"哦哦，你也碰到了吗？我正在奇怪。"C君说着，把那一杯水都喝了，就在一张沙发里坐下，"听说是因为慰劳团住在这里，所以要……"

"要特别保护吧。"S君接口笑着说，向他夫人望了一眼。

C君托着下巴沉吟了一会儿，忽然他把声音放郑重了，转脸对着S君的孩子道："双双，不要一个人出去乱跑了，要到什么地方玩，我们一同去。——哦，有一个碑林，可以去看看。"

"一块儿去吃饭吧，快十二点了。"S君伸了一个懒腰站起来。

在附近的馆子里吃过了午饭，又在钟楼左近的热闹街道走了一转。这里是西京市的精华所在。敌机曾在这里下过弹，不过大体上这条街还整齐热闹。十分之六的店铺窗上都没有玻璃，钉上了薄纱。

下午三点多钟回到招待所，却见大院子里停着两三部卡车，一些夫役正把大批的床铺、桌子、椅子往车上装。招待所的一个职员满头大汗地走来走去指挥。"又是为什么呢？搬到安全的地方去吗？"S夫人纳闷地说。后来问了侍役，才知道S夫人的猜度有一半是对的，原来当真为谋安全；不过不是那些家具，而是人，据说因为这几天常有警报，慰劳团住在这里太非安全之道，所以要请到华山去住了，床铺、椅子、桌子是向招待所借用的。

"华山在哪里？离这里有多远？"S夫人问。

"大概有几十里路吧。"C君回答，"没有什么人家，风景也许不差。"

1941 年 3 月

（《见闻杂记》）

茅　盾（1896—1981），原名沈德鸿，笔名茅盾等，字雁冰。浙江嘉兴桐乡人。新文化运动的先驱，中国现代著名作家、文学评论家、文化活动家以及社会活动家。1913 年考入北京大学预科第一类。预科毕业后，入商务印书馆编译所工作。代表作品有《子夜》《霜叶红似二月花》《春蚕》《白杨礼赞》等。

兰州杂碎

茅　盾

南方人一到兰州，这才觉得生活的味儿大不相同。

一九三九年的正月，兰州还没有遭过轰炸，唯一漂亮的旅馆是中国旅行社办的"兰州招待所"。三星期之内，招待所的大厅内，有过七八次的大宴会，做过五次的喜事，其中最热闹的一次喜事，还把招待所的空客房全部租下。新郎是一个空军将士，据说是请准了三天假来办这场喜事，假期一满，就要出发，于是招待所的一间最大的客房，就权充作三天的洞房。

招待所是旧式房屋，可是有新式门窗，绿油的窗，红油的柱子，真辉煌！有一口自流井，抽水筒成天 ka-ta-ka-ta 地叫着。

在上海受过训练的南方籍茶房，给旅客端进了洗脸水和茶水来了；嘿，清的倒是洗脸的，浑的倒是喝的吗？不错！清的是井水，是苦水，别说喝，光是洗脸也叫你的皮肤涩巴巴地难受；不用肥皂倒还好，一用了肥皂，你脸上的尘土就腻住了毛孔，越发弄不下。这是含有多量碱质的苦水，虽清，却不中使。浑的却是河水。那是甜水，一玻璃杯的水，回头沉淀下来，倒有小半杯的泥浆，然而这是甜水，这是花五毛钱一担从城外黄河里挑来的。

不过苦水也还是水。甘肃省有许多地方，据说连苦水也是宝贝，一个人独用一盆洗脸水，那简直是"骇人听闻"的奢侈！吃完了面条，伸出舌头来舐干那碗上的浓厚的浆汁，算是懂得礼节。用水洗碗——这是从来没有的。老百姓生平只洗两次身：出世一次，去世一次。呜呼，生在水乡的人们哪里想得到水竟是这样宝贵？正如不自由的人，才知道自由之可贵。

然而在洪荒之世，甘肃省大部分恐怕还是一个内海呢！今之高原，昔为海底。单看兰州附近一带山壁的断面，像夹肉面包似的一层夹着一层的，隐约还见有贝壳的残余。但也许是古代河床的遗迹，因为黄河就在兰州身边过去。

正当腊月，黄河有半边是冻结的，人，牲畜，车子，在裹盖着一层薄雪的冰上走。但那半边，滔滔滚滚的急流，从不知何处的远远的上游，夹了无数大大小小的冰块，作雷鸣而去，日夜不休。冰块都戴着雪帽，浩浩荡荡下来，经过黄河铁桥时互相碰击，也碰着桥础，于是隆隆之中杂以訇豁的尖音。这里的河面不算仄，十丈宽是有的，站在铁桥上遥望上游，冰块拥挤而来，那上面的积雪反映日光，耀炫夺目，实在奇伟。但可惜，黄河铁桥上是不许站立的，因为是"非常时期"，因为黄河铁桥是有关国防的。

兰州城外的河水就是那样湍急，所以没有鱼。不过，在冬天兰州人可以吃到鱼，那是青海湟水的产物，冰冻如石。一九三九年的正月，兰州的生活程度在全国说来，算是高的，这样的"湟鱼"，较大者约三块钱一尾。

一九三九年三月以前，兰州虽常有警报，却未被炸。兰州城不大，城内防空洞不多，城垣下则所在有之。但入口奇窄而向下，俯瞰宛如鼠穴。警报来时，居民大都跑避城外；城外群山环绕，但皆童山，人们坐山坡下，蚂蚁似的一堆一堆，老远就看见。旧历除夕前一日，城外飞机场被炸，投弹百余枚，但据说仅死一狗。这是兰州的"处女炸"。越三日，是为旧历新年初二，日机又来"拜年"，这回在城内投弹了，可是空战结果，被我方击落七架（或云九架），这是"新年的礼物"。从此以后，老羞成怒的滥炸便开始了，几乎每一条街，每一条巷，都中过炸弹。一九四〇年春季的一个旅客，在浮土寸许厚、软如地毡的兰州城内关外走一趟，便往往看见有许多房子，大门还好好的，从门隙窥视，内部却是一片瓦砾。

但是，请你千万不要误会兰州就此荒凉了。依着"中国人自有办法"的规律，一九四〇年春季的兰州比一年前更加"繁荣"，更加飘飘然。不说俏皮话，经过多次滥炸后的兰州，确有了若干"建设"，物证就是有几条烂马路是放宽了，铺平了，路两旁排列着簇新的平房，等候商人们去繁荣市面；而尤其令人感谢的，电灯也居然像"电"灯了。这是因为一年之中整饬市容的责任,是放在一双有计划的切实的手里。而这一双手,闲时又常常翻阅新的书报——在干,然而也在朝四面看,不是那一埋首只看见了自己的角色。

但所谓"繁荣",却也有它的另一方面。比方说,一九三九年的春天,要买一块肥皂,一条毛巾,或者其他的化妆品,当然不是"踏破铁鞋无觅处",可是货色之缺乏,却也显而易见。至于其他"洋货",凡是带点奢侈性的,只有几家"百货店"方有存储,而且你要是嫌它们"货色不齐全"时,店员就宣告道:"再也没有了。这还是从前进来的货呢,新货不来了!"但是隔了一年工夫,景象完全不同,新开张的洋货铺子三三两两地在从前没有此类店铺的马路上出现了,新奇的美术字的招牌异常触目,货物的陈列式样也宛然是"上海气派";陌生牌子的化妆品,人造丝袜,棉毛衫裤,吊袜带,手帕,小镜子,西装领带,应有尽有,非常充足。特别是玻璃杯,一年以前几乎少见的,这时也每家杂货铺里都有了。而且还有步哨似的地摊,则洋货之中,间或也有些土货。手电筒和劣质的自来水笔、自动铅笔,在地摊上也常常看到。战争和封锁,并没有影响到西北大后方兰州的洋货商——不,他们的货物的来源,倒是愈"战"愈畅旺了!何以故?因为"中国人自有办法"。

一个在特种机关里混事的小家伙发牢骚说:"这是一个极大的组织,有包运的,也有包销的。值一块钱的东西,脱出手去便成为十块二十块,真是国难财!然而,这是一种特权,差不多的人,休想染指。有些不知死活的老百姓,穷昏了,居然也走这一道，肩挑背驮的，老鼠似的抄小路硬走个十站八站路，居然也会弄进些来；可是，沿途哪一处能够白放过，总得点缀点缀。要是最后一关碰到正主儿的检查，那就完了蛋，货充公，人也押起来。前些时，查出一个巧法儿：女人们把洋布缠在身上，装作大肚子混进来。现在凡是大肚子女人，都要脱光了检验……嘿，你这该明白了吧？——一句话，一方面是大量的化公为私，又一方面则是涓滴归'公'呵！"

这问题，绝非限于一隅，是有全国性的。不过，据说也划有势力范围，各守防地，不相侵犯，这也属于所谓"中国人自有办法"。

地大物博的中国，理应事事不会没有"办法"，而且打仗亦既三年多，有些事也应早有点"办法"。西北一带的根本问题是"水"。有一位水利专家指点那些秃顶的黄土山说："土质并不坏，只要有水！"又有一位农业家看中了兰州的水果，幻想着如何装罐头输出。皋兰县是出产好水果的，有名的"醉瓜"，甜而多汁，入口即化，又带着香蕉味一般的酒香。这种醉瓜，不知到底是哈密瓜的变种呢，或由它一变而为哈密瓜，但总之，并不比哈密瓜差。苹果、沙果、梨子也都不坏，皋兰县是有发展果园的前途的。

1941 年 3 月

（《见闻杂记》）

凤　子（1912—1996），原名封季壬，笔名凤子、封凤子。著名艺术家。1936 年毕业于复旦大学。早年曾在武汉、上海、重庆、桂林、香港等地参加话剧和电影演出，扮演过许多重要角色。后历任《中央日报》副刊编辑、桂林《人世间》月刊编辑、重庆《新民晚报》特约撰稿、上海《人世间》月刊主编。1936 年开始发表作品。其一生经历丰富，创作独具特色，主要作品包括：长篇小说《无声的歌女》，散文集及小说《废墟上的花朵》《八年》《舞台漫步》《沉渣》《画像》《台上台下》《旅途的宿站》，等等。

昆明点滴

凤　子

一

立在一个冷落的街口，不经意地从一个山头望过去，同样的一片蓝天，几朵停云，如叠棉，如织棉，是一件精致的经过人工般的艺术品，如同在温习记忆中的一幅水彩画。这不是昆明吗？

可是，昆明却在云天的那一面，我已飞到万重关山之外了。

第二次重游，增加了我许多的忆念。除了在西山海子边流连了两昼夜以外，日子都在忙乱中送掉。然而这一次重游昆明，使我多懂得了一点事，多认识了一些人，也增长了一点点见闻。

昆明变了，变得更稳静，像一个成熟了的大姑娘，不苟言笑地做她分内的事。新的马路开辟了，新的建筑排列着，电影院前经常悬着"客满"的牌子，咖啡室里酝酿着一片烟雾，淹没了青年人的笑语。

黑云遮过了半个天，也许就有一阵雷雨，而太阳却偷偷地从云缝里露出半个笑脸。街上来往的人，永远挂着一把晴雨两用的伞，从容地走着。昆明的雨季是平静的、安闲的。

骡马铃声划过街心，这是古城的唯一的一点点缀。

二

从水路走高峣村上西山，帆船摇上滇池，穿过大观楼，湖水和海水一样的绿，湖中心的风吹起点点白浪，船在摇曳，人便像飘到了海里。沿滇池有六个县份，一个船户靠走这几个县份便可以吃着一生，并且传之子孙后代。我常常在这些青衣红裤赤脚拖辫的船娘们的身上寄托过一些不经的幻想，从幻想中描画过一些传奇式的人物和故事。然而也就像湖面上飘浮着的一根水草，不知什么时候便被一只飞来憩足的鸟噙去了。水草生不了根，幻想也就同山头的白云似的，来去无踪迹。

高峣村可以吃鲜美的鱼，村里有许多新式建筑的别墅。在一家别墅里，我认识那别墅的主人 M 公，有五十上下的年纪，头发却全都苍白了，那身段、面型，给我第一个印象就好像是在哪儿见过似的。M 公目光闪烁，谈吐极有风趣。他懂得很多东西，音乐、图画、戏剧、文学，他都能发表一点意见，或是下一个断语，虽然断语都是很固执的。在事业上有过很高成就的人，大概对于一切事态的看法都很认真，成见很深，尤其是有了一点年岁，心情有时就像个孩子，是稚气的可爱的了。

他能唱歌，也可以哼点京戏，曾有一次在他邀请的票友集会里，我听过他唱了段滇戏。滇戏韵味近似秦腔，他唱来使人听得很入神。话剧看得不多，看过曹禺的《雷雨》，认为太技巧了。

有许多次，他同我谈起组织职业剧团的问题。他希望我约些朋友往滇西走走，滇西的边民生活和土司组织都是可以入戏的。其实作为搜集材料和观察民风，我们从事于戏剧工作的人，要走的地方还很多。自然 M 公也和一般人一样，对于乡土的感情是亲切的。

对抗战他很乐观，他确实是一个经世之才，有见识，有魄力，云南全省经济之稳定，得 M 公之力最多。

一天，我在贴相簿里翻到中国的友人秋田雨雀的一张相，我才恍然悟到 M 公就和这位为正义奔走、从事于戏剧工作的日本友人面貌很相似。

三

古城的西北角，经受了许多次的轰炸，可能是有两所大学在那儿的关系吧？颠簸不平的石板路，颓败倾圮的黄泥砌的屋宇、茶馆、米线店，进出往来的都是些挟着一些书稿的教授和学生们，因之这一带地方相当热闹。从西北门走上城郊的大道，五里，十里，或二十里，错错落落的村庄，是两所大学的教授们家眷的寄居处。例假和寒暑天，学校图书馆里的一点藏书也分别被挟在教授们的腋下带到各村庄里来；伴着太太和孩子们过着鸡鸣而起、日没而息的农村生活。安静，幽闲，山水明月，尽情享受世事烟云，俨然若隐士。有时候，茶店里遇着三五位友人，从隔日报纸之间的新闻谈起，便不禁争论到苏德战争的前途。

一天，在北城角一家某教授亲自经营的小饭馆里，我正翻着菜牌想点一道可口的菜，突然邻座传来一个熟悉的声音。我不自觉地回过头去，正看到 L 教授笑得微微显出红色的脸，嘴里还不住继续谈着话：

"德国必胜论，妙文，妙文；××小姐，你读过 H 先生这篇文章吗？"

我怔住了，没有想着 L 教授是向我说话，便不假思索地答道："对不起，我没有读过。"

"你一定要读一读，妙极了。"

"是吗？可惜对于这个问题，我没有兴趣。"我从 H 先生半仰着的后脑袋，看到手上的菜牌子，便点了一个炒鸡杂。

在昆明，经常有一两个期刊出版，一是《战国策》，一是最近两月才筹备并已出刊了一期的《当代评论》。前者主持人是 L 教授，H 先生也就是该刊物的执笔者。报纸方面，《中央日报》有一角副刊，然终以商业第一的关系，如遇广告挤，副刊的位置随时可以取而代之的。因之，像《战国策》一类的刊物，应当是当地青年们仅有的读物了。

四

昆明有的是引人入胜的自然山水，令人流连；假如有心情，有时间，昆明周围的名胜，是可以逗留一个时候的。这一次，我住了短短两个月，除了忙着排一个戏，此外的日子就为了"走"而奔跑了。终于我走了，带着一颗歉心，我抱歉没有做到我的诺言，到 S 和他的夫人的乡下去住几天。他们为我预备了最好的水果和鲜味的鱼，尤其是 S 夫妇那种真诚而可贵的友情。在任何一次见到我，S 总是批评地责难我：

"你该静一静心，即使是为了工作吧，你也该想一想：整天在台上、在人前跳来跳去，生命就如此跳完了。等到一切都成过去，你会感着空虚和寂寞的。"

最初，我茫然不知所措，我以为：

"你看我是一个没有造诣可望的人吗，在舞台……"

"不。我以为戏剧和一切艺术的生命一样，应该在跳在台上以外留一点更有生命的东西下来……"

陡然，我聪明地理会了他的意思，我不愿辩白什么。我说：

"等到最寂寞的一天到来，那寂寞应该是我的享受。"

"你爱寂寞？"S 终于隐藏不了他对我的讽笑。

我同情他，一个将近中年的人，写下了几十本书，这点心血也哺养过一个时代的青年，他当然会养成功一种自信，相信自己对于世界的一般观察和论断。有什么比留下千万言的书册更有生命和价值呢！

五

我终于悄然地飞去了，然而在心里我抹不去对昆明的一份忆念。虽然我的走是那样不易而且痛苦，无论是责难我的，或是猜忌我的，我都原谅他们，感激他们。并且我从心底惦念着：这种静寂安闲的生活，当敌人垂涎于边境的时候，还能够持续多久。伟大的作品要经过多少危难才能产生，我咀嚼着 S 的话。希望在眼前一闪，我突然看到 M 公一对烁烁有光的眼睛，那眼睛告诉我昆明会在危难中更加成长起来，我不禁为留在昆明的友人祝福。

沈从文（1902—1988），"乡土文学之父"，20 世纪中国最优秀的作家之一。幼时顽劣，所受正规教育仅为小学。1916 年参加预备兵技术班。1924 年边断断续续在北大旁听课程，边学习写作并向报刊投稿；同年底发表处女作《一封未曾付邮的信》。后依次在中国公学、西南联大、北京大学任教。著有《石子船》《从文小说习作选》等 30 多种短篇小说集，《边城》《长河》等 6 部中长篇小说，以及《中国古代服饰研究》《中国丝绸图案》等学术著作。

怀昆明

沈从文

因为战争，寄寓云南不知不觉就过了九年。初到昆明时，事有凑巧，住处即在五省联帅唐蓂赓住宅对面、湖南军人蔡松坡先生住过的一所小房子中。斑驳陆离的瓷砖上，有"宣统二年建造"字样。老式的一楼一底，楼梯已霉腐不堪，走动时便轧轧作声，如打量向每个登楼者有所申诉。大大的砖拱曲尺形长廊早已倾斜，房东刘先生便因陋就简，在拱廊下加上几个砖柱。院子是个小小土坪，点缀有三人方能合抱的大尤加利树两株，二十丈高，摇摇树身，细小叶片在微风中绿浪翻银，使人想起树下默不言功的将军冯异，和不忍剪伐的召伯甘棠。瓦檐梁柱和树枝高处，常日可看见松鼠三三五五追逐游戏，院中闲静萧条亦可想象。这房屋的简陋情况，和路东那座美轮美奂以花木亭园著名西南各省的唐公馆，恰作成一奇异的对比。若有人注意到这个对比，温习过去历史时，真不免感慨系之！原来这两所房子和推翻帝制都有关系。战事发生不久，唐公馆则已成为老米的领事馆，我住的一所，自然更少有人知道注意了。

"护国"已成一个历史名词，"反对帝制"努力也由时间冲淡，年青人须从教科书中所加的注解，方能明白这些名词所包含的意义了。可是我住昆明九年，不拘走到什么地方去，不拘碰到的是县长、委员还是赶马老汉，寒暄请教时，从对面那一位语言神气间，却总看得出一点相同意思："喔，你家湖南，湖南人够朋友！蔡锷，朱湘溪，都是这个。"于是跷起大拇指，像是大勋章，这种包含信托、尊重以及一点儿爱好的表示，是极容易令人感觉到的，表示中正反映本地人对松坡先生"够朋友"的深刻良好印象。松坡先生虽死去了三十年，国人也快把他忘掉了，他的素朴风度和伟大人格，还好好留在云南。寄寓云南的湖南军人极多，对这种事不知作何感想。至于我呢，实异常受刺激。明白个人取予和桑梓毁誉影响永远不可分。在民族性比较上，湖南人多长于各自为战，而不易黏附团结，然而个人成就终究有种超乎个人的影响牵连存在，且通过长长的岁月，还好好存在。松坡先生在云南的建树，是值得吾人怀念，更值得湖南军人取法的。

湖南人够朋友，当然不只松坡先生。谈革命，首先还应数及老战士黄克强先生。"湖南人够朋友"这句话，就是三十五年以前孙中山先生对克强先生说的。凡熟习中国革命史的学人，都必然明白革命初期所遭遇的挫折。克服种种困难，把帝制推翻，湖南人对革命的忠诚，热忱，勇敢，负责，始终其事，实大有关系。而这点够朋友处，最先即见于中山先生和黄克强先生的友谊上；其次复见于唐蓂赓先生和松坡先生的关系上；再其次还见于北伐时代年青军人行为上；直到八年抗战，卫国守土，更得到充分表现机会。

记得民二十以前，在上海见蒋百里先生时，因为谈起湖南的兵，他就说了个关于兵的故事。他说，德国有个文化史学者，讨论民族精神时，曾把日本人加以分析，认为强韧、坚实足与中国的湖广人相比，热忱、明朗还不如。日本想侵略中国，必须特别谨慎小心。中国军事防线，南北两方面都极脆弱，加压力即容易摧毁。但近于天然的心理防线，头一道是山东、河南的忠厚朴质，不易克服；次一道是湖南、广东的热情僵持，更难处理。这个形容实伤害了日本人不可一世的骄傲自大心，便为文驳问那德国学者，何所见而云然？那德国人极有风趣，只引了两句历史上的成语作为答复："楚虽三户，亡秦必楚。"以为凡想用秦始皇兼并方式造成的局势，就终必有一天被群众起来打倒推翻。三户武力何能亡秦？居然能亡秦，那点郁郁不平有所否定的气概，是重要原因！百里先生后来还写了一本书，借用了那个德国学者口气，向多数中国人说，中国若与日本作战，一时失利是必然的。不怕败，只要不受敌人的狡诈欺骗所作成的假象蒙蔽，日本想征服中国，就不可能成功。

百里先生不幸已作古，他的对于国家、人民深刻信心和明智见解，以及所称引的先知预见，却已经得到证实。日本的侵略行为，在中国遭遇的最大阻碍，从长沙、常德、衡阳、宝庆的争夺战已得到极好教训。日本在中国境内的败北，是从湘省西南雪峰山起始的。日本在印缅军事的失利，敌手恰好又大多是湖南军人。提起这件事，固能增加每个湖南军人的光荣，但这光荣的代价也就不轻啰！因为虽骄傲实谨慎的日本军人，一定记忆住那个警告，忧虑大东亚独霸的好梦会在热情僵持的湖南人面前撞碎。在湖南境内战事进行时，惨酷激烈就少见。八年苦战的结果，实包含了万千忠于国土的湖南军民生命牺牲，以及百十城市的全部毁灭。尽管如此牺牲，湖南人始终还有这点自信，即只要有土地，有人民，稍稍给以时间，便可望从一堆瓦砾上建设起更新更大的城市。

可是人的损失，事实上已差不多了。不仅身当其冲的多已完事，即幸而免的老弱残余，留在断垣残瓦、荒田枯井边活受罪，待着逼近的灾荒一来临，还不免在无望无助情形下陆续为死亡收拾个干干净净！灾情的严重一面是无耕具，少下田的得用多力的牲口。情形已极端严重时，方稍稍引起负责方面的注意，得到一点点救济，稍稍喘一口气。可是国库大过赈济百倍的经常担负，却是把一些待退役转业的军官收容下来，尽这些有功于国的军人，在应遣散不即遣散，待转业又从不认真为其准备转业情况中等待下去。

等待什么？还不是等个机会，来把美国剩余军火，重新加以装备，在国内各地砰砰訇訇进行那个"战争"！（这种收容军官机构，据一个同乡军官说，全国约二十个，人数在十二万以上，其中至少有三分之一就是湖南人。总队长、大队长且有三分之二是湖南人。）试分析一下活在这个中国谷仓边人民普遍死亡的远因近果，以及国内当前可忧虑局势的发展，我们就会明白湖南人自傲的"无湘不成军"一句话，实含有多少悲剧性！

对国家，湖南人总算够朋友了。可是国家负责方面，对于这片土地上人民的当前和未来，是不是还有点责任待尽？赈济湘灾，政府方面既不关心，湖南人还得自救。最近在云南一发动募捐，数日即已过两万万，且超过了全国募捐总记录。对湖南，云南人也总算够朋友了。可是寄寓云南的湖南人，是不是还需要从各方面努点力，好把松坡先生三十年前所建立于当地的良好友谊加以有效地扩大，莫使它在小小疏忽中，以及岁月交替中失去？

国内局面既如此浑沌，正若随时随地均可恶化。在这个情况下，许多情绪郁结待找出路的失业军人，或因头脑单纯，或因好事喜弄，自不免禁不住要做做英雄打天下的糊涂梦，只要有东西在手，大打小打无不乐意从事。然稍稍认识国家人民破碎糜烂已到何等状况下的人，对于武力与武器的使用，便明白不问大小，不能不万分谨慎小心！云南人性情坦白直爽，可供我们湖南人学习的还多；明大义，识大体，对内战深怀厌恶忧惧不为全无头脑。

适应时代，一般说来且比湖南人为强。社会睿智明达之士，眼光远大，见事深刻，对国家民主特具热忱幻念者，更不乏人。日前闻、李惨案发生后，大姚李一平先生，即电云南省参议会同乡说："此事发生于昆明市中光天化日之下，实近于吾滇之耻辱。务必将其事追究水落石出，以慰死者，以明是非。"目前在云南负军事责任的为湖南人，负昆明地方治安责任的亦湖南人，如何使这件事水落石出，彻底清楚，驻滇的湖南高级军官，实有其责任和义务待尽。若事不明白，或如"一二·一"学生惨案，就以为可马马虎虎过去，也近于湖南人羞耻。

云南人多的是钱，且不少开明头脑，如湖南人建议将唐公馆买来，好好修整一番，作为云南人和湖南人对争取民主和平牺牲者一种共同努力的象征，我认为将是中国人共同抚掌的赞赏的好事。至于松坡先生所住的小小房子，湖南同乡实在也值得集资筹措，妥慎保存，留为一湘贤记念，且可为湘滇两地人士为国事合作良好友谊的象征。每一高级湖南军官，初到云南时，如能在那小房子中住住，与当地贤豪长者相过从，就必然会为一种崇高情绪所浸润；此后对国家，对地方，对个人，知道随时随处还有多少好事可做，还有多少好事待做；西南一隅明日传给国人的消息，也自然会化灾难为祥和，只听说建设与进步，不至于依然是暴徒白昼杀人，或更大如苏北、山西种种不幸！

1946 年 8 月 9 日作完

蒋牧良（1901—1973），原名希仲，笔名涟沛等。作家。1923 年考入长沙雅礼大学预科，后又转入武昌高等师范旁听。1925 年投军，参加了北伐战争。1932 年到南京卫戍司令部当收发员，不久又调至国民党军事委员会第三厅当司书，与同乡、著名作家张天翼共事，开始创作生涯。当年 11 月，其处女作《高定祥》在文学刊物《现代》上发表，受到鲁迅关注。后任湖南《中国晨报》《国民日报》副刊主编，香港《小说》月刊编委。著有短篇小说集《锑砂》《夜工》，中篇小说《旱》，报告文学、小说集《铁流在西线》等。

在长沙

蒋牧良

整整五年没回家，这一天跳上了长沙小西门外的轮船码头。一切都照着预定计划：先去瞧瞧几位上了年纪的亲戚，再赶回家的汽车。

在省里的亲戚，要算一位姓朱的姑丈年纪最高，第一步还是到他家去吧。

刚刚跨进姑丈家的门槛，就听得前楼上有咿咿呀呀的读书声：

"……治天下有本，礼乐教化顺而已矣，治天下有法，信赏……

"文武周公传之孔子，孔子传之孟轲，轲之死，不得其传焉，荀与杨……"

咦，错了吧——我这样怔了一怔。姑丈从前虽说读过不少的书，也爱看些秀才举人们的诗文对联什么的，可是一向是个买卖人；并且近年又不很阔，请不起西宾。简单地说：他们府上压根儿就没有现在还在读书的孩子，这个我可明白。可是门牌上的数字一点儿不含糊——二十五号。屋子还是那所原的，我只有怀着"试试瞧"这样的心情，一径踏上楼去。

七八个十多岁年纪的小学生，穿着各种各色的长袍短褂，围起一位老先生在中间，这正是我的姑丈。我跨进一步去，拉住他一只手，招呼说：

"您好呀……可还认得？"

这位老先生把嘴脸一拉，鼻子立刻跟着长了起来，那副大黑圈的老花眼镜一褪到鼻尖子上，眼光就打玳瑁架子上瞧出来，于是他恍然大悟似的笑起来：

"哈哈哈……认得认得！老三呀！……几时来的？"

姑母本来三年以前死了，几位表兄弟又不在家，对于别人就用不着无谓的客气。于是我坐下来说明行踪，他马上又叫人给我把行李安顿在一个小房子里。

洗过一把脸回到了原来的坐处，我才开始问他怎么改了行来当教书的，这位老人家除先诉说着他那店子失败的原因之外，又谈到近况不怎么那个，不得不吃这碗教书饭。末了他说：

"啊，吵死了！成天给他们吵死了！真是'村童八九纵横坐，天地元黄喊一年'，不过我教的是些市童就是了。"

我打量一下这几个学生，大半像些小学到初中的年龄，有几个面貌也还清秀，很可以读书的样子。不过怎么这时候还在私塾里鬼混，这可使我糊涂。闭会儿嘴，我才笑笑说：

"教塾这个玩意，我们湖南也还有？"

"啊哟，这个你才不知道哩！"他含着笑脸，蛮有兴致似的，"你离开湖南这么久了，有些事情当然那个……现在我们的湖南有三多：饿民多，娼妓多，还有私塾里的教匠多。"

话一终句，他就哈哈地大笑起来，脸子可免不了有些儿滑稽。

"几年以前不是听说湖南要强迫教育么——不准再有私塾，怎么这几年倒……"

"快莫说了！快莫说了！"他对我两手乱摆，又把褪到了鼻尖子上的眼镜架上点儿，"这些小学生就是那几年坏事的啰！强迫教育——强他屋里娘，强得孩子一句书也没读进肚子里去。"

这么着，他就开始对我做一套很冗长的叙述。姑丈本来健谈，记忆力也不坏，他那谈话中夹着民国十几年十几年地说下去，全不要加思索，仿佛背诵一部滚瓜烂熟的《三字经》。他说那几年推行强迫教育的疯狂，不问是城市是乡村，处处都要办学校；处处的后生子都像尾巴上面着了火：洋里洋派，动不动就说线订书没屁用，要读新学。从前那些教书匠就搭着倒了大霉，有饭不能吃，要进师资研究所；胡子长到一尺把的，也要去受这个罪。其实进过师资研究所的人又有什么好处？教出来的学生还不是一窍不通——屁字都不认得一个。

"现在他们醒来了！"

猛不防谈到半路里，他这么很响亮地来一句，伸手摸过桌子上的茶壶来啜口茶。

接着，他的话锋就转了方向。这位老先生的脸上更加光彩烨烨，把两个袖筒一捋，眼睛可睁得怪有神的。他再摸摸胡子，先把那几年的教育做个总批判：是"用夷变夏"。他说政局一经砥定，人心到底还是人心，近几年可全换了一个样：教育当局谁不是装个一肚子的旧书来？改变学风，这自然是意想中事。

因此近来这些中学堂里，也都观风转舵，英文虽然还是有，算术课也没有废，然而占大多数时间的已经是国文这一门了。并且，作文统统要用文言，一些弄"的""吗"的家伙可大倒其霉，老师打他的分数老是画一个圈，有时还打转去要重做。至于老学校，那更不用提了，非文言不取。

"这世界，真要这样来一手才行！要不然，到哪一天才弄得好？人心都是这么坏下去，你说？"

这里他把话停下来，脑袋凑到我跟前，征求同意似的看着我。我无可奈何地对他笑笑，他就又把话接了下去：

"这就叫作是天道循环：有这样多日子下雨，就有这样多日子天晴啰。从前的线订书差不离只好拿来擦屁股了，现在却翻了身；教书匠受过不少的罪，现在也抬了头。如果要不这样一来，那可真不好办！像我的生意一坍台，真要饿肚子。谢天谢地，'斯文不堕'，我们这些老头子还有一点办法。不过我这几个学生求学不出于真诚就是了，他们多半是考中学不取，再来补习的。然而也有些父兄很明白，一向就读这样的书的。"

这位老先生的谈话太冗长了，两个嘴泡着白沫。可是他还不觉得疲劳的样子，吐过一口痰涎，又问我这一次回家是不是不再出来了。我告诉他呆在家里没饭喍，他就又给我献谋：回家去教老书，倒也不坏，这几年乡下教私塾的人都很好，"束脩"很可观。×秀才每年教到八百块，×拔贡也有几百一年的。

不知怎么一拉，我们的谈话又拉到了城里几个学校。他说这世界真有玩头，上面不是说过的吗，教学校和找差使都是旧书靠得住，乡下一些好子弟自然不愿意送到城里来。

于是从前七八百学生一个的学校，现在不过一两百人，还有些，就简直辰星寥落，只有几十个人。这一来，城里这些教书匠的饭碗又给打掉了。不过城里的教书匠到底有些都市化，就拿出他们的市侩手段来，和他们对抗。

像今年省里有几个中学，就统统都去聘某举人来当教务主任，某秀才来当国文教员——和乡下的教书匠抢饭吃。××中学在开学的那一天，那位新教育长某孝廉，还写过一副长对联，是用感伤的口吻来标榜他们的教育宗旨："吾道是耶非？想守缺抱残，未必遂干造物忌。"下联，这位老先生只背得一句"人心终不死……"，其余就记不齐全了。

他把这件事尽在哇啦哇啦地说下去，看势头，一时是不会休心的。我不知是路上过于疲劳还是怎么，接连打了几个呵欠，腿子也伸得远远的；把身子靠到椅背上，显得非常狼狈的样子。我那位姑丈也似乎感觉到了一点什么，站起来招呼我说：

"疲劳了，在船上疲劳了吧？快去躺会儿！……有些话我们晚上再谈下去。"

下午，我出门去找过几个朋友，回得很晚，姑丈已经睡着了。第二天星期日，我又到北门去找一个姓何的谈天——她在一个什么女子学校教课的。我们谈话的时间很久，谈到了青年，谈到了文化。一拉到这些上面去，这位何小姐就免不了带着感伤，有时候，简直近于愤慨。

她说不要谈到这些事情上去吧，几年来的生活，固属像块烙铁，自己免不了堕落，别人也一样在鬼混。环境及许多方面，都是把人和事实分开作两起的，到了一个为职业而职业的人，就完了蛋。认真点说，要不是为得肚皮非塞饱不可，她真要像丢掉一块沙漠地一样地丢掉这地方。我问她教的那些学生怎么样，她就说，刺绣，缝纫，烹调，是她们最感兴趣的。

"一点课外书也不读么？"

"课外书，谈不到……有的，也是《青楼梦》《红楼梦》《金瓶梅》这一类的好书。"

我漠然地坐着，眼睛看往前面的板壁上，又记起了昨天和我那位姑丈的谈话起来。

"男学校呢，好些吧？"

她先摆摆头：

"他们的玩意是：球，国术比赛，脚踏车比赛。"

不知怎么一来，我们中间的谈话没有先前那么起劲了，只得放这些来谈别的。可是老找不到好话头似的，说几句，话又断了，于是我提议去逛书店。

"去到书店里走走吧，这么枯坐着，多无聊！"

"你快不要逛书店,在此地逛书店,会使你生气的!"

可是我坚持着我的提议,她只有同着我出来。

穿过六堆子,在又一村那街口子对面,她进了一家很小的书店。这店子小得多可怜,门面不过五六尺宽,玻璃上的尘垢积起有分把厚。店伙伏在头柜边上打盹。几本《人间世》《青鹤》《良友画报》这一类的杂志贴在玻璃的那一面以广招徕。其余都是些一折七扣、一折八扣的《燕山外史》《雪鸿泪史》什么的,囤积在两列宝笼里,睡着了似的。

我们进去翻了一遍,就同着走出来,我朝她笑笑:

"开玩笑哩——你!"

"什么?"她的眼睛睁得很大,脸子很严肃的,"到此地来逛书店,就是这么个逛法!……统统只有三家卖文艺书和杂志的书店,这儿的'缤缤',还有前面一家'新星'和'金城'。其余都是些卖教科书和仪器、用品的了。"

我们沿着街石板向四方塘走去,我想:

"真的吗——她不会在向我说谁逛吧!"

拐过一个弯,就到了新星——新星和缤缤的样子差不离,我们就一直来到金城。书店的场面较那两家大,上面横着一块招牌"杂志部"。我先从两列宝笼边上挨次看过去,除了徐枕亚他们的东西,还有《金瓶梅》和《啼笑姻缘》这一类的书。在中间一个地方,有几本《资平小说集》、《爱与血》以及《灵凤集》等等。其余关于翻译本子及文艺理论的书籍,简直绝种,别的书可更不用说了。

　　同来的那位何小姐，她站在中间所谓"杂志部"的板子边上，手里拿本什么东西在瞧。我走拢去一看，见还是一本二月出的《读书生活》。"杂志部"也不过是摆些缤缤那样的杂志。多出来的，就是《汗血月刊》、《世界知识》以及《东方杂志》和《新中华》几样罢了。

　　左翻右翻翻不出一个所以然，我就推着她走。可是她说：

　　"站一刻，我还要等一个人来买部书哩。"

　　说着，她还在看她的书，也没见她买。我可烦躁起来：

　　"买书就买书，老瞧干吗？"

　　"说过要等一个人呀，怎么这么烦躁法子。"

　　这把我真弄傻了，走不好，不走也不好，买书都要等一个人，这大约是她没带钱来。

　　"没带钱吧？——我这里有。"

　　她摇摇头，又不理我。于是我背着一双手在屋子中间踱来踱去，有时候瞟一眼宝笼里面摆的些富有肉感的明星照片。

　　许久许久，她才找着一个小店伙在他那耳朵背后说了几句什么，那情形是诡秘的。小店伙跑进了里面去，一会儿出来一个四十多岁的商人，和她招呼。她又和他说了句什么，那家伙就把眼睛移到我身上，从头到脚打量了一量。她赶紧说：

　　"这个不妨事，他和我同来的。"

　　那个商人神秘地从板子底下抽出一本书来交给她，我走拢去一看，是本三月号的《文学》，钱不知是三角几。她把包好的书挟着走出来，我就问：

"怎么买一部《文学》，也值得这样鬼头鬼脑。那家伙打量我，是不是怕我是个扒手？"

"此地就是这个样，除了商务、中华两家之外，别些书店里出的书，就不大方便买，在他们的眼中，大概会等于海洛英①。那店主知道什么呢？——在打量你——你要是个做或种工作的人咧？"

我不觉打了一个寒噤，一句话冲出口来：

"是这样的呀？"

"谁骗你！"

说着，她又向我笑笑，大概她看了我这傻里吧唧样子，很值得笑吧。

我们同走了很远一段路，谁也没开口，等到她和我快要分开的时候，她就告诉我，她不愿意久住此地的；这些也未必不是原因之一，什么耳目都闭塞了，要想找个朋友痛痛快快谈阵天，那就打起灯笼也找不着，谁住得下去！

第三天一早我就去赶回家的汽车。轮子动了，我才不自觉地透出一口长气，一面想：

"真见鬼，偏又要在此地住两天。这地方简直有点像低气压！"

1936 年 7 月

---

① 今译海洛因。——编者注。

黄　裳（1919—2012），著名作家、记者、藏书家。早年在天津南开中学就读，1940 年考入上海交通大学。1943 年至 1946 年被征调往成都、重庆、昆明、桂林等地担任美军译员。抗战胜利后任《文汇报》驻渝和驻南京特派员，后调回上海编辑部。1946 年出版第一本散文集《锦帆集》，另著有《黄裳书话》《来燕榭读书记》等。

桂林杂记

黄　裳

　　三十四年夏天，两度去桂林。第一次是匆匆一过，只一夜的勾留。正当湘北战事紧张，我们从昆明飞来，预备到前方去。

　　在第 × 招待所遇见 S，他已经在桂林有两月的历史了。承他指引去看了一下四周的风景，吃过晚饭后漫步走出房子，夕阳里看桂林山，一座座的断壁削岩，在淡淡的斜阳里发出不同的光彩来，好像小孩子玩的花石头。有人说桂林的山水像盆景，这话也自有其理由，不过这是个伟大的盆景。

　　在蔓草掩没的小径里走着，S 指着前面说："不远那就是桂林城了。"再看远处，是一排碧色的小山，好像插在美人头上的一排翡翠簪子，颜色是淡淡的浅碧，明澈得有如浸在水中。天边有一抹金红色的晚霞，令人缅想傍晚窗前镜里少女的酡颜。

　　S 又告诉我前面就有一条河，名字叫作漓江。它还有一个名字是"相思江","相思江"头生了一棵相思树,树上就生着南国的红豆。不错,离开昆明时,就听见人家告诉桂林的红豆是有名的,很可以买点来送人。不过在这烽火遍天的时候,迢迢地寄两颗红豆回去,也实在几乎成了不可能的事。我听了S的话只是默然,后来也没有去找过什么红豆,好像在那些摆满了"珍品"的玻璃柜里,也并没有发现过这种圆圆的红色的颗粒。

天气变得有些突然,等我们走过了桥,过了车站,踏在铺满了风尘的桂林街头时,天上已经在飘着雨点了。这是一条颇土气的街。两旁只是木器铺、铁匠铺之类的店家,罩满了尘土,电灯已暗淡得很,使我觉得是徘徊在中古时代的城市中。路是漫长的,尽头处是一座木桥,底下就是那条相思江,江水是黯黑色的。江上浮着些船艇,船上的人们正在晚饭,从舱里映出昏黄的灯光来。这些船只好像都重载着历史的忧愁,正与我在薄暮的秦淮河上的感觉相同。

斜风细雨,使我们披上了雨衣,觉得微凉。

过桥后,光景一变,眼镜上沾湿了雨点,模糊中看出去,中南路上是一片美丽的灯市。又看见霓红灯①了,它带着一股都市的腻腻的感觉。微雨的街上并不少行人,硬路面上被雨洗得非常干净,反映出一簇簇的闪光来。路边是一个个的鲜货摊子,上面悬着两三只一百支烛的电灯,照耀着香蕉、苹果、柚子、菠萝,娇黄嫩绿鲜红,一片美丽色彩的堆积。

----

① 今用"霓虹灯"。——编者注。

　　这个都市在疏散声中，显得有些忙，从街上匆匆来往的行人的脚步里可以看出，从商店的大减价的招牌上也可以看出。我顺步走到那一条文化街头，与 S 作别去跑书店，这里有着新出版的湘桂战局形势图，还有一堆堆的拍卖的书籍。在这里我看到一部皮脊的《海上述林》，我从书架上拿下来，翻了一下，看了下那几张石刻插图，又转轻地放上去，我想起了静静地放在家里书架上的同样的一部。

　　我买了一个皮面的小日记本，也许要用着它的。

　　走得有点疲倦了，想找个地方坐一下。我走进一家咖啡馆去。这家只有一间狭狭的门面，门口是红砖砌成的。上面凸出着一个三角形的玻璃橱，里边拥挤地放着十几张桌子。人是满满的。我拣了一张桌子坐下来，奇怪的是这里并不卖咖啡，我要了一壶红茶和一碟点心。

　　我脱下了雨衣放在对面的椅背上，坐下来静静地休息。隔桌有个少女，还有一个中年的男子。他们说话的声音很低，我的座位正好斜向着外面，可以清楚地看见她的半面。她穿着灰素格子的绸旗袍，鬓发齐齐地拢在莹洁的脸角。甜甜的眉眼不时飘出一个浅笑来，好像流星似的一闪又恢复了静默。她用两只白白的小小的手拿着刀叉，从盘子里轻轻地切下一角点心，轻轻送到嘴里，颊边留下一个浅浅的漩涡。

　　电灯突然灭了。侍者在每桌上添了一支蜡烛，小房子里更添了幽沉的气息。摇摇的烛影里飘荡着细微的语声。突然感到无端的压抑，我付了账，走出了这间小小的"咖啡馆"。

我慢慢地走回去，沿路看看橱窗里的陈列品。照相馆里摆着镇守长沙的将军的马上英姿，舞女的露出了背部的肉感照片，和着色的盟国军人的滑稽的面影。

灯市逐渐阑珊，雨也落得更大了。路上一片泥泞，难走得很。从杂货店里买了一个油纸灯笼，这是一个扁扁的圆环形的东西，要用时一抽就变成一个小小的灯笼，里面点了一支小红烛，小风小雨可以不怕。在这夜深的雨的街头，点了它走路，是颇富于浪漫意味的事。

觉得有一点饿，我提了小灯笼在路边摊头上买点东西吃。一副担子，一边是炉灶，另一边摆了许多油、盐、辣椒、香菜之类的作料。只有老板娘在照料着，有云吞、面、豆腐脑可吃。我要了一碗面，她从小柜里拿出了面条，下在锅里，一会和另一盘油条一起送过来。雨点打在油布篷上，玻璃灯昏昏的，这恐怕已经是快收摊的时候了吧？匆匆地吃完付了账，我觉得很满意，因为我还能用十元的法币支付。面钱是七元，小灯笼连红烛是四元五角。

一个月后，我们从前方调回桂林。

这时长沙已经弃守，战事在祁阳、零陵之间进行。湘桂路上军运极忙，车子也慢得很。在车上过了两天，才在一个傍晚到了桂林的北站。列车被甩在道岔里，到站长室借电话打到东南干训团要车子，把行李先运到站外去。两天没有洗澡，身上的衣服已经四五次被汗浸透了。背了 Carbine 子弹带，一个装了零碎东西的袋子和一个重重的钢盔，疲倦得几乎随时可以睡下来。左右两只手提起了行李和箱子，慢慢地在道岔上拖。这时觉得铁轨上分外的高，枕木间的距离出奇的长，中间的石子更不平得可恶。

十点多才盼来了两部 8/4 吨的军用车。上了车，坐在前面备胎座后面的铁箱上，车子在崎岖的土路上开出去了。这时才觉得夏天兜风的快乐。迎面吹来的夜风，把一身汗都吹跑了。把钢盔上面的皮带放下来系好，车子在失修的公路上用每小时四十哩的速度跳着，好像这种颠簸也是一种消除疲劳的好方法。

车子经过中南路，虽然已经是深夜，可是人还是那么多，灯市照样的照耀，小孩子在跑着。鞭炮的声音一阵阵地响，车子慢下来了。

"喂，什么事？"

"长沙收复了！"

有些惭愧，有些怅然。在这个时候跑回桂林，从不是军人们的嘴里问到了这样一消息。

前灯一明一暗，喇叭连续地响。车子渐渐出了市区，进入了无边的黑暗的原野。穿过石板路，穿过小桥，穿过低拂着的路旁的老树的枝柯；陪着我们的是天上的一只看不见的鹰，它的两翅闪着红色的绿色的星，发出微微的吼声。车子驶进一段跑道，在闪光中还可以看见赶夜工的工人，道边堆成的一堆堆的碎石子，整齐的红绿灯行列。

车子又出了跑道，远远地可以看见干训团的水泥大门了。通过了警卫，车子上了花木扶疏的小路，缓缓地驶到沿河的一片小白房子前面，停在一片深深的野草里。草上的露水打湿了车子的轮胎。

这时一钩新月已经在对岸的山顶上吐出来，映出一个个暗灰色的峰峦，河里面有倒影，也照着一排小房子的白白的墙壁。

山居的日子是寂寞的。

除了工作的时间以外，只能蜷伏在房里。桂林的夏天的热是可怕的，热得使人只有喘气的份儿，只有下雨是一种解放。

坐在走廊上看雨，是一种幸福。

这一定是一个非凡的炽热的天气。房子里边有斜斜的日影晒进来，晒到床上，白被单烫烫的，如果睡下来的话，会觉得是在一个不透气的蒸笼里，汗贴在身上，不是痛快地流出来而是蒸出来的。扇子早已失去了效用，扇着它只会使你更感到燥热。这似乎使你有些生气了，你发现天角处有一块小小的黑云，又有一点点风，这本来是不值得注意的。不过一会你发现风不太小，吹开了窗户，吹开了糊了纱的门，似乎要把屋里的东西完全卷掉，墙上的画掀起来了，桌上的纸张飞起来，赶紧搬一把竹椅躺到走廊上去。在碧绿的山峰后面，是一片暗黑色的云层，沉重的云层；小时候听祖母解释，这是哪吒抬了海来。真有那么一种阴郁恐怖的感觉，云慢慢罩下来，罩在尖尖的峰峦上，颜色变成浅灰，山腰处像围了一条长长的轻柔的带子，这叫人想到那"凌波微步"的洛神的飘飘的罗带，白色镂花的带子。

大而密的雨点落下来，落在走廊前面的泥路上，落在河里，响着清脆可爱的声音。这时一个峰峦中间似乎塞满了轻轻的烟雾，雨脚是斜斜的，像一挂细细的竹帘。后面是看不清楚的一片朦胧，随了风吹的方向，灰白的云带和这雨的帘子也在慢慢地移动，轻轻缓缓的，好像有一只纤手在推挽。这使我想起在那黯碧色的美丽的终古无人登临的山峰上住着的"神女"，在做着行云行雨的游戏，如一些古老的书卷上所说的美丽而荒唐的故事。

风停止了，只剩下静静的雨声。

雨夜是安静的。在小小的房子里，捻亮了小巧的油灯，坐在没有漆过的白木小桌前面，很容易使人深思。摇摇的微弱的灯光照在墙上，照着一张少女的照片，她的微笑的脸，大大的眼睛。我开始一个小小的工作，把一些幻想捕捉到纸上来，用以打发这静静的漫长的雨夜。我在写一个叫作"凤"的剧本，根据了一个古旧的歌剧的故事，加上了我自己的幻想，给它穿上了新的离迷的外衣。这似乎不是偶然的。一年前从舞台上一个少女的口中听来了两句轻柔的歌声，更掺杂了几年前春天旅行时看过的那一个古老的酒楼的印象，使我有意重新来写这个浪漫的故事。这完全是为了愉悦自己。我进行得很慢，使我感觉愉乐的是出现在幻想里的"凤"的颦笑，歌哭，话语，往往她说了十句，我只写一句下来。可惜这样安静的好日子太少，我只写完了第一幕。

因为只有在下雨或是下弦月的漆黑的晚上，我们才有安静。如果有好好的月亮，就得欣赏另外一种风景了。

在对河的山屏风的一角，有一个大大的岩洞。有一次我同朋友走进去玩，里边非常清凉。洞大得很，大约可容几千人在里面从容地走动。岩洞的顶上，断续地有泉水滴下来，倒挂着些羊齿类的植物；再走进去，可以看见许多奇怪的钟乳石，大概这里不如七星岩的有名，所以还没有给人附会出种种名字来。在这洞口有一条宽宽的跑道，后来洞被改作飞机库。有一次我看见里面停了两架 B－17 三架 P－40，门口还有两架 P－47，鲨鱼张大了嘴静静地在里面休息。

从我们住的小白房子，远远可以看到洞口的山岩。晚饭后在门口散步，看着已经快蒸发干了的浅浅的河水和夕阳的虹彩。从远远的跑道上卷起了一长条烟尘，在暮霭里，两盏碗大的强烈的光透过了滚滚的烟雾，发出沉重的吼声，好像童话里讲到的蟒蛇，就知道今天晚上大概不会安静了。

等到一轮圆月挂在山角的时候，远远就传来了凄厉的声音，预行警报是较长的。每天听惯了也就不觉得有什么特别。这时只有老上校最起劲，催大家戴好钢盔，枪里装好了弹夹，穿上了长裤（为了防止疟蚊的袭击），一齐到门口的草地上去，预备必要时进洞。所谓洞，也只是一条弯曲的壕沟，大约有一人深，洞里长满了野草，里面潮湿得很，没有人喜欢进去的，搬了两把竹椅子在洞口坐下，闷闷地等紧急警报。

紧急警报的声音比较紧张，好像一个负嵎的野兽的泼切的鸣声，这大约有四五次，不一会就可以听见隆隆的机声了。

矮矮的奈特中校是很有趣的人物，他是我们的副团长；处于一个管家婆的地位，平常和老上校一搭一挡，我们却暗地里叫他"老太婆"。"老太婆"对飞机的声音很有研究，一听就可以辨别出是敌人的轰炸机还是我们自己的，我想他大概也不喜欢进洞，所以只是把 Carbine 拄在地上望着暗蓝的天空。

"这绝不是，小鬼的飞机马达是好像破锣一样的。"

黑黑的天空里大约有两三架轰炸机在头顶上过去了。

老上校听说以前在美国军校里任教，不曾带过兵，一般士兵对他都不大满意，嫌他太琐碎，背地里叫他老公鹅。这时他最紧张，说附近的山洞做了飞机库，以后很有被炸的可能，必要时还是下洞的好。

我和张邹他们就大说学校里的教授，他们的一些逸闻琐事，后来说到什么，几乎争辩起来，声音也越来越大。老上校轻轻地对"老太婆"说。

"这帮孩子说得那么起劲！"

突然"老太婆"说："来了！"破锣声越来越清楚，达达一声步枪响，看过去，很清楚的一串火球飞起来，好像小孩子玩的花炮。

大家都把枪拿起来，"推开保险"。机场里巡逻的步枪声密起来，火球更连续地放，沉重地听见几声炸弹的声音。

"二塘。"老上校猜这是在炸二塘飞机场。

高射机枪的红绿黄紫各种颜色的信号弹，在暗黑的夜幕上，打出美丽的图案画。破锣的声音离开三塘飞过来，又听见三四声炸响，"老太婆"说：

"这次近了，下洞吧！"

大家都跳下洞去。被野草的突出来的茎子刺得有些痛，蚊子成群在脖子左近嗡嗡地飞，破锣的声音越来越近，从头顶上飞过去了。

我们都跳上去，说着放暗号的汉奸的可恶。破锣的声音渐渐远去，这时本来已经可以到房间里去睡了，不过看看老上校还巍然坐在洞边，只好停下来欣赏躲在鱼鳞状白云后边的月亮。夜已经凉下来了，草叶上有了露水珠。

远处机场的探照灯向天空照起来，指示适才飞出去的轰炸机降落，显然空袭已经过去，可是解除的警报总是迟迟不来的，老上校慢吞吞地说：

"我想这是时候了，打一个电话问一问！"

"老太婆"懒懒地立起身来，提了枪走到房里去，一会出来大声喊着：

"肃清了，肃清了！"

大家都回去睡觉，在枕头上听见疲倦的解除警报悠长的声音。

这种情形差不多每夜继续着，过了阴历十五，月亮渐渐变成瘦瘦的一钩时，就慢慢停止了。有一次骑马从营里回来，走到河边天色已经全黑了，不知道空袭已经进行了很久，哨兵不许通过，飞机就在头上打转，向下扫射，这时只好牵了马到河边的苇子里边去。

有时第一次警报在九时左右就解除了，好像不好辜负这样好的月夜，两点钟左右，紧急警报又呜呜地响了起来，假装不曾听见，照样睡下。一会老上校来敲门了，皮鞋在走廊的木板上杂乱地响着。

"美国警报两只球！"这时就只好起来，穿了衣服拿了枪，坐在壕边去。

桂林的警报有两个系统，放警报回声的是防空司令部；另外美空军也自己有警报探查器，由电话通知各处。两个系统未必尽同，有一次已经拉过"紧急"，而电话里只是一只球。老上校还安心地躺在床上，不料就在房子后面扔下来四五个炸弹，连忙跑出来，问我为什么中国警报这样准确。我告诉他大概是因为作战了七八年，经验特别丰富的缘故吧！

营地是在四哩外的地方。每天去营里只好骑马。

我对于骑马本来是颇有兴趣的，这时正好每天有机会骑四次。可惜马都不大好，全是小小的贵州马。我挑了一匹灰色的小马，它是很驯良的，也知道跑的方法。每天早晨从餐厅里出来，就可以看见对岸的柳荫下面已经有十几匹马在等候着了。沿河走出大门，经过一条石子铺的小街，就进入了营地，可以跑一下。地上很多野草，马很喜欢走进野草丛里去吃草。地方空旷得很，看看天上的白云和四周的山的屏风，缓缓地走着，很容易使人想到远远的地方去，缅想如果同 Y 在一起，在春天的原野里荡着马，该是多么幸福的事。

一起工作的有一个军曹麦克，大概四十多岁了，牙齿已经不全，人很滑稽。他特别选了一匹老马，紫骝色的，走起路来还算平稳，不过一跑，它的突出的屁股就会一摇一摇，使骑马的人上下颠动，大概是不大舒服的，他叫它"大屁股"。

"看看我的漂亮的年青的小宝贝，检查一下牙龄，已经四十四岁了。"

麦克特别喜欢骑了"大屁股"玩花样，有时牵一下缰绳，使它到墙头去吃草，用脚跟一划马的腹部，它就会摇起屁股来，像是在跳草裙舞。我们经过小街时是排了一个纵队的。一天纵队排得特别紧凑，"大屁股"在后面嗅着我的小灰马的尾部，竟使它惊了，一直跑出去。最初并不觉得怎样，一颠一颠倒相当有趣。后来它愈跑愈快，我觉得身子已经凌空了，终于在马身右边平行地给抛出去，摔到地上，手里还牵着缰绳。后来他们说我的跳马的姿势是很好的，听说骑兵科的人还要特别训练这种技术，要两只手抱了起来保护了头部。我当时倒并没有想到这些，只是想不要摔碎了眼镜就好。

从地上起来以后，小灰马已经悠然地在吃草了。这次想跨上身去可就不十分容易。它总是摇了头吼着不肯就范，只好先做些安抚的工作。拍拍它的颈部，亲热一下，冷不防跳上背去。它大约很不高兴，在原地转起圈子来，后脚也跳了好几次，不过这次已经有了准备，没有被它摔下来。

在一个星期天的早晨，我们向营长借了九匹马，预备到桂林城里去。同去的有营里的一位刘排长。矮矮的身材，人非常豪爽，特别喜欢朋友。恐怕我骑不惯长途，让给我他自己一匹高高的灰马，他亲热地拍着马的颈部：

"这匹马走得平稳，远路骑了它最舒服。就是有些老了，上次有人借了骑进城，不知怎么走坏了，费了好几天工夫才蹓好了。"

他露出了一种军人脸上难得见到的温柔的表情，用手梳着灰马的纷披着的鬃毛。马也扬了头迎合着他的手，露出长而白的牙齿来。

"是调教惯的马了。见了汽车也不害怕。每天三块钱的马干费，草都买不到，不用说豆子了；每月我贴几百块钱给它买料买豆，到底吃不饱，长不胖。"

他抚摩着露出一条条肋骨的马的腹部，马抬头向空中叫了一声，在旷野里和着野风，悲凉得很。想到旧诗里提到的马，画里面的马，只有这种瘦骨嶙峋的马才是可以"托死生"的朋友。目前也还不是骑了金丝马络、白玉马鞍、肥肥的白马游春的时候。

从李家村到桂林城大约有三十多里路。为了不跑坏了瘦马，和看看路边的风景，我们走得很慢，沿路的山好像为一个大风暴所吹，全向一个方向倾着。这时还可以看出山脉来的，渐近桂林，在将军桥左近，可以看见近郊的一个个突起的峰峦了。听说这都是有单独的名字的，共有七十二个；骑马走过山侧，走过跨过小河的桥，马蹄在板桥上踏出得得的声音，如果是诗人，这该是吟诗的时候了。

中午到了本站，把马寄放到城厢一家熟识的人家里去，我们走到一家"东坡酒楼"里去吃饭。这是一家广东饭馆，下面一层是一排排的火车座，挤满了吃茶吃面的人们。我们到楼上去，沿窗可以看桂林最繁华的一条街。桂林在战后从沦陷区从香港集中了九十万人口，商人把这许多地方的市街形式、橱窗陈列都带了来。于是就有人叫它"小上海""小香港"了。更添了热闹的是美国的军用车子，还有一些时髦的女人。疏散工作似乎只疏散了些看不出来的人口，他们的去留与这个城市并无多大关系，桂林似乎还照旧繁华，也许还更热闹了。

这里的限价是很严厉的，我们每人要了一样菜，堂倌已经警告说不能再添了，只好将就算数，后来才知道是可以吃完一份，算账后再要一份的。

饭后刘排长他们有事，我们约好六点钟在放马的地方聚齐。我一个人去找一个朋友。因为最近随时有到前方去的可能，带了行李实在太不方便，想寄放到朋友家里。C来信说他的姐姐住在凤北路，要我去问一下。我很喜欢这个路的名字，虽然不知道它的来源，不过感情上很亲近，十几年前在北方买到一部初印的《四印斋所刻词》的零本，书皮上有很清秀的小楷写着"辛未早秋得于凤城幼遐侍御持赠"，这凤城当然指的是北京，幼遐侍御即是临桂王半塘先生。这本小书我非常喜欢，在这个阴天的桂林城中闲步，使我想起那一段温馨的学校生活，重回到北宋词人的梦影一般的境界里去。虽然我并无意去翻书店里的"桂林导游"，寻找半塘词人的故居。

走到凤北路，却找不到要找的人，怅怅地走回来。穿进一个狭狭的巷子里，巷子尽头是一个好像公园似的后门，门口有卫兵站着，我恍然这大概是那有名的独秀峰了。和五百年前徐霞客有同样的感慨，不能进去看，只能站在门口看这矗立在城市中心的奇特的峰峦。这正像是放在小盆里的一块小山子石，在一条羊肠似的小路圈着绕上去。山上有些小小的庙宇，我可以看见山下的一间亭子里有一块写着"天下第×泉"的石碑。

走出巷子还回到正路上来，我看了几家旧书店，有一家叫"二酉书店"。走进去看旧书并不多，也没有什么可观的本子，倒是出租小说占了一大部分，比起北平琉璃厂的那家自然相差得多了，不过在这日暮的危城里蹀进了这么一家书店，也就够使人惆怅了。

住在乡下，唯一的好处是不用花钱。其实那时我也没有什么钱可花了。离开昆明以前，正是发薪后的一星期，我已经用掉了全部的三分之二，到全县去了一个月，到现在是已经两个多月了，没有再拿到一块钱的薪水。写几封信、洗洗衣服都还是向张通融。所以每逢有进城的车子，而问我要不要去玩时，总是回绝了的。

"好孩子咧！"R上尉喜欢开一下玩笑。

"我们去吃茶去！"我和张不甘示弱，表示我们自有清高的消遣。他挤挤眼。

"是有约会吧！"他们是很喜欢联想到女人身上去的。这时我们就不置可否地一笑了之，过河到一条小街上去了。

这是一条乡村形式的小街。疏散以来，冷落得多了，可是也还有七八家茶馆，十几家饭馆。据朋友说，这里的一家茶馆里有一个女孩子，他们常来吃茶看看她，算是一种精神上的安慰。现在是风去楼空了，在那家茶馆门口过时，看他指点流连的样子，颇令人怅然。

我们去的一家茶馆是湖南人开的。湘战开始以来，他们逃难来桂，就开一家茶馆，算是临时的职业。一位老先生一天到晚躺在一张竹椅子上，看一本线装石印的小说，卖茶的事是由他的两个女儿经手的。大的一个也不过才十二三岁，穿了一身黑布的短衣服，赤了脚穿着木板拖鞋，脸白白的，眼睛大大的。第一次她像贵客似的给端了四碟零吃来，一碟瓜子一碟花生，还有两碟糖，另外泡了两碗茶。我们是不吃糖的，所以后来看见我们走进去，她就只泡两碗茶，端一碟瓜子上来，好像是已经成了定例的了。

我和张说：

"这就是我们的女朋友，每天来看她一次。"

坐下来以后就找她借一张《大公报》和两把扇子。从报上可以看到前线的消息。这时衡阳围城已经快一月了。我们的增援部队在二塘三塘一带。有一次看见援军与守军携手喜极泣下的消息，心里十分激动。

又从报上看见美国女明星来劳军的记载。

昨天晚上几乎所有的官长和士兵全去看表演了，只有老上校不去，我问他为什么不去看。

"这些事还是让孩子们去吧！"他摇摇他的一头白发，眨眨眼睛。

　　后来听他们说安秀丽丹已经老得可以，可是还表演那一套大腿之类的玩意。我想他们要派女人到几万里外面来慰劳，究竟是值得佩服的事。我们的女明星不知道是在什么地方。张笑笑说：

　　"大概她们还不知道我们在哪儿吧！现在只希望能发下薪水来就好。"

　　前两天到桂林办事处去了一次。据说名册上并无我们的名字，所以不能发钱。我想我们的名字大概还在昆明，他们大概也还不知道我们现在什么地方。

　　×××军奉命增援衡阳前方。这命令来得极突然。张因为就要在后天出发，一切军情又都需要接洽办理，分不出身来，所以就把几件行李交我给他送到朋友处暂存。我同老上校讲好，明天早晨搭他的车给张运行李进城，顺便晚上给他在城里饯行。

　　这两天正在下雨。早晨，雨中乘车进城，先到二塘机场的军邮局去。

　　车子在跑道上跑，时时溅起一阵小水花，挡风玻璃上打满了雨滴。朦胧里望出去，机场四周的山都是暗灰灰的，灰白的云层罩在山腰上。跑道上的土都变成赤红色，远远接近地平面处好像有白色水蒸气在浮出来。掩蔽部里的中型轰炸机的机身洗得干干净净的，发出银白色的光彩来，远远正有五六架 C47 在起飞，在细雨的帷幕中，机身好像更缓慢地升上去，发出更沉重的声音，钻进暗灰色的云层里去了。

　　雨越来越大，帆布的车篷已经没有用处。斜斜的雨脚打在身上，打湿了雨衣、钢盔。车子驶出去，在沿山的石子路上走，在用木板搭起来的危桥上通过，看看隐在一片竹林里面的 SOS，好像是罩在碧纱橱里面。远远的水田里，有两三只白鹭飞起来，斜斜的翼子在阵雨中掠过。车子经过美军检查站，站里有两位女客，看见我的车子，就走出木房子来。

宪兵拿了检查单敬礼。

"C 上校，东南干训团，到城里去。"老上校告诉他，又看看那两位女客，"你们还有女客要进城吗？"

"Yes，sir!"宪兵敬礼。

让她们坐在后面来。从那涂了红的胭脂的脸庞，蓬松的鬓角，肿肿的眼泡，可以看出她们的职业来。她们喜欢地跨上车去，露出粉红色的廉价的麻纱长袜来。

"抽烟!"老上校手里拿了烟拿向后边递去。

"不，谢谢!"她们同声用着奇怪的英语回答着。

车子又经过小村庄，小孩子都站在门口檐下看雨，伸出大手指来。

"顶好!"我坐在摇摆的车上，不安地想着，他们大概不会想我会在这样的雨天还带了女人在兜风吧！

晚上在城里，在环湖路上的百乐门饭店给他们饯行，有 R、F 和我，对手方是张和 T 上尉，他们是由 Z 军总部赶来的，明天一早就要离开桂林了。

车子停在桥边的红十字会。桥上人满满的，暗黑的湖面上，间或有几点微光，桥头的饭店门口，M. P. 的漆了白奶油的钢盔在明亮的电灯光下面移动；这里有那么多的女人，穿了蓝布旗袍的，穿了黑色香云纱旗袍的，还有穿着西装的；脸上也涂着各样的胭脂，红、黄还有在路灯下面发着浅蓝的神秘的颜色；香烟的味道，酒的味道，尖尖的笑声，唿哨声，和嘴唇接触后轻微的响声。吉普旁边，1/2 吨的车座上，都有拥抱着的一对。我从车旁边走过，看见一个身子从另一个的怀里挣了出来，她拼命地吸了一口香烟，十分不习惯地皱紧了眉头，猛然一个照面，我看见那好像涂满了白色的假面上有两朵高高的红点子，两个深陷下去的黑眼圈里是疲倦的快要熄灭了的光。我心里冷了一下。

我们走进环湖路上十几家饭馆、咖啡馆中最大的一家——百乐门饭店。

门口有一盏亮亮的盒灯，上面写着饭店的名字，挂着"欢迎盟军"的招牌，也有两个美国宪兵在站着。两扇自动开关的玻璃门，上面是五彩的花玻璃。推门进去，里面的电灯雪亮。一个厅子里有十几张圆桌，都已经坐满了人。穿了黑拷绸短衫裤的老板摸了他的胖胖的大肚子，招待我们到一个角落里的桌子上坐下，他似乎与 R 他们都已经是老朋友了。招呼着要了酒菜，有红葡萄酒、杜松子酒和盛在洋瓶子里的竹叶青。招待所里的洋葱是不常见的，现在他们每人都要了洋葱放在前面。R 在杯子里放了一半葡萄酒又对上了黄酒，大口地喝着，好像特别喜欢中国的"绍兴"而只可惜太淡了的神气。

我仔细看了下屋里面的风景。

临窗处有一张桌子，旁边围了七八个女人，每人面前有一杯冷开水。她们有的在抽着烟，高兴地谈笑，有的好像有着无限的忧愁，沉默地坐着不动。一个穿了寒伧的白底小花布旗袍的女人，脸上涂着不十分合适的脂粉，还是掩饰不了一点点的雀斑。她带了畏惧的眼光，向厅子中间的台子上不时地溜一眼，好像是在找寻什么，可又怕被人发现的样子。看了一些别的女人做出来的亲昵的样子和大声地笑，她似乎有些不安，拢了拢鬟发，拿起了她的白色的手提包，拉了旁边的一个穿黑拷绸旗袍的女人出去了。

在这一群里有一个特异的人物。她是一个三十几岁的胖胖老板娘型的妇人。她穿了一件黑色的旗袍，短袖齐了腕部。好像久历风尘的老江湖，看了旁边的年青的一个个被人带走，就做出一种不屑的表情来把嘴角一叉，左腿翘起，慢慢地燃起一根香烟来。桌上的人事常常变动，只有她一直坐在那里，只是对新来的人懒懒地说一两句话，抑郁得很。

有的还很年青，恐怕只有十五六岁；动作还生疏得很，似乎以前的生活环境并不与这个五光十色的世界相合。有的应酬功夫比较纯熟，朋友也多，一会就出去了好几次，好像特别为这事高兴，不时拿了小镜盒在惨白脸上涂了两下红红的颜色上去。

门开了，有一个女人站在那里了，怯怯的样子，旗袍还是现改的，高跟鞋似乎容易使她站不稳，茫然地望着。看样子该是个有家庭、有儿子的母亲。那个穿了黑旗袍的胖胖的女人用不屑的眼光看了她一下，对旁边的人低低地说了几句什么，好像是说：

"像她这样，也要来做生意！"

一会，墙角一张桌子上的一个女人发现了她，跑过来，一把拖了她去。穿黑拷绸的老板扶了桌边向我说：

"侬先生看这女人，长沙失守逃到桂林，一家大小十几口，没办法，前天才到此地来。的的括括'人家人'。阿作孽相！"

从他的叹息声中，我好像读完了一个可怕的故事。我不敢再跟了看那个女人跑到墙角台子上坐下来以后的样子，她大概总还要陪人家笑的吧，陪人家吃酒，抽烟……也许她这时正想着在什么旅馆的小房间的母亲、孩子……我不敢想下去。

这时，R他们正在谈论着一个女人。他们叫她"百乐门皇后"。

这是一个二十多岁穿了浅蓝色旗袍，眼睛黑黑大大，有着长长的睫毛的女人，看样子她真是忙得很。一屋子十几张台面她几乎都认识，应酬的本领很好，一面陪了人谈话，眼睛却向另外的台子上的朋友打招呼，她在每一张台子上没有停留过十分钟，看起来却好像每一个都是她的极亲密的朋友。她面前放了一只高脚杯，里面是浅黄色的液体，她只用红红的嘴唇碰一下就算了。

"这班空军的家伙，把女人全抢去了，他们不是在用钱，简直是把钱扔了出去的。"R说得有点愤愤了。他们都对空军不满，因为空军比他们阔气得多。我记起一天晚上他告诉我他们为什么阔气的原因，我也记起了在全县车站上看见零陵撤退下来的空军的车厢里坐在发动机盖上的那个女人。

甜酒的力量不小，这整个厅子坐着的每一个人似乎都为它的缘故兴奋着。谈话声、笑声混在一起，这个小天地里面是热闹。不过也还是有例外。在厅子中间的一个小圆台子上，坐着两个女人。一个年纪老些的大概是母亲，年青的一个只有二十岁左右，穿了浅紫色的纱旗袍，有着秀美而丰腴的面庞，黑黑高高的鬓发，正像一个中上家庭里的主妇。她们正静静地在那里吃着咖啡，沉默地坐着，与整个的厅子里的气氛似乎不大相合，好像一片杂乱的色彩中会有着一点淡雅的素色。

她们坐在那里，大概有十分钟没有人来打搅。年青女人的美丽的庄严的态度使我弄不清楚她们的身份，好像是等着什么人；可是又并不着急，看她们的态度是闲闲的。

这安静最后终于为一个空军的上尉给打破了。他从隔壁的桌子上走过来，在年青的女人耳边轻轻地说了些什么。她最初只是保持着沉默，并没有回话；她的母亲说了几句话，从她的手势中看来好像是她要求和她女儿在一起，而那个上尉却只希望一个人过去。交涉延续了三四分钟，他失望地回去了。

隔了五分钟，他们又在谈话了，这次终于没有给他失望，年老的女人站起来。他代付了账后，穿紫纱旗袍的女人慢慢地坐过去了。老女人走出门外的时候还做了一个眼色给她。

我们吃完了饭，大家走出去。在街上随便地走着，R 他们要到一家戏院看戏，我一个人陪张在街上闲蹓。这时的桂林正是热闹的时候，饭馆里满座，拍卖行里也拥挤着买湘绣、玉器的盟国军人，一月前的紧张情形已经没有，疏散也暂时缓行了。

在黑暗中，街角里，张为一个人所拉住。他在黑影里发出吃吃的笑声来。这是一个小个子，两只小小的眼睛好像鱼眼睛一样在转动，尖尖的下巴，半秃的光头，手里拿着他的镶了红边的帽子，笑着：

"你找到了你的女朋友吗？"他问张。

"没有，你呢？"张回问，"这是西哥吾上士。"张以为我不认识，为我介绍了。

我们本来是认识的，不过不在一起工作，不太熟而已。这是一个孤独的"老军人"，他是和其他的士兵分开来住的，他们也都不喜欢他，他倒常常找中国朋友去吃酒。吃起酒来话非常多，我已经听他讲过不少的故事了。在战前，他曾驻扎在上海、天津、北平，本来已经升到特级上士了，不过一次因为醉酒降了级，自此就没有再升上去。所以满腹牢骚，吃酒吃得更多了。

他也还未结婚。

昨天，到他房里去了一下，一个人占了空落落一大间房子，他在收拾行装，因为他是要与×上尉和张一同出发的。

我约他到亲爱社去喝点酒，他答应了。说一会才去，从箱子里拿出一把放在皮袋子里的"缅刀"来。

"这是政府发给的，又笨又大，我要它没用，送给你吧。"

"带着吧。可以杀两个日本鬼子。"

"我还有一把小的。"他飕地一下从旅行袋里抽出另外一支自己买的。果然轻便多了，他眯着他的小眼睛，露出得意的眼色来。

昨天晚上他喝得很少，因为不好意思。

现在我们一同走着，走到停车的地方去，黑暗中排了十几部车子。他划亮了火柴看车子号码；后来找到了，我们都坐上去。M. P. 的白帽子出现了，用手电筒照着：

"忙不忙？我们是到总部去的。"他笑笑招呼。

等 M. P. 走过去，轻轻地向张说：

"你给我买一瓶酒如何，这儿是钱。"因为如果他拿了酒瓶从饭店里走出来的话，大概是不大方便的。

张给他买来了。他开了盖，让我们。

"来点吧，甜酒，酒是好东西呢。"小小的眼睛眯眯地，嘻嘻地笑起来。

"找到你的女朋友了吧？"我问他。

"当然，当然，她总是等着我的。每次进城我一找就找到了。"

"漂亮不漂亮？"

"噢，她是个好看的女孩子，好女孩子。"他点了点头，好像做梦似的说着。其实他的女朋友我曾看见过的，快三十了，简直够不上谈到好看。

"我每星期进城去看她一次，给她些钱。今天我跟她说，我快要走了，她说：'你为什么要走呢？'我说：'上前线，杀日本鬼子！'她哭了。我留下四百块钱就出来了，她死也不肯要。她住在一间小屋子里，有母亲，还有妹妹。哎，她是一个好女孩子。"好像有着无限的忧郁似的轻轻地说着，两眼看了桥头星星的灯火，他举起了酒瓶又喝了一口。

后来我们又谈了许多闲话，话题慢慢转到中国事务方面来了。他的话里面是同情中国的。我们谈到了币值的暴跌，他说：

"战时哟。哪一个国家战时没有一点点通货膨胀呢？十年前我在天津，晚上出去吃酒，回来时叫：'胶皮——美国营房！'到地方，我给他三毛钱，他说：'妈拉个。'"

他似乎因为能运用纯熟的中国话而高兴。尤其是末后一句，好像是一种表示亲善的招呼一样。我们都笑了，他又接下去：

"有好些美国兵只看见了昆明、桂林。我跟他们说：'这些不过是小城罢了。你们看看天津、北平、上海，那些大街、屋子，好玩的地方多得很呢。'就是在美国也找不出几个城能像上海的。美国也有脏得要命的城，他们看见街上卖豆浆的，都皱了眉头看着，我就吃给他们看，不错，不是到现在我还活着吗！"

他好像胜利似的笑了。我最初听他说美国也有脏地方，以为他是在应酬我们，后来听出他是在说真话，想说两句话，却找不出话来说。我看着夜幕里的桂林，那些商人，那些女人，和那些虽然不干净可是可爱的街，我的眼睛潮湿了，我只转转地对张说：

"这个好人，难得。"他却还是继续着他的谈话，一瓶葡萄酒又快空了，这时他不得不扬起头来喝了。

"酒是好东西。"他摇了摇几乎空了的酒瓶。

"有'警报'，I go；No'警报'，no go!""警报"是他们叫酒的俚语，我不知道原意的出典，不过我总觉得这俚语颇好。他用了"洋泾浜"高兴地讲，好像一个将军宣布他的战略。

张告诉我，他已经打听李家坪有没有"警报"，并且已经给了他满意的保证了。

后来 R 上尉他们来了，我们就分了手，分坐了两部车回去。车子慢慢动了，经过桥，渐渐离了布满华灯的桂林，投入了黑暗的原野。我挥手向他们说：

"Good Luck!"

黑暗中车子摇晃得很，我闭了眼睛，想起了许多事。想起Y说的话："我还要爱许多人。"我要哭了。

（《锦帆集外》）

茅　盾（1896—1981），原名沈德鸿，笔名茅盾等，字雁冰。浙江嘉兴桐乡人。新文化运动的先驱，中国现代著名作家、文学评论家、文化活动家以及社会活动家。1913 年考入北京大学预科第一类。预科毕业后，入商务印书馆编译所工作。代表作品有《子夜》《霜叶红似二月花》《春蚕》《白杨礼赞》等。

贵阳巡礼

茅　盾

二十七年春，从长沙疏散到贵阳去的一位太太写信给在汉口的亲戚说："贵阳是出人意外的小，只有一条街，货物缺乏，要一样，没有两样。来了个把月，老找不到菜场。后来本地人对我说：菜场就在你的大门外呀，怎么说没有。这可怪了，在哪里？怎么我看不到？我请人带我去，他指着大门外一些小担贩说，这不是吗！哦，我这才明白了。沿街多了几付小担的地方，就是菜场！我从没见过一个称为省城的一省首善之区，竟会这样小的！那不是城，简直是乡下。亲爱的，你只要想一想我们的故乡，就可以猜度到贵阳的大小。但是我们的故乡却不过是江南一小镇罢了！可爱的故乡现在已经没有了，而我却在贵阳，我的心情，你该可以想像得到吧？"

二十七年冬，这位太太又写信给重庆的亲戚说："最近一次敌机来轰炸，把一条最热闹的街炸平了！贵阳只有这一条街！"

　　这位江南少妇的话，也许太多点感伤。贵阳城固然不大，但到底是一省首善之区，故土头土脑之中，别有一种不平凡气象。例如城中曾经首屈一指的老牌高等旅馆即名曰"六国"与"巴黎"，这样口气阔大的招牌就不是江南的小镇所敢偕有的。

　　但"六国"与"巴黎"现在也落伍了。它们那古式的门面与矮小的房间，跟近年的新建设一比，实在显得太寒伧。经过了大轰炸以后的贵阳，出落得更加时髦了。如果那位江南少妇的亲戚在三十年的春季置身于贵阳的中华路，那她的感想一定"颇佳"。不用代贵阳吹牛，今天中华南路还有三层四层的洋房，但即便大多只得二层，可是单看那"艺术化"的门面和装修（大概是什么未来派之类），谁还忍心说它"土头土脑"？而况有了那么大的玻璃窗。这在一个少见玻璃的重庆客人看来委实是炫耀夺目的。

　　如果说二十七年春季贵阳市买不到什么东西，那么现时是大大不同了。现在可以说"要什么，有什么"——但以有关衣食两者为限。而在"食"这一项下，"精神食粮"当然除外。

　　电影院的内部虽然还不够讲究，但那门面堪称一句"富丽堂皇"，特别是装饰在大门上的百数十盏电灯，替贵阳的夜市生色不少。几家"理发厅"，仿佛是这山城已经摩登到如何程度的指标。单看进进出出的主顾，你就可以明白所谓"沪港"以及"高贵化妆品"大概一点也不虚假。顾了头，自然也得顾脚，这里有一家擦皮鞋的"公司"。堂堂然两开间的门面，十来把特制的椅子，十几位精壮的"熟练技师"，武装着大大小小的有软有硬的刷子，真正的丝绒擦，黑色的深棕浅棕色的乃至白色的真正"宝石牌"鞋油，精神百倍地伺候那些高贵的顾客。不得不表白一句：游击式的擦鞋童子并不多。是不是受了那"公司"的影响，那可不知道。但"公司"委实想得周到，它还特设了几张椅子，特订了几份报纸，以便挨班待擦的贵客不至于无聊。

使我大为惊异的，是这西南山城里，苏浙沪气味之浓厚。在中华南北路，你时时可以听到道地的苏白甬白，乃至生硬的上海话。你可以看到有不少饭店以"苏州"或"上海"标明它的特性，有一家"综合性"的菜馆门前广告牌上还大书特书"扬州美肴"。一家点心店是清一色的"上海跑堂"，专卖"挂粉汤团"、"绉纱馄饨"以及"重糖猪油年糕"。而在重庆屡见之"乐露春"，则在贵阳也赫然存在。人们是喜欢家乡风味的，江南的理发匠、厨子、裁缝居然"远征"到西南的一角，这和工业的内迁之寥寥相比起来，当做如何感想？

"盐"的问题，在贵阳似乎日渐在增加重量。运输公司既自重庆专开了不少的盐车，公路上亦常见各式的人力小车满装食盐，成群结队而过。穿蓝布长衫的老百姓肩上一扁担，扁担两端各放黝黑的石块似的东西，用麻布包好，或仅用绳扎住，这石块似的东西也是盐。这样的贩运者也绵延于川黔路上。贵阳有"食盐官销处"，购者成市；官价每市斤在两天之内由一元四角涨至一元八角七分。然而这还是官价，换言之，即较市价为平。

　　贵阳市上常见有苗民和夷民。多褶裙、赤脚、打裹腿的他们，和旗袍、高跟鞋出现在一条马路上，便叫人想起中国问题之复杂与广深。所谓"雄精器皿"，又是贵阳市上一特点。"雄精"者，原形雄黄而已，雕作佛像以及花卉、鱼鸟、如意等形，其实并无作器皿者。店面都十分简陋，但仿单上却说得惊人："查雄精一物，本为吾黔特产矿质，世界各国及各行省，皆未有此发现，其名贵自不待言；据本草所载，若随身久带，能轻身避邪，安胎保产，女转男胎，其他预防瘴气，扑杀毒蛇毒虫，尤为能事"云云。

　　所谓"铜像台"，就是纪念周西成的铜像，在贵阳市中心，算是城中最热闹也最"气概轩昂"的所在。据说贵州之有汽车，周西成实开纪元；当时周氏"经营"全省马路，以省城为起点，故购得汽车后，由大帮民夫翻山爬岭抬到贵阳，然后放它在路上走，这恐怕也是中国"兴行汽车史"上一段佳话呢。

　　铜像不知是在何处雕刻翻砂的，基石太高，不能看清面部的丰彩，但全身姿势还算美妙。铜像台四周的街道显然吃过炸弹，至今犹见断垣败壁，不过铜像台巍然无恙，而铜像亦无恙。

1941 年 3 月

（《见闻杂记》）

黄　裳（1919—2012），著名作家、记者、藏书家。
早年在天津南开中学就读，1940年考入上海交通大学。
1943年至1946年，被征调往成都、重庆、昆明、桂林等地
担任美军译员。抗战胜利后任《文汇报》驻渝和驻南京特
派员，后调回上海编辑部。1946年出版第一本散文集《锦
帆集》，另著有《黄裳书话》《来燕榭读书记》等。

贵阳杂记

黄　裳

一

三十四年七月来贵阳。住了两月，等到原子炸弹落下，日
本投降，工作告一段落，匆匆又回到昆明。这两月中间，实在
没有什么闲空，可以游赏。住所在城里，做事的地方则在城南
五里的图云关上。每天乘车来往四次，经过城里最热闹的大街，
转出南门，经过一条"油榨街"，车子就上山了；山路之陡与
坏，实在可以说是练习开车技术的好地方。经过的地方有一座
白石牌坊，刻"万里封侯"四字，颇可喜，比较那一座座的节
孝牌坊有趣得多了。也曾停车下视，却看不出是怎么回事，后
来翻书，在包家吉《黔游日记》上看到是为果勇侯杨芳所建，
芳字诚邨，松桃县人，道光八年以生擒回酋张格尔封二等果

勇侯。

图云关本名图宁关。《黔囊》云："关高距山巅，有茶亭使馆，可以迎星华之使。"这是入贵阳的最末一站，是省南驿路的开始，过去的钦使大官，大抵都要在这里受督抚的迎接。现在当然已经没有这种盛况了。一座检查站，也已经荒凉不堪，听司机们谈到过去的检查之严与种种小故事，不禁令人感慨系之。现在则有一条新路，所以已经没有什么运检队经过此间了。

我们做事的地方还在关上二三里许。草草开辟，在山地上搭了几座帐篷，坐在里面，可以看下面的群山。如果说贵州是山之国，从这里大概可以得到一个概念，这绝非江南的山水，也不是滇西的那一片穷山恶水。这里只不过是一个围在各种形式的大小山峦中的一块地方，没有一条河流，坐在帐篷里远望那一列山屏风，实在是一种乐趣。贵阳的天气是多阴雨的，不过有时也有阳光出现，因此这一带山屏风也好像背后有着多少光彩的变化。山峰由极深的碧螺色变到极鲜嫩的浅黄色，都不过是霎时间事。有时风雨骤至，群山又没在烟雾里去了。旧时看米友仁《云山得意》图，觉得不过是画家心里的玄想，现在可以了解他为什么用泼墨的笔法了。想起不知在什么地方看见过一副对联：

画中诗酒杨龙友
烟外云山米虎儿

觉得真巧，因为杨文骢①也是贵阳人，而我也颇有兴致来谈一谈这位《桃花扇》里的人物。

二

贵阳有几家图书馆，听朋友说以前颇不错。在科学馆的一家现在已经借给盟军作为招待所了，无从入观。不过在民众教育馆附近还有一家，离我的住所不远，慢步十分钟可到，无事时去翻翻书聊以消遣。藏书贫薄，只有几册"黔南丛书"尚可读。地方不错，房间颇干净，窗外有几棵大树，正好那几天是难得的好天气，太阳从窗子里照进来，颇有读书之乐。无意中翻到一册《贵州文献汇刊》，是几位贵州名人所办的。其中有"五四"时代在北平教育界有名的任可澄，其事迹见于鲁迅初期的杂文集中，所以我稍稍知道。集刊中主要的在介绍贵州先贤事迹、文物、风景，每册前面还有几张图画。这里就有杨龙友的遗墨。《汇刊》第四期中有杨恩元的《明代黔贤述略》，有杨文骢一章，而不及马士英，后来查《贵阳府志》（道光庚戌刊），杨在《耆旧传》中，马的事迹则只有到《明史·奸臣传》里去找了。这事颇使我觉得有趣。马瑶草与阮胡子齐名，南明一朝，也曾一时炙手可热，不幸后来搅亡了国，落荒而走，到处都拒而不纳，称为"逆辅"，想逃到杭州

———

① 即杨龙友（1596—1646），名文骢，号山子，明代人物。其诗、书、画皆擅，堪称三绝。——编者注。

而杭人不纳，还劳王思任老先生写了一篇慷慨激昂的信去痛骂一番，说"吾当先赴胥涛，乞素车白马以拒阁下"。可谓狼狈已极了。其实如果照曹孟德的说法，马虽非治世之能臣，却足当乱世之奸雄而无愧，在志书里占一席地，该是颇为应当的。这里编书的人却势利得颇愚笨，避而不说又哪里是什么好办法，在野史里翻翻，马士英的别号大抵是称作"贵阳"的，和"合肥""项城"之类一样。即在《杨文骢传》末，也还留下了一条尾巴："乃龙友之贤而以姻娅之故，卒为世所指摘，世亦好为苛论也哉。"现在想谈谈杨龙友的事，头绪纷繁，不易下手，还是从那本与他发生过颇美丽的关系的《桃花扇》来看，比较好些。

杨最初出场在"传歌"一场：

　　三山景色供图画，六代风流入品题。下官杨文骢，表字龙友，乙榜县令，罢职闲居。这秦淮名妓李贞丽，是俺旧好。趁此春光，访她闲话。

　　来此已是，不免径入。……

杨即如此地走入媚香楼中，时当崇祯癸未仲春。依《桃花扇》所写，杨是一位标准的帮闲清客，所谓"画中诗酒杨龙友"也。传云："文骢幼从（父）师孔游宦浙江，师事昆陵邹嘉生，工书画，能诗文。与夏允彝诸人结社江宁，为一时名流所赏。"当他官江宁知县时，"家蓄有虏头杯，尝持出宴客。又喜谈兵，时人以风流慷慨目之"。又说他"好交游，有侠气，能推奖名士，士亦以此附之"。他的作风，与当时的一般名士如金陵四公子之流实在并无不同。他是故家子弟，父亲曾做过云南提学浙江参政，自己也是经过正途考试出身的。文酒风流，还喜欢谈谈兵，杨恩元说他官松江华亭县教谕时，"推奖士类，作养贤堂，招诸生习艺论文其中，有贫而好学者辄倾囊饩给。以世难方殷，乘骑出郊率诸生击剑校射，务为有用实学。县西有盗起，曾率众御却之"。他也曾入社，与作《幸存录》的夏允彝来往，是标准的一个清流。这时他大抵和马士英的关系并不深，而且与秦淮四公子比起来，还算是前辈。他的旧好李贞丽即是李香君的假母，照《桃花扇》所写，当时贞丽已经是半老徐娘了。当侯方域、冒辟疆辈在秦淮做文酒之会时，文骢已经做过江宁知县，为御史詹北恒所劾，罢职闲居了。虽然他是马士英的姻娅，然而两人宦处不同，似乎并没有太深的关系。

　　等到甲申变起，迎立福王时，马士英运用当时的局势，以迎立固位。杨文骢才利用姻娅的关系，取得兵部主事的地位。照中国传统的做法，这无宁是当然的事。不过也就因为他的改变作风，弄得不齿于清流。龙友与马阮结纳的第一件事，也就是南都迎立的第一件大事，照古藏史臣黄宗羲的《弘光实录钞》所记，是这样的：

　　当时史可法主张迎立潞王，而斥福王七不可立（贪，淫，酗酒，不孝，虐下，不读书，干预有司）。"未定，而逆案阮太铖久住南都，线索在手，遂走诚意伯刘孔昭，凤阳总督马士英幕中密议之。必欲使事出于己而后可以为功。乃使其私人杨文聪，持空头笺，命其不问何王，遇先至者即填写迎之。文聪至淮上，有破舟河下，中有一人，或说福王也。文聪入见，启以上英援立之议。方出私钱买酒食共饮，而风色正盛，遂开船，两昼夜而达仪真。可法犹集文武会议，已传各镇奉驾至矣。"

这事写得极诙诡，如此秘事，外面的人如何能知。然而当时一般清流的议论，也大概可以看出了。杨龙友的身份写得如此不堪。我疑心《桃花扇》写香君却奁，多少是受了这传说的影响的。

"却奁"一出，写文聪为阮髯奔走，借为香君脱籍，而求方域疏通于四公子事。这事的记载，照《明亡述略》和侯作《李姬传》所说，都不是杨龙友的首尾，而是一个王将军。朝宗《癸未去金陵日与阮光禄书》云：

> ……忽一日，有王将军过仆甚恭，每一至必邀仆为诗歌。既得，必喜而为仆贳酒奏伎，招游舫，携山屐，殷殷积旬不倦。仆初不解，既而疑以问将军。将军乃屏人以告仆曰："是皆阮光禄所愿纳交于君者也，光禄方为诸君所诟，愿更以达之君之友陈君定生，吴君次尾，庶稍湔乎？"仆敛容谢之曰："光禄身为贵卿，又不少佳宾客，足自娱，安用此二三书生为哉？仆道之两君，必重为两君所绝。若仆独私从光禄游，又窃恐无益光禄。辱相款八日，意良厚，然不得不绝矣。"

　　看这信的语气，虽然委婉，然而也的确讽刺得颇厉害。方域去金陵，留书给阮大铖，出一口鸟气，十足地表现少年公子的作风。当时，风声颇紧，陈贞慧已经下狱。侯遂不得不渡江而依翻山鹞高杰去了。照侯生《与阮光禄书》所说：

> 　　……昨夜方寝，而杨令文骢叩门过仆曰："左将军兵且来，都人汹汹，阮光禄扬言于清议堂云，子与有旧，且应之于内。子盍行乎？"仆乃知执事不独见怒，而且恨之，欲置之族灭而后快也。仆与左诚有旧，亦已奉熊尚书之教，驰书止之，其心事尚不可知。……

　　好像这事与杨又不无关系。到底是杨为了私交，密告让侯逃走，还是因纳交不许，驱之出都以泄愤呢？都有点像。尤其是侯在《与阮光禄书》中提杨龙友，不像道义上应当保持秘密的样子。

　　我想却奁之事虽未必有，而在龙友与社人的关系上言，也当以他的奔走其间为合理，至少在幕后画策，他应当是与闻了的。

　　《续幸存录》记阮大铖的故事有这么一段："阮圆海誓师江上，衣素蟒，围碧玉，见者以为梨园装束。"后面加案语说："大兵大礼皆倡优排演之场，欲国之不亡，安可得哉！"

　　大臣巡江，也还要做梨园装束，拿出咏怀堂上拍红牙歌板的架子来。如果说南明是一个"戏曲时代"，如夏元淳所骂，似乎也不无道理。这时监军京口的大员，实际负防江责任的人，也逃不出"文酒风流"的人物，就正是杨龙友。

文骢传记防江事云：

> 及大清兵临江，文骢驻金山，扼大江而守。五月朔，擢右佥都御史，巡抚其地。兼督沿海诸军。文骢乃还驻京口，合鸿逵等兵南岸，与大清兵隔江相持。大清兵编大筏置灯火，夜放之中流，南岸军发炮石，以为克敌也，日奏捷。

看了这一段，很容易想起甲午吴大澂监军的故事。中国士大夫好谈兵，已经算是一种习惯，等到真正临阵，不免都有些像演戏，能得圆满收场如谢安的例子究竟不太多，末流如叶名琛可以算作代表了。这里杨龙友的作风，虽然没有记载，大略也可以想像得之。江上是如此，朝中怎样呢？《明季南略》说：

> 四月廿七日，己卯，龙潭驿探马至，报清兵编木为筏，乘风而下。又一报云，江中一炮，京口城去四垛。最后杨文骢令箭至，云江中有四筏，疑清兵，因架炮于城下，火从后发，震倒颓城大半垛，连发三炮，江筏俱粉碎矣。士英将前报二人捆打，而重赏杨使，自是警报寂然。

这记载可以看作本传的注解。马士英发黔军六百去龙友军中。龙友更做如此的捷报，马则重赏杨使而杖前报二人，乡里戚谊的关系是非常的明显了。从此以后，警报寂然，朝中又是一片"承平"的气象，福王传旨召乞儿捕虾蟆做房中药，士英则大斗蟋蟀，和平山堂里的贾相公如出一辙。老百姓编为一联曰："虾蟆天子，蟋蟀相公。"

"丁亥，有一骑从金川门入马士英第，午刻，士英入见，传令各门下闸。"这时，江上的情势已经不对了，不过郑鸿逵还在做生日，在京江张灯大宴，杨文骢传曰："初九日，大清兵乘雾潜济迫岸，诸军始知，仓皇列阵甘露寺。铁骑冲之悉溃，文骢走苏州。"这里说得已经十分明白，《桃花扇》的写法也不能算错。不过梁任公曾为杨鸣过不平，说：《桃花扇》颇奖借龙友，乃不录其死节事，而诬以弃官潜逃，不可解。

其实事实非常明显，当时的江上防务的情形，实在不像是在作战，等到清兵一到，虽然不过数百骑，诸将就已经先后遁走，闻风而溃。杨龙友这时也顾不了马士英，自己逃到苏州，马是"饰其母为太妃，以黔兵自卫，奔广德"的。吴梅邨集中有"读杨文骢旧题走马诗于邮壁，复次其韵二首"，第二首末两句云："军书已报韩擒虎，夜半新林早着鞭。"也说他是逃走了的。

文骢逃到苏州以后，清军曾派鸿胪承黄家鼐去安抚，却被杨袭而杀之。又走到处州。这时唐王已经自立于福州，文骢本来和他是有关系的。本传记：

初唐王在镇江时与文骢交好，至是文骢遣使奉表称贺，鸿逵又数荐之，乃拜兵部右侍郎兼右佥都御史，提督军务，令图南京。

南都覆后，一般人都想法另寻出路，马士英的运气比不上杨龙友，到处碰壁，到杭州，杭人不纳；以后就又东奔西走，方国安、朱大典也都加以驱逐，听说唐王拥立，也想进来。他和平彝侯郑芝龙交情不恶，郑以其"不即降清，而哑哑求太祖子孙立之"的"一念可嘉"，在朝中给他制造空气；不过究竟为一般人所痛恨，礼部尚书黄锦、太常寺卿曹学俭都如是主张，定马士英为罪辅、逆辅。于是这一条路也断了。不过因为他是黔人的关系，"以黔人收滇兵，为功甚易"，要他收拾旧日与他有关系的江右的马兵象兵，湖东的惠登相、金声桓，图功自赎。马士英于是就流落在浙东一带，携家眷匿嵊县大严山中，后来又到四明山的金钟寺做了和尚。究竟俗缘未断，北兵一至，就又出降了，还轻骑招降了方国安、方元科，从此连这"一念可嘉"也没有了。

杨文骢今后的事迹则多少见于《思文大纪》中。

卷三，弘光元年九月二十七日条云："准内阁撰敕书各一道，礼部铸关防各一颗，与抚臣杨文骢父子。杨文骢文曰：'恢复南京联络浙直部院关防。'杨鼎卿文曰：'恢复南京整理浙兵督镇关防。'"

杨文骢的钦令官衔足足有四十七个字，可谓异数矣，同时还有一道敕谕：

> 尔夙负英才，博综多艺，朕在京口，屡相接对，深所
> 面识。数月以来，顿成奇变，朕在嘉兴，闻尔在苏杀寇于
> 群心溃散之时，朕曾叹赏，不负识监。靖虏奉朕，间关至
> 闽，监国登极，力肩危统，誓惟勤民雪耻，焦劳昼夜不遑。
> 钱塘遇鼎卿，朕以故人之子待之。元勋鸿逵，前后奏朕，
> 浙东赖尔先弭未萌之隐害，复振久泛之人心，朕大悦慰。
> 业即钦授尔以兵部侍郎，职理浙东，鼎卿亦进官衔。今览
> 奏贺，并详叙吴越情形，则尔父子即朕之大耿小耿矣。云
> 龙风虎，各有其时，丈夫相厚，岂有已乎？其益懋厥绩，
> 协同勋辅，先清浙东之尘，继扫临安之寇，朕若早见孝陵，
> 定许破格酬报。

这篇劝谕述杨与隆武的关系颇详尽，给他以任务是收复南
京，郑鸿逵仍旧还是"勋辅"。试与南都的迎立比较来看，情形
本无两样，不过是又重新玩了一套拥立的把戏而已。马士英因
为实在不像话，不能进来，不然还不是"勋辅"，《思文大纪》
里陆续还有些纪事。

> 隆武二年四月，敕谕营吏部："朕念远臣间关可悯，杨
> 文骢素负清名，可擢为兵科给事中。"又敕镇臣崔芝"以藏
> 贮火药火器，接应左都督杨鼎卿捍寇用，毋得目击坐视，

以误军机。"

上喜左都督杨鼎卿固却鲁藩令印曰:"若鼎卿者,可谓忠荩能明大义矣!朕与鲁王原无嫌疑,前付柯鲁二使臣启答王书,或未之见乎?"

从这里又可以看出当时争立的一点线索来,大家都要拉拢有枪杆的朋友,谋恢复不过是第二义,最重要的是先想法自立了再说,能够捧到一个太祖子孙的,就算有了资本,可以开起张来了。杨氏父子是已经捧定了唐藩的,不过到底"人言可畏",于是四月复有敕谕杨文骢曰:

大明宝祚启自太祖,两京覆陷,凡为太祖亲孙,有能攘肩先立,则太祖神灵有依,大明国祚斯立。朕与鲁王大义正在于先后,名分尤不在于叔侄。鲁王先立,朕虽叔辈,断当北面鲁王,以存太祖;若复后立,是名为争。总一立也,先立以存太祖为孝,后立以坏祖宗为不孝。今朕先监国登极四十日,在万古自有至公,岂今日一二佞舌可以颠倒?杨文骢受知最早,杀苏寇以明大义,劝鲁藩而笃尊亲,本末甚明。人言虽如其面,朕心自有鉴裁。所进陈函辉启稿,不堪一笑,鬼蜮满纸。宜清彝侯参奏以"食肉寝皮"之可恨也!朕爱侄王万不得已,业允勋镇所请,以明太祖大法。该督尚慎终如始,善保地方,善行宣抚,得觐孝陵,朕必不负元功!

内部正在进行争斗正统问题，迎立的条件已经没有了亲疏之别，而只看谁能捷足先登了。没有多少时候，清兵已经迫近衢州，贵州道御史叶向□以为言，上曰：

> 三衢告急，须以督抚之报为凭。临事未可仓皇，用心乃能共济。勋臣刘孔昭久已敕其援衢，曾报四月朔日出师会剿，包凤起已抵遂昌道中；杨文骢近奉开谕之命，然可遣将赴援。……

从此以后《思文大纪》中就不曾有关于杨文骢重要的记载，本传：

> 王令文骢与共援衢，七月，大清兵至，文骢不能御，退至浦城，为追骑所获。与监纪孙临俱不降，被戮。

这就是一代文酒风流的杨龙友的结果。他是不降殉难的，比起马士英来自然好得多。本传还加了句说："或谓文骢之死也，其姬人芳芷劝成之云。"与龚鼎孳的故事正好对照，自然，"不可谓之不贤矣"，这也是标准的东方论事法，不管他生前的行径如何，只在能够临难一死，一切也就可以宽恕了吧！

三

前后还有一些事使我感到有趣，即是一些前明遗老对于马阮的看法。这个可以举出两方面的代表来。

我在前面曾提起过，杨龙友和作《幸存录》的夏允彝是交往颇密的，在《幸存录》和他的儿子的《续幸存录》中，对马阮即颇多恕词。他对士英的看法："马士英务以才望称，其阔大不羁，或亦边材之选，而用之政府，则乖甚矣。"以为弊在用之不当，其实这还应当是节操的问题，而非才望的问题。《续幸存录》中说："士英之入也，其心亦欲为君子，而可法一去，天下皆斥为奸雄。"《南都杂志》中更说：

> 史道陵清操有余而才变不足；马瑶草守己狼藉，不脱豪迈之气；用兵持略非道陵所长，瑶草亦非令仆之才，内史外马，两得其长，此易之泰所以外小人而内君子也。今两睽焉，宜其流于否也！

这种论断，现在看来自然不免偏激，然而却正是当时一部分清流的看法。

《续幸存录》中对于马士英，还有几则说得颇宽恕：

> 瑶草虽称大贪，其实不及周宜兴十分之八，一经误国，万恶皆归。……
>
> 马本有意为君子，实廷臣激之走险，当其出刘入阮之时，赋诗曰："苏蕙才名千古绝，阳台欢舞世间无。若使同房不相妒，也应快杀宝连波。"盖以若兰喻刘、阳台喻阮也。尚见臣之体。

以《南山集》的文字狱被祸的戴名世在《宏光朝伪东宫伪
后及党祸纪略》中也说过："马士英性本疏阔，不欲杀人。"这
些人都对马瑶草存着好感，在万不得已中为他辩护。近人安顺
姚俪桓曾作书引证各书，平反士英之案，可惜无从得见，他是
以乡谊为士英辩护的。而夏氏父子与戴名世，则都以前明遗老，
或死节或被祸，与马、阮别无大关系，何以也要冒众论而说不
投时宜的话呢？

黄梨洲就骂过《幸存录》，全谢山又跋《幸存录》云："黄
先生指《幸存录》为不幸存录，以录中于浙党齐党有恕词。又
梨洲最恨者马士英，夏氏稍宽也。"慈溪郑平子曰：

> 梨洲门户之见太重，故其人一堕门户，必不肯原之，
> 此乃生平习气，未可信也。

黄梨洲的《宏光实录钞》序中后半：

> 呜呼南都之建，帝之酒色几何，而东南之金帛聚于士
> 英；士英之金帛几何，而半世之恩仇张于大铖。曾不一年，
> 而酒色，而金帛恩仇不知何在！论世者徒伤夫帝之父死于
> 路而不知也，尚亦有利哉！

对于当时的门户之见，他深怀恐惧之心。如果说明朝亡在
门户党争之中，或者也不是太偏激的言论，三百年后，翻读旧

史，乃特别令人有新鲜之感。

四

关于杨龙友的著作，传说有《山水移》四卷，《同祈送游赠言》一卷，《洵美堂集》若干卷，崇祯时有"八家诗文"，文骢亦其一。这些文集现在都无从得读，听说贵州有人搜得《洵美堂集》原刊本，预备刊布，现在恐怕还没有出版。倒是阮胡子的《咏怀堂集》已经由江苏省立图书馆刊布了。如果能够读到，关于当时党争的情形，大概还可以多明白不少。

至于杨的画，真迹我见过一幅，是前年故宫书画展览中的一幅《黑竹兰石》，有"龙友墨戏"四字。杨是画中九友之一，吴梅邨有"画中九友歌"，关于龙友的是："阿龙北固持双矛，披图赤壁思曹刘。酒酣洒墨横江楼，蒜山落月空悠悠。"吴湖帆曾得画中九友的册页九册，由商务印书馆影印出版。杨龙友一册也曾看过，大抵如"画展目录"所说："画山水苍老秀润，出入于巨然惠崇，能兼倪黄之胜。"

梅邨家藏稿中还有《读杨文骢旧题走马诗于邮壁漫次其韵二首》：

数卷残编两石弓，书生摇笔壮怀空。

南朝子弟夸诸将，北固军营畏阿童。

江上化龙图割据，国中指底诧成功。

可怜曹霸丹青手，衔策无人付朔风。

君是黄骢最少年，骅骝凋丧使人怜。

当时只望勋名贵，后日谁知书画传。

十载盐车悲道路，一朝天马蹴风烟。

军书已报韩擒虎，半夜新林早着鞭。

值得感慨的是，在今天就是书画也已经寥寥可数，其传者亦仅矣。倒还是一部《桃花扇》，永远使人怀想他那文酒风流的风度。这曾经想以勋名贵，而终于使南明倒台的标准士大夫。

五

这篇笔记，是在宣威开始写的。那时因为等车，住在湫溢的旅馆里，每天只能跑到茶馆里去闲坐，无聊起来，就想整理一下在贵阳发意写的这一篇文章。后来在泸州续写，一直到了重庆定居下来，才有完篇的机会。今天的天气特别好，下午去江边徘徊了一些时，想想在贵阳时天气也是这么好，不过那时的生活太杂乱了，不用说执笔，就是间蹓的机会也没有。很想访一下杨马的故居，也不知道是在什么地方，十分惆怅。在贵阳两月的生活是可怀恋的，我去的时候，正是虎疫①盛行，虽然酒馆的玻璃窗内看过娃娃鱼的肥肥的身影，却终于不曾去吃过。每天在飞机场里吃饱了掺杂了汽油的灰尘，回来已经是筋疲力

---

① 即霍乱。——编者注。

尽了。只能洗一个澡，饭后去坐在茶馆里吃那淡而无味的茶，听歌女的清唱；虽然只是那几个面孔，唱的也只是那几段《借东风》《南屏山》。总要到十二点钟才回去，躺在帐篷里去听雨，现在想想，实在想不出为什么会那么无聊。

山谷词中，有一阙《醉蓬莱》，当时读了颇喜欢，现在也就抄在下面：

对朝云叆叇，暮雨霏微，翠峰相倚。巫峡高唐，锁楚宫佳丽。画戟移春，靓妆迎马，向一川都会。万里投荒，一身吊影，成何欢意！

尽道黔南，去天尺五，望极神州，万重烟水，尊酒公堂，有中朝佳士。荔颊红深，麝脐香满，醉舞裀歌袂。杜宇催人，声声到晓，不如归是。

三十四年十一月廿五日晚，九龙坡

（《锦帆集外》）

张恨水（1897—1967），鸳鸯蝴蝶派代表作家。原名心远，恨水是笔名。安徽省潜山县岭头乡黄岭村人。肄业于蒙藏边疆垦殖学堂。1917 年开始发表作品，后历任《皖江报》总编辑、《世界日报》编辑、上海《立报》主笔、《南京人报》社社长、北平《新民报》主审兼经理。1949年后任中央文史馆馆员。1952 年加入中国作家协会。其代表作有《春明外史》《金粉世家》《啼笑因缘》等。

洛阳小记

张恨水

一、 灯笼晃荡中到了洛阳

洛阳这个地名，说到口里，就觉得响亮，最近把这里一度改了行都，那就更贵重了。火车在黑暗中奔驰，我不时地由玻璃窗里向外张望，并没有什么，只是乌压压的一片低影子；我想着，一切留到明天再看吧，就坐着打瞌睡去。及至耳朵听到人声嘈杂时，听到茶房说到了洛阳了，匆匆地收拾了行李，就走下车来。哈！这是新闻，那月台上很大的一片地方，只树了两根长木头竿子，在上面挂了一盏小小的汽油灯，只是些昏昏的光，照着纷乱的人影子乱挤。在空场子南方，有了新鲜的玩意儿了，长的，方的，圆的，扁的，大大小小，罗列着一堆灯笼。我走近去，听到有人喊，中州旅馆吧？名利栈吧？大金台吧？这让我明白了，这些灯笼是旅馆里接客的。在郑州我就打听清楚了，洛阳以大金台旅馆为最好，这"大金台"三个字送到耳朵里，我就决定到它家去。将栈伙叫了过来，取了行李，受了检查，让栈伙引着路，我们就跟了他去。

打灯笼的店伙引着一车行李先走，另一个店伙拿着手电筒，左右晃荡着引了我后跟。我所走的，是一条窄窄的土街，两边人家都紧紧地闭着大门；每隔四五家门首，在那矮矮的屋檐下挂着一个白纸的方形吊灯，有的写着安寓客商，有的写着油盐杂货，仿佛我由二十世纪一跃而回到十八世纪了。我心里头简直说不出是一种什么感想。糊里糊涂的，随着那晃荡的灯笼转了一个弯，这街上倒有几盏汽油灯，乃是理发店和洋货店，其余依然在昏昏灯光中。

后来在一具圆纸灯笼下，我们进了一所大门。灯笼上有字，便是"大金台"了。这旅馆既像南方一条龙的房子，一层层向里，又有点像北方的房子，每进都是三合院。我挑了一间最好的房子住，里面是一副床、铺板，一张方桌，两把木椅；隔壁有间小黑屋子，一铺一桌，就让工友小李住了。那地皮还没收拾好，虽是土质，倒有些像鹅卵石铺面的，脚踏在上面，和上海新亚大酒店的地毯有点儿两样。伙计送进一盏煤油灯来，昏黄的光，和这屋里倒很相衬，只听到小李在隔壁和店伙说："这是最好的旅馆。"若不是最好的旅馆呢？我在这边听着，也笑了。

二、 到洛阳应留意的几件事

到洛阳，就是内地了，一切物质文明去郑州很远。旅馆还是江南小客栈那种组织，第一是没有电灯，电话也很少（其实用不着），而且房间里也不预备铺盖。平常房间价钱由五角至一元二角，茶水还另外算钱。吃饭，到外面馆子里去叫，每晨有五六角钱，可以吃得很好。看官若也西行，当你到车站的时候，就可以叫栈伙来照应。不过你的行李挂了行李票的话，要立刻就到行李房去取。等到检查行李的军警走了，那就要等他明晨再来了（这是指乘晚车来的而言）。再说，洛阳有两个车站，东站是进城去的，西站是西宫。西宫是驻军重地，游历的人大可以不必上那里去。就是由东站下车，也有进城不进城之别。东站到城里，还有两三里路，晚上是进不了城的。好在客栈都在车站边，若是做短期游历的人，就可以住在车站。

三、 白马寺及其他名胜

洛阳是周、汉、唐许多朝代建过都的所在，自然是古迹很多。不过到了现在，多半不可寻访了，只有汉朝的白马寺，北魏的龙门雕刻，这还是值得游人留恋的。现时来游洛阳的人，也都是注意这两个地方。到了次日早上，我叫店伙来问了一阵，知道到白马寺是二十多里路，到龙门是三十多里路，坐人力车子，当天都可以来回，每辆车子是一块钱。至于土匪，以前是出城门就保不住，现在绝对没事。我听了这话，半信半疑。不过最近有朋友到白马寺去，我是知道的，且不问去龙门如何，我就决定了今天先到白马寺去。

草草地吃了一些点心，由店伙雇好了两辆车，我和小李就于九点多钟出发。车子离开车站大街，穿过了一片麦田，先进了北门。这街虽是土铺的，两边店铺倒也应有尽有。东街上有几家古董店，我曾下车看了一看，十之八九都是假货，连价钱我也不敢问。游客要在洛阳买古董，这应该找路子到古董商家去看货，好东西是绝不陈列出来的。出东关，经过一座魁星楼，到东大寺。这寺，也是唐代建的一座大丛林，现在却剩了一片瓦砾。寺旁有破的过街楼一间，旁边树立一幢碑，大书"夹马营"三字。士大夫之流，对于这个地名或者有些生疏，可是爱说赵匡胤故事的老百姓，他就知道这是赵匡胤出世的地方。当年宋太祖做小孩子的时候，常是和那些野孩子在这里胡闹；后来他做了皇帝，在开封登了基，想起年小淘气的事，还回来看看呢。

在这街口上，有个宋太祖庙，是后人立的，据说里面有一间屋子，就是赵家母子安身之所。如今只有大门是完整的，里面住了些和赵匡胤倒霉时候相同的人，也就无须寻访了。由这里坐了车子，顺了大路走，约莫走了十里路，车夫忽然停着车，指着很深的麦田里说："先生，可以看看，这里有古迹。"我心里想着，这麦田里哪有东西？上前一看，麦里横着一块石碑，上书"管鲍分金处"。管是指管仲，鲍是指鲍叔。鲍叔说管仲穷，分钱给他用，历史告诉我们这是真的。不过鲍叔分钱给管仲，是不是在大路上干的事，这可是个疑问。洛邑那是周地。管仲齐人也，是到周地来和鲍叔分金吗？所以这一处名胜，我打一句官话，应当考量。

再过去五六里路，就是白马寺了。说起这处寺，真个也是提起了此马来头大。在这里，也就当先研究研究这个"寺"字。寺，在汉时，也是一种官署，并不是专为出家人供佛修行的所在。那时，我们在戏里头还可以听到如"大理寺正卿"这种话。汉朝明帝的时候，印度和尚摩腾、竺法兰带了佛经到东土来传道。因为他们那些佛经是用白马驮来的，因之万岁爷在洛阳西雍门外盖了一幢官舍，供应这两个僧人，就叫作白马寺。这寺虽是屡废屡建，但是佛经同和尚初次到中国来的纪念，考古的人是应当来看看的了。那庙门三座，坐北朝南，也不见怎样伟大。进门有一片大院子，左右两个大土馒头，这便是最初到中国来的两个和尚的坟，一个葬着摩腾，一个葬着竺法兰。正面大殿有三尊大佛，两边十八尊罗汉。这罗汉是明塑，有两尊神气很好。殿外两厢配殿，正在修理着呢。庙后有个高阁，还有点旧时的形式，里面供了一尊二尺多高的玉佛，也是新运来的。高阁边有个敞轩，游人可以小歇。在那里和僧人谈笑，知道这庙在两年前本来破烂不堪；自国府一度把洛阳做了行都，许多政府要员都到这里来过，觉得这里是中国佛教发源地，不应该消灭了；大家提倡复修起来，捐款很多，而且还在上海找了一个老和尚德浩到这里来当方丈呢。关于白马寺的沿革，院子里碑上记得有在此前一届的修理，在明朝嘉靖年间。大意说：

汉明帝永平七年甲子，四月八日，帝寝南宫，夜梦金人，上因君臣之对，遂使人至西域求佛道，乃得摩腾、竺法兰，帝大悦，至十四年辛未，敕于西雍门外，建白马寺以居之。唐时，规模渐废，宋太宗命儒臣重修，以后历有兴废，明正德年间更大为修理。嘉靖年记。

由这点看起来，因为这是佛教源流所在，历代都设法保存它的了。庙的左边，不到半里路，有一座汉塔，现在还是好好的。这塔六角实心，仿佛一条大钢鞭，竖在地上，倒和平常不同。塔在土台子上，有好些个碑石，树在旁边。最令人感到兴趣的，就是大金国的碑。南宋时候，金人曾取得了洛阳。碑上刻了许多金国汉官名姓。这也可以说是汉奸碑了。塔边，有狄仁杰的墓。

游白马寺须知

由洛阳到白马寺，并不是大路，中间只有个十里铺地方可以歇歇。那里茶馆子，用瓦缸盛着冷水，放在屋檐下，送给过路人喝。我们若怕喝凉水，那就另花二三十枚铜子，叫茶店烧水喝好了。可是那水很混浊，茶叶也有气味，最好是用水瓶子在洛阳背了水去喝。水既不好，吃的自然也没有，所以又当带一些点心在路上吃。人力车夫到了白马寺的时候，若遇到卖凉粉油饼的，他得和你借钱买吃的。那完全是揩油，你斟酌着办。回到了洛阳去，时候还早，你可以叫车夫拉你看看别处景致。据我所知道的，城里有中山公园（可以看点古物）、周公庙、邵康节祠、二程祠、范文正公祠。这一些，我只到了周公庙。庙在西关外，改了图书馆了。庙里唐碑最多，大大小小，有好几百块，多半是墓志铭。现在分藏在许多屋子里，嵌在墙上和砖台上。后殿有周公像，现在是图书馆办公的地方，不能去看了。游周公庙，还要在图书馆签名，不然门警不让进去的。游了这些地方，和车夫说明，加他二三角酒钱，他很愿意的。反正是一趟生意，乐得多挣几文。游客呢，也免得二次进城。

关帝冢

孙权杀了关羽，将首级送给曹操。曹操就把首级配个木身子，葬在洛阳城外。这冢，现时还在。游关帝冢，和游龙门是一条路，坐人力车，依然是一元钱来回。出南门，渡过洛水（过渡钱，人车一角），顺着大路前进，约莫十里路，看到一带红墙，围住了柏林，那就是关帝冢了。进门有道乾石桥，先到正殿。殿上除了关像而外，根据《三国演义》，有四个站将的像。墙边放一把青龙偃月刀，长约一丈。刀形，是龙口里吐出半边月亮来，故名。后殿分三间，一是塑的行像，可以坐轿子出游的。一是看书像，一是卧像。这后面，有个亭子，靠了土墩，那就是首级冢了。庙里并没有僧道，现时归官家管理。

龙门石刻

出关帝庙，再南行，远远看到一带山影，那就是龙门。为了这里有北魏石刻，洞里又有许多前代人的碑记，所以有许多人不远千里而来，要看一看。其实，真要为游龙门而来，那会大大扫兴的。听我慢慢说来。到龙门约一里多路。有个龙门堡，开了茶饭馆子，可以在那里先吃东西。面饭倒是都有，只是一不干净，二又太贵，一个人吃点喝点，总要花一块钱。出堡，不必坐车，可以步行。前面就是伊水；在伊水两岸，东边是伊阙，西边是龙门。伊阙山不大陡，所以那边石刻不多。这边呢，在面河的石壁上，高高低低，大大小小，都就了山石刻着佛像。顺了山崖走，共有石楼、斋祓堂、宾阳洞、金刚崖、万佛洞、千佛洞、古阳洞等处。只是一层，大小佛头，一齐让人偷了去。小佛呢，连身子都由石壁上挖了去。到了佛崖上，仿佛游历无头之国，你说扫兴不扫兴呢？

石洞以斋祓堂、宾阳洞最好，把山石凿空了，里面成为一个佛殿。宾阳洞外有个石阁子，可以凭栏赏玩伊阙。龙门二十品在古阳洞顶上刻着，拓帖的人要搭架倒拓，很费工夫。唯其是拓帖不容易，所以石刻还保存着，要不然，和佛像一样，早坏了。千佛洞、万佛洞工程浩大，是在石洞壁上四围刻了无数的小佛像，然而现在也都没有头了。石像完整的，只有金刚崖，要爬崖上去，才可以看到。这也就因为石像太大，不容易偷割的缘故，所以还完整些。在龙门买字帖，也要带眼睛。洞里卖的字帖，多是用原帖刻在木板上，翻版印出来的，这是游人一个小小学识，顺此奉告。

范长江（1909—1970），原名范希天。中国杰出的新闻记者、社会活动家。1927 年进入中法大学重庆分校学习。1928 年考入中央政治学校。1932 年初来到北平，后在北京大学哲学系学习。1933 年下半年起，开始为《晨报》《世界日报》《益世报》《大公报》等撰稿。1935 年 5 月，以《大公报》社旅行记者的名义开始其著名的西北之行；其历时 10 个月、行程 6 000 余公里撰写的大量通讯陆续在《大公报》发表，后又汇辑成风行全国的著名的《中国的西北角》一书。1949 年后，先后担任解放日报社社长、新华社社长、人民日报社社长、新闻总署副署长等职。

吊大同

范长江

大同之为大同，是有几个特点遭人重视的。第一，大同是晋察绥交通的中心，平绥路和同并公路，以及即将完成的同蒲路，都以大同为接换点。第二，晋北煤产和晋绥粮食，都以大同为出售地或转运所，而由平津进入晋北内地之货物，亦由大同分散，所以形成晋北经济的中心。第三，云岗为北方第一等古代佛教文化宝藏地，它不但引起中国人的注意，而且招徕了世界的青睐。第四，就一般平常人来讲，"大同女人"是最有神话式迷人的力量。

在察北察南的战争还没有崩溃的时候，西战场整个后方，是靠大同来支持。军队由这里运往前方，弹药由这里运往前方，我们对于前线的指挥，军令由这里发出，前方受了伤的武装同志，也运到大同来。为了破坏我们后方的中心，日本飞机渐渐光顾大同城。

这座古老、富庶、安闲的大同城，人们的意识本来在乎如何赚钱和如何享乐这一问题。大同女人为什么能有闲工夫来讲究小脚，来讲究梳头，完全因为大同的人生活比较富足，能容许这种享乐生活的存在。

可是八月九日南口战争把大同变质了。平绥路断了，对平津交通关系停止了。粮食和煤炭的输出不可能，而平津输入的货物（主要是日货），又根本办不到。一方面是土产滞销，货贱伤民，一方面是货物缺乏，物价腾贵。口泉大煤矿的煤愈积愈高，矿内工人也停工出来，享受些自由的空气，而工人们的肚子也开始"自由"了。云岗佛洞成了伤兵的医院，安闲的大同女人在萧条的街市上也不再那样招张。人们走路的速度，比从前快了好些，各种服饰的军人在街上匆来匆去，似乎都有严重的事情急待着处理。从这一点上，大同总算进了一步。

平时的大同，最高的阶级是军商合璧的阶级，即是说大的商业多半和军人有关系，而军人又多半是商业的大老板；师长以上的阶级，经营的商业往往兼有百货店、粮店和流通金融的银号，这些商业会计机关和军队军需处，只是账本不同这一点区别。平日军政绅商间的应酬，阔绰奢侈，一夜之狂欢，可任耗千百金，而无所顾惜。

战争的前线退过了张家口，敌人向天镇、阳高方面袭来，敌机开始来大同城上侦察。于是官方一纸命令，叫各家赶挖飞机洞，而且叫市民尽量退出城外。各方军队又纷纷调动，街上不断的汽车大车来往着。傅主席远驻在城外山间煤矿公司里。在他那里安置着好几部无线电机，神机莫测地调遣着军队。

敌机开始袭击大同了，和平的大同城从来没有体验过炸弹的威力，轰！轰！轰！……接连几十个大炸弹，把一般市民的头脑弄昏了。有一家七口藏在自掘的不合规则的地洞里，被一颗炸弹打中了洞口，洞里面的人一个也没有跑脱！这个风声传出去，大家不敢再信赖自己挖的地洞了。

其实日机投了这样多的炸弹，并没有打着几个人。然而民众对于空袭的经验太过缺乏，官方并没有对于民众平日好好训练，在这危险的时候又没有负责的领导，于是民众慌张地逃跑起来。敌机袭击大同，都是在白昼，于是晨间六七时左右，城内十分之九的居民，男女老幼都纷纷逃出城外。有的逃入有故旧的村庄，有的终日藏在高粱地，一直到黄昏之后，始疲乏地回到城里。

白天没有人，大同于是成了死城。饭馆不开门，澡堂没有人管，洗衣服店不再接受衣服，黄包车夫一个也找不着；旅馆虽不拒绝客人住，但是白天没有茶房，茶水也没有办法。宽大的街上，极目望去，只是十字街旁有警察，城门洞口有卫兵，所有的商店都关了门，总有十之六七是贴着这样的红纸条子："防空关系，停止营业。"或者是："防空停业，请勿打门。"比较能给人相当希望的，是："防空办公，早晨七时以前，午后六时以后。"我们在白天于是无处吃饭，有人是预存烧饼，有人是枵腹从公。幸而军事机关还有几个朋友，但是要吃这一顿午饭，总得徒步三四里以上！

飞机轰炸中，发现了汉奸在指挥敌机目标，于是清除汉奸成了大家注意的问题，但是这个工作没有人负责。问县政府，说是公安局负责；问公安局，又推到戒严司令部。而大同戒严司令部本是李服膺部下旅长兼任，他自己在军队方面另有任务，司令部中就没有专人来办理汉奸事情，推来推去，结果落了空！

汉奸问题，给予军队的损失太大，各方一致的要求，是要认真办理这桩事情。那时太原方面派来了一位警备司令，人确非常精干，而只是空脚空手而来，无钱无实权，心有余而效力有限。比较有计划的办法，是傅主席的政训处训练青年学生拟组织的政治队，全队约计一百人，打算分配到平绥沿线各地，比较有组织有技术地对付敌人有组织的奸细。而且这一队每月的经常费，只有一千八百余元，照理想是不会难于成功的。然而总司令部对于这个预算，无法批准，因为指挥平绥沿线这一大战场的总司令部，系将过去三十五军军部扩张而成，它的任务远比旧军部大，活动远比旧军部多；官兵薪饷，人物开销，不知比旧日要大过多少倍，然而这个总司令部每月只从上面领到增加经费一千八百余元！如果要承认这个政治队，就得占去增加经费的全部，而其他一切活动都得停止了！

汉奸问题，政治上发不出大的力量，有组织地去对付，同样，对伤兵问题也似乎漠不关心！我们军队自身平日救护组织即不健全，在艰苦的战场上，已经不知道冤枉死了多少将士。幸运一点的，能够被铁板货车运回大同，似乎可以得相当的安慰。然而使伤兵最痛心的，是回到大同之后，没有人来照料。火车司机冒着敌机的危险，把劳苦功高的受伤战士运到大同车站，不能再叫他们负照料之责，然而伤兵们在车站上，能走的走了下来，不能走的就停在车站上，没有医院人员来接应，地方政府和民众团体也没有人管！

医院设在大同附近山中，为了免去敌机的轰炸，理由自然很正。但是医院的目的，不仅在免去医院人员的危险，而是要尽量给伤兵以方便，所以医院必须在车站等交通要道设立联络所或招待所，要引导扶持伤兵迅速地进入医院，绝不能自己深藏山中，让伤兵自己瞎找！地方政府和上层民众团体，似乎不知道大同有这样多未死了的英雄，听凭伤兵自己去饿，自己去渴。伤兵们急得没法，强悍一点的集合到县政府把县政府打了一顿，县长仍然不理。他是山西已有二十余年历史的以干练得宠的老吏，他知道做官的成败得失不在于伤兵对他的好坏，而在他对付上司之是否周全。有些军队后方机关看不过去，特别和县长商量，把军米、军面送到县府，请县府派人到车站做饭煮粥，简单照应各方新来伤兵，而县长仍然不理！

平日讲礼义廉耻的上层绅士阶级，这时大都找不着人。军队政治工作机关曾经为他们发起组织一个抗敌后援会，衮衮诸公都来了，开会结果要选出商会会长等来做委员，大家简直双摆其手，连呼不能负责，唯恐身上粘上了一点"抗日"空气！会中曾勉强决定大同全县筹国币一千元慰劳伤兵，由商会暂垫，商会会长立刻变了平时逢迎军官慷慨的态度，而深皱眉头，认为数目太大。他说:"百儿八十元,或者还可以想法!"当然军方不会答应,于是他们不见面地"还价",第一次涨至二百元,经第二次交涉,涨至四百元! 会长留书说:"勉力筹措四百元,已交某处,请去取用。"以后不和军队见面了!

伤兵到得太多,城内城外自己乱跑,跑不动的雇辆人力车,叫车夫拉他们到城外遥远山中的医院。车夫不懂军情,彼此语言有时亦不通,医院的分别也弄不清楚,于是往往在郊外胡拉胡走,费了整天的光阴还找不到归宿地。于是车夫们害怕了! 城外医院填满了,城内的学校也慢慢成为医院。某师范学校校长非常不满意把他的学校作为医院,他想着这所学校是他的私产,是赚钱的工具,战争最好快快地过去,他还要拿这个工具继续生利,所以把好好的房屋都锁闭起来,而把破烂的地方去安置为国家流过血的伤兵! 结果是伤兵们不能忍耐,把好房间的锁通通打掉了!

九月初旬,大同已十分危急,前方运输全靠这一条破败的平绥路,日本飞机几乎每天来炸大同车站,站上员工及其家属死伤甚大,他们仍然忠实、勇敢地为战争为国家服务。但是,他们的动力——煤没有了。平常平绥路使用大同口泉煤业公司之煤,而以运煤东销张家口平津之运费抵价,现东路已断,铁路已无运价收入,而煤之消费仍不能不继续,然而煤业公司却不肯给煤了! 那时口泉山中积煤至十五万吨以上,平绥路当局再三和煤业公司商量,允许将平绥一切收入尽先偿付煤价,只希望不断燃料,可以继续军事交通。然而经理先生看到平绥路的将来，如果希望战争胜利、恢复营业之后，再拿收入来偿清煤价，把握不多；于是用"现金交易，欠账免言"的态度，拒绝供给平绥路这种紧急军事需要！当然，战争期间，我们可以用军事征收的手段强制用煤，可是傅主席对于这个公司仍然没有办法，因为公司的后台在太原，太原对于此事的态度，仍是"概不欠账！"路局请前方总司令想法，而前方总司令也技穷了！曾经有人气愤地问公司当局，你们存着这样多的煤，不肯支持战争，万一中国败了，你们不是白送日本人吗？他们的答复是："生意人有生意人的立场！"后来还是某某司令出来私人担保，才允许惠借二千吨，可以支持平绥路几天的费用！

最可爱的，还是青年和下层民众。尽管大同附近农民出过这样一个悲痛的笑话：被大同防空部队击伤了的日本飞机，被迫降落在大同城外平原上，附近村民都围着看新奇，看着日本飞机师从容把飞机修好，安然飞去。然而民众对于战争仍然异常热心。我们常常在晋北战地旅行，汽车每每被困在坏路上，然而我们只要一号召附近居民，立刻他们可以热烈参加；而且到任何一个村庄，说起抗日，无不眉飞色舞，义愤冲霄。然而好些地方的民众却在黑暗的军政势力之下，感到"抗敌未成身先死"的悲哀。当天镇与敌抗战的时候，阳高驻军把城周十数里的农作物放马蹂躏，士兵入人村庄，需索一切的供应；稍有不遂，武力随之，以军运之名，对民间车马滥施征发，而且平时无备，仓猝筑路修工，乱使民伕，弄得悲声载道，家破人亡。而日本方面却看出这种破绽，故意施些小惠，在我们天镇毗邻的柴沟堡方面，用现金雇工人筑路！民众虽明知日本弄的是先甜后苦，然而我们自己的军队首先弄得民众无法生活，以后不管甜与苦，皆没有机会去考虑了。

晋北最危急的时候，山西牺牲救国大同盟所派遣到晋北各县做民众运动的前进青年，看到各方面危急的现象，大家在大同开会，讨论挽救危亡的办法。他们是一片丹心，想在抗战中做伟大的努力，然而政权在腐败、怯懦的官僚豪绅手中，让他们在满怀悲愤中，看着大同坠入敌人的虎口！

1937 年 9 月 30 日

王文彬（1912—1939），又名王文斌。江苏徐州丰县人。1929年入江苏省立徐州中学读书。1932年考入江苏省立高级中学。1935年考入北平师范大学文学院。1937年春主持创办《北方青年》杂志，任社长。抗战爆发后，领导创建湖西抗日根据地，开展抗日游击战争。1939年调任中共苏鲁豫区党委统战部部长，后任中共苏鲁豫特委书记。1939年9月在"湖西肃托"事件中被杀害。

秦皇岛记游

王文彬

记者日前赴山海关视察，道经秦皇岛下车，乘便往海滨游览。海面长堤蜿蜒，船舶栉比；岸上树木蓊郁，屋宇清新，固不啻一天然图画也。惟使记者触目惊心，印象最深者，厥惟碇泊洋面之日舰，高出云霄之日本无线电台与忙于搬运之码头工人。据当地某君谈，"九一八"事变后，曾有一个期间，有英舰停留附近洋面。嗣中日冲突和缓，英船已去。五月间曾有一日舰驶来，停约三五日即开去。本月一日又驶来日舰十六号。上月山海关形势紧张时，平津盛传秦皇岛驶来日舰若干只，实则皆误也。

记者以当地为开滦煤集散地，开滦煤矿公司在当地占有绝大势力，全部财产何止千万，规模之宏大，在华北久著声誉，遂乘便往参观焉。先至该公司轮船处，与李鼐坤君等略谈。继介绍至该公司公事房，秘书杨泽清君出任招待。后与该公司总经理比人齐而顿、副经理罗旭超晤见。说明来意后，齐君首用英语表示欢迎，谓本人经营公司，不仅为劳资方各股东谋利益，并深信一件事业的成功，非劳资合作不可，故对劳工的待遇极为注意；顷因病初愈，未能多叙为歉，嘱罗副经理导记者赴各处参观。

记者辞出，即与罗君及杨秘书先赴码头视察，计有长短堤各一，做环抱状。据称长堤内可停轮船五只，短堤可停船三只。该公司自备船一只，名"开平"号。又租用船十余只。每年所产之烟煤五六百万吨，由此运往上海、香港、日本等地者，约近三百万吨。该公司附属之耀华公司，每日可出产玻璃约七百箱，每月出产二万余箱。

继参观该公司普通医院，规模虽无甚可观，而清静则可佳。有中、比医师各一人，内外科病室计分两处，共有病床三十八部。据称专为员工医治疾病而设，病者完全免费。病重者则送往唐山该公司医院，因其规模宏大，设施完全也。该医院之爱克司镜，比北平协和医院所有者犹大，共有病床百余部。当地另有高级医院一所，原为该公司外籍职员专门医病之所，近年始对华籍职员一律待遇，凡该公司高级职员，均可前往医病，惟略收医费。

次参观牛奶房、洗衣房、租用房屋，院墙均系石砖砌成，色色俱备，衬以深绿林木，殊美观也。租用房屋每一星期，每所租费元①。该公司对高级职员备有住宅二十余所，完全免费。另为工人造有四等屋，则收房租。无家眷者每八人居一所，现有此项房屋十所。

次参观发电厂，为一三层红色楼房，有两部发电机，每部马力为三千零五十，均系一九三〇年比国货。每一昼夜需煤二十余吨。自该楼窗远望煤厂，则见黑山蜿蜒，工人蠕蠕劳动，又是一番景象也。据称该公司现有内工千余人，煤厂工人约四千人，共有五千余人。自一九二九年起，已取消包工制，由公司设一工务处直接管辖。煤厂工人系每二十人为一帮，现有约二百帮。工资系按工作多少计算，内工则按日计算。工人最低工资为每日四角五分，工匠最高有五六十元者。工人每月工资在十六元以上者，每年可另给六吨煤末。三年来工人工资增加过三次，系每天加八分。民国十八年加过一次薪，去年春季工潮结束时，又加过一次薪。按该公司组织，分有轮船、车务、工务、商务、医务、总务、会计等处，分任一切。现任经理齐君，极精干有为，大小事必亲处理，督饬员工甚勤，月薪千余镑。

次参观造冰室，房屋只三五间，甫经入室，即觉毛骨悚然，恍若走入严冬地带矣。内置有一大木柜，启视之，中储许多木匣，排列有序，匣中即冰块也。输送冷气之机器，即在木柜近旁。记者参观时，因在停工时间，故未见其机器开动也。木柜

---

① 原文如此，疑数额漏缺。——编者注。

旁另有一门，推入往视，则雪白冰块层叠满屋，冷气逼人，不可久留也。因系人工制造，故水质较洁，冰块亦长短厚薄有度。宽约尺五，长在三尺，厚约三寸，做长方形。每块重约八十斤，每日可造整百块，每块售价一元。惟员工自用，减半出售。

由冰室出，时已正午十二时，承罗、汤两君招待至南山饭店（Rest House）午餐。在席间谈话中，知该公司高级职员二十余人中，有外籍职员七人。若与沪、汉等地高级职员合计，据去年十月统计，外籍职员亦较少，共九十二人；中国职员为九十三人。秦、榆商办股份电灯公司，该公司亦参加，系以旧发电机作价入股。

下午一时许，复由汤君导往工人俱乐部参观，乘人力车沿海滨行约一刻钟始达。道经日兵营前，目击守门士兵之倨傲凶恶状态，令人顿忘海滨景物之优美矣。

俱乐部闻系去年始新设，局方每月补助八十元。庭院甚整洁，有阅报室、游艺室、武术室等设备。游艺室为一大剧场，记者往观者，台上正在弦歌不衰，引吭酣唱中。纯系自乐性质，台下并无观众。阅报室报纸种类殊嫌太少，寥寥数份大报，室内寂无一人。武术室则戈矛齐备，棍棒横陈，惜非表演时间，未获一饱眼福也。继参观职员俱乐部，则设备完美多矣。大门对过有铺设水门汀的网球场。屋内除布置精美的客厅外，有富丽堂皇的剧场，惟当时均在静寂中，无人们俱乐。局方每月补助五十元。闻另有一秦皇岛俱乐部，系该局高级职员与避暑阔客游乐之所，地当海滨，设备更富丽。记者以时间匆促，未获一赏。

　　该局为员工子弟读书便利，设有男女中学，男中设于马家沟，女中设于唐山。秦皇岛设有男女小学各一所，中小学均不收费。女小未及参观，男小即名开滦小学校。建筑西式，每一课堂约容三十余人。有一课堂壁间贴有学生自治标语云："我应做的事，尽心竭力去做，不希望人家帮助。"其训育方针可见一斑。闻该小学职教员待遇尚好。校长月薪约八十元，各级主任多系女性担任，月薪约五十元。教员月薪三十至三十八元不等，年底可得双薪。每年煤厂并可赠煤十二吨。本人与眷属来往旅费与医药费均系学校担任。男女两小学学生现在共有三百五十人。

　　最后参观耀华玻璃公司，时正烟云缭绕，工友忙于工作中。因时间迫促，仅匆匆一过，未遑详询一切。对于诸般设备，亦若走马看花，印象模糊。下午二时急忙赶至车站，则开车时间尚在三点。正在悔恨中，忽大雨骤至，地面泥泞，同人又由悔恨中变为满面笑悦矣。

　　　　　　　　　　　　　　　　　　　　（《采访讲话》）

老　舍（1899—1966），本名舒庆春，字舍予。现代著名小说家、文学家、戏剧家。1918 年毕业于北京师范学校。1924 年赴伦敦大学东方学院华语学系任华语讲师，并开始文学创作。1929 年回国。三十年代先后任教于齐鲁大学和山东大学。1946 年接受美国国务院邀请赴美讲学，1949 年回国。"文革"中遭受迫害，于 1966 年 8 月 24 日深夜含冤自沉于北京西北的太平湖。著有《老张的哲学》《四世同堂》《骆驼祥子》《茶馆》等。

吊济南

老　舍

从一九三〇年七月到一九三四年秋初，我整整地在济南住过四载。在那里，我有了第一个小孩，即起名为"济"。在那里，我交下了不少的朋友：无论什么时候我从那里过，总有人笑脸地招呼我；无论我到何处去，那里总有人惦念着我。在那里，我写成了《大明湖》《猫城记》《离婚》《牛天赐传》，和收在《赶集》里的那十几个短篇。在那里，我努力地创作，快活地休息……四年虽短，但是一气住下来，于是事与事的联系，人与人的交往，快乐与悲苦的代换，便显明地在这一生里自成一段落，深深地印划在心中；时短情长，济南就成了我的第二故乡。

它介乎北平与青岛之间。北平是我的故乡，可是这七年来，我不是住济南，便是住青岛。在济南住呢，时常想念北平；及至到了北平的老家，便又不放心济南的新家。好在道路不远，来来往往，两地都有亲爱的人，熟悉的地方，它们都使我依依不舍，几乎分不出谁重谁轻。在青岛住呢，无论是由青去平，还是自平返青，中途总得经过济南。车到那里，不由得我便要停留一两天。趵突泉、大明湖、千佛山等名胜，闭了眼也会想出来，可是重游一番总是高兴的：每一角落，似乎都存着一些生命的痕迹；每一小小的变迁，都引起一些感触；就是一风一雨，也仿佛含着无限的情意似的。

讲富丽堂皇，济南远不及北平；讲山海之胜，也跟不上青岛。可是除了北平、青岛，要在华北找个有山有水，交通方便，既不十分闭塞，而生活程度又不过高的城市，恐怕就得属济南了。况且，它虽是个大都市，可是还能看到朴素的乡民，一群群地来此卖货或买东西，不像上海与汉口那样完全洋化。它似乎真是稳立在中国的文化上，城墙并不足拦阻住城与乡的交往；以善做洋奴自夸的人物与神情，在这里是不易找到的。这使人心里觉得舒服一些。一个不以跳舞、开香槟为理想的生活的人，到了这里自自然然会感到一些平淡而可爱的滋味。

济南的美丽来自天然，山在城南，湖在城北。湖山而外，还有七十二泉，泉水成溪，穿城绕郭。可惜这样的天然美景，和那座城市结合到一处，不但没得到人工的帮助而相得益彰，反而因市设的敷衍而淹没了丽质。大路上灰尘飞扬，小巷里污秽杂乱，虽然天色是那么清明，泉水是那么方便，可是到处老使人憋得慌。近来虽修成几条柏油路，也仍旧显不出怎么清洁来。至于那些名胜，趵突泉左右前后的建筑破烂不堪，大明湖的湖面已化作水田，只剩下几道水沟。有人说，这种种的败陋，并非因为当局不肯努力建设，而是因为他们爱民如子，不肯把老百姓的钱都化费在美化城市上。假若这是可靠的话，我们便应当看见老百姓的钱另有出路，在国防与民生上有所建设。这个，我们却没有看见。这笔账该当怎么算呢？况且，我们所要求的并不是高楼大厦，池园庭馆，而是城市应有的卫生与便利。假若在城市卫生上有相当的设施，到处注意秩序与清洁，这座城既有现成的山水取胜，自然就会美如画图，用不着浪费人工财力。

这倒并非专为山水喊冤，而是借以说明许多别的事。济南的多少事情都与此相似，本来可以略加调整便有可观，可是事实上竟废弛委弃，以至一切的事物上都罩着一层灰土。这层灰土下蠕蠕微动着一群可好可坏的人，隐覆着一些似有若无的事。不死不生，一切灰色。此处没有崭新的东西，也没有彻底旧的东西，本来可以令人爱护，可是又使人无法不伤心。什么事都在动作，什么可也没照着一定的计划做成。无所拒绝，也不甘心接受，不易见到有何主张的人，可也不易见到很讨厌的人。大家都那么和气一团，敷敷衍衍，不易捉摸，也没什么大了不起。有电灯而无光，有马路而拥挤不堪，什么都有，什么也都没有，恰似暮色微茫，灰灰的一片。

按理说，这层灰色是不应当存到今日的，因为"五卅"惨案的血还鲜红的在马路上，城根下，假若有记性的人会闭目想一会儿。我初到济南那年，那被敌人击破的城楼还挂着"勿忘国耻"的破布条在那儿含羞地立着。不久，城楼拆去，国耻布条也被撤去，同被忘掉。拆去城楼本无不可，但是别无建设，或者就是表示着忘去烦恼最为简便；结果呢，敌人今日就又在那里唱凯歌了。

在我写《大明湖》的时候，就写过一段：在千佛山上北望济南全城，城河带柳，远水生烟，鹊华对立，夹卫大河，是何等气象。可是市声隐隐，尘雾微茫，房贴着房，巷连着巷，全城笼罩在灰色之中。敌人已经在山巅投过重炮，轰过几昼夜了，以后还可以随时地重演一次。第一次的炮火既没能打破那灰色的大梦，那么总会有一天全城化为灰烬，冲天的红焰赶走了灰色，烧完了梦中人灰色的城，灰色的人，一切是统制，也就是因循，自己不干，不会干，而反倒把要干与会干的人的手捆起来；这是死城！此书的原稿已在上海随着"一·二八"的毒火殉了难，不过这一段的大意还没有忘掉，因为每次由市里到山上去，总会把市内所见的灰色景象带在心中，而后登高一望，自然会起了忧思。湖山是多么美呢，却始终被灰色笼罩着，谁能不由爱而畏，由失望而颤抖呢？

再说，破碎的城楼可以拆去，而敌人并未曾退出；眼不见心不烦，可是小鬼们就在眼前，怎能疏忽过去，视而不见呢？敌人的医院、公司、铺户、旅馆，分散在商埠各处。哪一个买卖也带"白面"，即使不是专售，也多少要预备一些，余利作为妇女与孩子们的零钱。大批的劣货垄断着市场，零整批发的吗啡白面毒化着市民；此外还不时地暗放传染病的毒菌，甚至于把他们国内穿残的破裤烂袄也整船地运来销卖。这够多么可怕呢！可是我们有目无睹，仍旧逍遥自在；等因奉此是唯一的公事，奉命唯谨落个好官，我自为之，别无可虑。人家以经济吸尽我们的血，我们只会加捐添税再抽断老百姓的筋。对外讲亲善，故无抵制；对内讲爱民，而以大家不出声为感戴。敌人的炮火是厉害的，敌人的经济侵略是毒辣的，可是我们的捆束百姓的政策就更可怕。济南是久已死去，美丽的湖山只好默然蒙羞了！

平日对敌人的经济侵略不加防范，还可以用有心无力或事关全国为词。及至敌军已深入河北，而大家依旧安闲自在，就太可怪了。山东的富力为江北各省之冠，人民既善于经营，又强壮耐苦。有这样的财力与人力，假若稍有准备，即使不能把全省防御得如铜墙铁壁，至少也得教敌人吃很大的苦头方能攻入。可是，济南是省会，既系灰色，别处就更无可说的了。济南为全省的脑府，而实际上只是空空的一个壳儿，并无脑子。这个空壳子响一响便是政治，四面低低的回应便算办了事情。计划、科学、文化、人才，都是些可疑的名词，因为它们不是那空壳子所能了解的。反之，随便响一响，从心所欲正好见出权威。济南是必须死的，而且必不可免地累及全省。

这里一点无意去攻击任何人；追悔不如更新，我们且揭过这一页去吧。灰色的济南，可爱的济南，已被敌人的炮火打碎。可是湖山难改，我们且去用血把它刷新，重建个美丽庄严的新都市。别矣济南！那是一场恶梦①！再会面时，你将是清醒的合理的，以人民的力量筑成而归人民享用的。我将看到那城河更多一些绿柳，柳荫下有白石的小凳，任人休息。我将看见破旧的城墙变为宽坦的马路，把乡郊与城市打成一家；在城里可望见南山的果林，在乡间可以知道城内的消息。我将看到大明湖还田为湖，有十顷白莲。我将看见趵突泉改为浴场，游泳着健壮的青年男女。我将看见马鞍山前后有千百烟囱，用着博山的煤，把胶东的烟叶制成金丝，鲁北的棉花织成细布；泰山的樱桃，莱阳的梨，肥城的蜜桃，制成精美的罐头；烟台的葡萄与苹果酿成美酒，供给全国的同胞享用。还有那已具雏形的造钟制钢、玻璃瓷器、锦绸花边等等工业，都能合理地改进发展，富国裕民。我希望济南成为全省真正的脑府，用多少条公路，几条河流，和火车电话，把它的智慧热诚地、清醒地串送到东海之滨与泰山之麓。挣扎吧，济南！失去一城，无关于最后的胜负。今日之泪是悔认昨日之非；有此觉悟，便能打好明日的主意。济南，今日之死是脱胎换骨，取得新的生命；那明湖上的新蒲绿柳自会有我们重来欣赏啊！

---

① 今用"噩梦"。——编者注。

端木蕻良（1912—1996），原名曹汉文，又名曹京平。现代著名作家。1928 年入天津南开中学读书。1932 年考入清华大学历史系，同年加入"左联"，发表小说处女作《母亲》。曾在山西、重庆等地任教，在重庆、香港、上海等地编辑《文摘》副刊、《时代文学》杂志等刊物。1949 年回到北京。作品主要有长篇小说《科尔沁旗草原》《大地的海》《江南风景》《大江》，短篇小说集《土地的誓言》《憎恨》《风陵渡》，童话《星星记》，京剧《戚继光斩子》《除三害》，评剧《罗汉钱》《梁山伯与祝英台》，长篇历史小说集《曹雪芹》，等等。

青岛之夜

端木蕻良

　　我到青岛那天是很容易记的，刚好是卢沟桥事变的那天。从南方各大都市到那儿避暑的刚刚都快来全了，顶迟的几班也都在那几天懒懒地登路了。这又忙着回南方，回到汉口、牯岭、莫干山、上海，因为青岛的确是没有租界的。

　　这些"上等人"原是很有知识的，他们知道"八七"事件正是"九一八"的重演，而且说不定还有"特别新打法"在后面，所以匆匆忙忙又撤退了原防。把租界里的住宅加筑了凉棚，添置了电扇，准备长期抵抗。花了几千块钱订的两季或一年的别墅合同，只好让看门人去履行了。

　　我到青岛的那天，也是青岛人士向外逃难的第一天。（还有人从青岛逃到济南。从济南逃往青岛的，那当然是没有知识之流了。）我有一个朋友，在秦皇岛来信，对我大发雷霆，说我不该不顾他的好意，不到北戴河去住，因为那里比较安全。何况他们赁了一座宅子，只有姐弟两人住，加上我，不算多。好意原不可辜负，便决定此地住完，到北戴河去，到榆关看看姜女庙，折回天津、北平，再返上海。主意打定，心也安了，便决定去看海。

青岛的海是明澈的，深碧醉人。有一次划船划到小青岛，看见礁石上的水草，一根青似一根，如海女之发。

青岛的海水也是非常雄壮的，有台风的那几天，我天天跑到礁石上看海。从那之后，我才明白我们离能控制海的时代还很远，我们的仪器和杠杆还不够。海在发怒的时候，船便不能走了，连锚都不能抛。

海是多么深奥啊，凡是陆地上有的东西，它都具备，只是没有陆地的平静和安详。海的性情是不定的，常常翻脸。大地便不同，大地的工作是有定准的。但我爱海。

时局的紧张，可以从海滩上洗澡人的减少来推断出来。深褐色的皮肤不见了，只白沙一片，和盐水打岸声。收到沈先生催我回去的信，心情颇为忧郁，心想等肥城的桃子熟了再走不迟。

日本兵天天有登陆的消息传来，限二十四小时答复。后海沿开来军舰七艘，在崂山抛锚了。龙口打起来了。晚间我坐在礁石上，看着远方。

在北平的情形很恶劣的那天晚上，就是说我们的土地又失去了的那天晚上，我在礁石山看着脚下一节一节扑上来的潮水。

有一个十岁左右的小女孩，赤着脚在那儿玩水，她在暗里，从这个礁石上蹦到那块礁石上，只一个人，我担心着她一颗小小的命运。……

我耳边又听见一片念珠响，隔了一会儿，又是一阵。我定睛向黑暗里看去，一个老妇人在向远方膜拜。人很修长，沉静而安详，穿着木屐，是个日本人。伸在海里的巉岩上，又有人在点香，香味非常强烈，大概是大阪市孔官堂增田制的"极品仙年香"。香火如远方的星光在黑黝黝的石崖上透出，浪花闪白处，如推涌它向上游浮。我想是在海的远方，也许就是卢沟桥吧，他们的爱子在火线上消失了，老妇人在祈祷那渺小的灵魂在地下得到安息。串珠在每隔半分钟搓一次，她也跪拜一次。她的脸上非常平静，如同一切苦涩的沉重都已被解脱了。海水在玩着不断的游戏，如同对着我们之间的沉默，加以怜悯的嘲弄。

第二天晚上，我们收复丰台、廊坊的捷报传来了，"号外"到处传递着。有的将《青岛日报》的"号外"贴在日人办的《大青岛日报》的对面。中山路上的人都出来了，互相投以会心的笑，这也正是上海大放爆竹的时候。街上的人拥挤着，无线电广播着捷报。我和一个朋友通过中山路向栈桥走去。突然电灯完全灭了，许多人跑着。三秒钟工夫，电灯又复原，街上又照常了。我们向南走着。忽然人像潮水般退下来，我仔细一听，没有枪声，也没有什么响动，只是人向北跑。我的朋友在制止他们不要慌。我秉着半瓶醋的军事常识，知道子弹的速率比人跑得快，所以没有动。广播止了，铺子都忙着关门，熄电灯。一霎时街全空了。向前走，走，问问前边的人为什么跑，有的人说是前海放大炮了；有的人说一个老婆子忽然歇斯底里地喊说："日本兵来了！"又有人说是一部洋车胶皮带炸了；又有人说德县路堆沙包了。不出五分钟，言人人殊。阅看明天报纸，也是这样报导的。

大餐间头二等房舱都为买办们包空了，统舱也光了。从济南搭火车的，等了三天三宿还不能走，心急的搭陇海路转往南方。飞机不飞南京了，只飞上海。九十块钱不算贵，不过阔人怕出危险，所以着实发烦呢。倒是也有摩登太太们包飞机走的。

前五天预订船票都发生困难。中国船不在青岛拢岸，听说坐日本船到上海，中国海关特别留难，连皮丝烟包都打开来检验，没有小工给搬东西。"德生"挂香港了，慢船又走三天三夜，"顺天""盛京"票早卖空了。青岛又是死路。菜场连菜也买不到，据说鸡歇伏了，不下蛋了。来青岛刚好一月，来时，卢沟桥事变；去后第二天，日本警察登陆了。而抵沪四天，上海便开火了。

青岛之夜，以后将以血腥扰混蓝碧，以人类的呐喊来代替"水流"的呜咽吧！我再来时，我希望这里是一片焦土，只在岩石上有一朵白色的小花，受着空气和阳光的抚养。

曹聚仁（1900—1972），民国时期著名记者、作家。浙江浦江人。毕业于浙江省立第一师范学校。1921 至 1937 年在上海爱国女中、暨南大学、复旦大学等校任教。其间，因准确记录和整理出版章太炎的国学讲座，受到章氏赏识，被收为入室弟子，在上海文化界、学术界声名鹊起。抗日战争爆发后，作为战地记者，又因报道淞沪战役、台儿庄大捷而广为人知。作品有论著、散文集、报告文学集等近七十种。

闲话扬州

曹聚仁

十里长街市井连，月明桥上看神仙；
人生只合扬州死，禅智山光好墓田。

（张祜：《纵游淮南》诗）

友人瘐君家雇用一扬州女佣，她和乡伴闲谈，指我们这些湘赣浙闽的人，说是南蛮子怎样怎样，我不禁为之讶然。在另一场合，我在讲授"中国文化史"，问在座的同学："百五十年以前，黄浦江两岸蒲苇遍地，田野间偶见村落，很少的人知道有所谓上海。诸位试想想那时中国最繁华的城市是什么地方？"同学们有的说是北京，有的说是洛阳，有的说是南京，没有人说到扬州。自吴晋以来，占据中国经济中心，为诗人骚客所讴歌的扬州，在这短短百年间，已踢出于一般人记忆之外，让上海代替了她的地位；这在有过光荣历史养成那么自尊心的扬州人看来，是多么悲凉的事！我曾笑语瘐君："现在扬州人到上海来，上海人会把他们当作阿木林，从前我们南蛮子到扬州去，扬州人也会把我们当作阿木林。'十年一觉扬州梦，赢得青楼薄幸名'，便是天字第一号的瘟生。"瘐君亦以为然。

易君左的《闲话扬州》我不曾看过。但照所揭举两点看来，说"全国娼妓为扬属妇女所包办，沪战汉奸坐实为扬属之人民"，该是十分浅薄无聊的。第一点，易实甫（易君左父亲）就要提出抗议，而且扬州人也决不敢掠"美"。第二点，胡立夫便不是扬州人。这且不去管他，我且说我的闲话。

扬州，它是有过历史上的光荣的，但那是历史上的光荣呀！当一个世家子弟诉说他祖先阔气的故事，该是眉开眼笑的；门前金边的匾额，朱红色的大旗竿，蹲踞在大门外的石狮子，都能引动听者以肃然起敬。至说到墙角上的蜘蛛网，大柱里的白蚁，自瘪嘴老太太以至毛头小伙子，都说是命运不济。那真是命运不济吗？在钱塘江上游，有一处繁华的小城市——兰溪，绾浙、赣、闽三省交通之中枢，当其盛也，"廛闬扑地，歌吹沸天"，"交白船"（妓船）聚集至三百只以上；自杭江铁路筑成，水道交通退居次要地位，前年一年间，民船停业七百余艘；自金华至江山段通车，金兰段变成支路，兰溪商业一落千丈。这眼前的小事实，即是扬州中落的写照。从前运河沟通南北，"重江复关之隩，四会五达之庄""挈货盐田，铲利铜山"。盐和米决定了扬州的繁荣。海道既通，煤、铁、棉花代替了盐、米的地位；津浦路成，运河绾不住南北的枢纽；再加以太平军几度进退，二十四桥边明月只照见一片荒凉、几树白杨了！以眼前论，盐的命运这样可怕，扬州的命运将随农村破产、盐业破产而更黑暗。这事实，扬州人还得请马老先生算定他们的终身。

周作人先生久住北平，以为"北京建都已有五百余年之久，论理于衣食住方面应有多少精微的造就"，终因"随便撞进一家饽饽铺里去买一点来吃，总没有很好吃的点心买到过"，乃"觉得住在古老的京城里吃不到包含历史的精练的或颓废的点心是一个很大的缺陷"。扬州之为繁华中心，将近二千年；它能给我们吃到一点包含历史的精练的或颓废的点心吗？著名的酱菜，生姜较嫩，莱菔头较小，虽不用味之素，亦有甜味；扬州菜刺激性很少，又不像广东菜那么板重，颇得中庸之道；扬州戏细腻活泼，介乎昆剧与徽剧之间；用享乐的意味来看，这古老的城市，扬州还值得人们留恋的。

南朝（宋）鲍照作《芜城赋》，传诵一时，其尾段云：

> 若夫藻扃黼帐，歌堂舞阁之基，璇渊碧树，弋林钓渚之馆，吴蔡齐秦之声，鱼龙爵马之玩，皆薰歇烬灭，光沉响绝；东都妙姬，南国丽人，蕙心纨质，玉貌绛唇，莫不埋魂幽石，委骨穷尘！

此时此地，扬州人重读此赋，不知作何感想也？南宋张择端作《清明上河图》，追摹汴京景物，有西方美人之思。扬州各界，与其连合控究《闲话扬州》，大不如重作《清明上河图》较为风雅。鲍照为芜城之歌，曰：

> 边风急兮城上寒，井径灭兮丘陇残；千龄兮万代，共尽兮何言！

试看巴比伦沦于蔓草，罗马化作废墟，有些地方，大可不必认真也！

（《笔端》）

朱自清（1898—1948），现代著名散文家、诗人、学者。1916年考入北京大学预科，1920年毕业于北京大学哲学系。1925年任清华大学中文系教授。1931年赴英国进修语言学和英国文学，后又漫游欧洲五国。1932年回国，任清华大学中国文学系主任。抗战爆发后，任西南联合大学中国文学系主任。1948年因患胃病逝世。其作品主要有《踪迹》《背影》《匆匆》《新诗杂话》《欧游杂记》等。

说扬州

朱自清

在第十期上看到曹聚仁先生的《闲话扬州》，比那本出名的书有味多了。不过那本书将扬州说得太坏，曹先生又未免说得太好；也不是说得太好，他没有去过那里，听说的只是从诗赋中、历史上得来的印象。这些自然也是扬州的一面，不过已然过去，现在的扬州却不能再给我们那种美梦。

自己从七岁到扬州，一住十三年，才出来念书。家里是客籍，父亲又是在外省当差事的时候多，所以与当地贤豪长者并无来往。他们的雅事，如访胜，吟诗，赌酒，书画名家，烹调佳味，我那时全没有份，也全不在行。因此虽住了那么多年，并不能做扬州通，是很遗憾的。记得的只是光复的时候，父亲正病着，让一个高等流氓凭了军政府的名字，敲了一竹杠；还有，在中学的几年里，眼见所谓"甩子团"横行无忌。"甩子"

是扬州方言，有时候指那些"怯"的人，有时候指那些满不在乎的人。"甩子团"不用说是后一类，他们多数是绅宦家子弟，仗着家里或者"帮"里的势力，在各公共场所闹标劲，如看戏不买票、起哄等等，也有包揽词讼、调戏妇女的。更可怪的，大乡绅的仆人可以指挥警察区区长，可以大模大样招摇过市——这都是民国五六年的事，并非前清君主专制时代。自己当时血气方刚，看了一肚子气；可是人微言轻，也只好让那口气憋着罢了。

从前扬州是个大地方，如曹先生那文所说；现在盐务不行了，简直就算个没"落儿"的小城。

可是一般人还忘其所以地要气派，自以为美，几乎不知天多高地多厚，这真是所谓"夜郎自大"了。扬州人有"扬虚子"的名字；这个"虚子"有两种意思，一是大惊小怪，二是以少报多，总而言之，不离乎虚张声势的毛病。他们还有个"扬盘"的名字，譬如东西买贵了，人家可以笑话你是"扬盘"；又如店家价钱要得太贵，你可以诘问他："把我当扬盘看么？"盘是捧出来给别人看的，正好形容要气派的扬州人。又有所谓"商派"，讥笑那些仿效盐商的奢侈生活的人，那更是气派中之气派了。但是这里只就一般情形说，刻苦诚笃的君子自然也有；我所敬爱的朋友中，便不缺乏扬州人。

提起扬州这地方，许多人想到的是出女人的地方。但是我长到这么大，从来不曾在街上见过一个出色的女人，也许那时女人还少出街吧？不过从前人所谓"出女人"，实在指姨太太与妓女而言；那个"出"字就和出羊毛、出苹果的"出"字一样。《陶庵梦忆》里有"扬州瘦马"一节，就记的这类事；但是我毫无所知，不过纳妾与狎妓的风气渐渐衰了，"出女人"那句话怕迟早会失掉意义的吧。

另有许多人想，扬州是吃得好的地方。这个保你没错儿。北平寻常提到江苏菜，总想着是甜甜的、腻腻的。现在有了淮扬菜，才知道江苏菜也有不甜的；但还以为油重，和山东菜的清淡不同。其实真正油重的是镇江菜，上桌子常教你腻得无可奈何。扬州菜若是让盐商家的厨子做起来，虽不到山东菜的清淡，却也滋润、利落，决不腻嘴腻舌。不但味道鲜美，颜色也清丽悦目。扬州又以面馆著名。好在汤味醇美，是所谓白汤，由种种出汤的东西如鸡鸭鱼肉等熬成，好在它的厚，和啖熊掌一般。也有清汤，就是一味鸡汤，倒并不出奇。内行的人吃面要"大煮"；普通将面挑在碗里，浇上汤，"大煮"是将面在汤里煮一会，更能入味些。

扬州最著名的是茶馆，早上去下午去都是满满的。吃的花样最多。坐定了沏上茶，便有卖零碎的来兜揽，手臂上挽着一个黯淡的柳条筐，筐子里摆满了一些小蒲包，分放着瓜子、花生、炒盐豆之类。又有炒白果的，在担子上铁锅爆着白果，一片铲子的声音。得先告诉他，才给你炒。炒得壳子爆了，露出黄亮的仁儿，铲在铁丝罩里送过来，又热又香。还有卖五香牛肉的，让他抓一些，摊在干荷叶上；叫茶房拿点好麻酱油来，拌上慢慢地吃，也可向卖零碎的买些白酒——扬州普通都喝白酒——喝着。这时才叫茶房烫干丝。北平现在吃干丝，都是所谓煮干丝；那是很浓的，当菜很好，当点心却未必合式。烫干丝先将一大块方的白豆腐干飞快地切成薄片，再切为细丝，放在小碗里，用开水一浇，干丝便熟了；逼去了水，抟成圆锥似的，再倒上麻酱油，搁一撮虾米和干笋丝在尖儿，就成。说时迟，那时快，刚瞧着在切豆腐干，一眨眼已端来了。烫干丝就是清的好，不妨碍你吃别的。接着该要小笼点心。北平淮扬馆子出卖的汤包，诚哉是好，在扬州却少见；那实在是淮阴的名产，扬州不该掠美。扬州的小笼点心，肉馅儿的，蟹肉馅儿的，笋肉馅儿的且不用说，最可口的是菜包子、菜烧卖，还有干菜包子。菜选那最嫩的，剁成泥，加一点儿糖一点儿油，蒸得白生生的，热腾腾的，到口轻松地化去，留下一丝儿余味。干菜也是切碎，也是加一点儿糖和油，燥湿恰到好处；细细地咬嚼，可以嚼出一点橄榄般的回味来。这么着每样吃点儿也并不太多，要是有饭局，还尽可以从容地去。但是要老资格的茶客才能这样有分寸；偶尔上一回茶馆的本地人外地人，却总忍不住狼吞虎咽，到了儿捧着肚子走出。

扬州游览以水为主，以船为主，已另有文记过，此处从略。城里城外古迹很多，如"文选楼""天保城""雷塘""二十四桥"等，却很少人留意；大家常去的只是史可法的"梅花岭"罢了。倘若有相当的假期，邀上两三个人去寻幽访古倒有意思；自然，得带点花生米、五香牛肉、白酒。

1934 年 11 月 20 日

周作人（1885—1967），原名櫆寿，字星杓，现代著名散文家、文学理论家、评论家、诗人、翻译家、思想家，中国民俗学开拓人，新文化运动代表人物之一。1901 年入南京江南水师学堂。1906 年东渡日本留学，1911 年回国。1917 年任北京大学文科教授，后兼日文系主任。1919 年与陈独秀等任《新青年》编委。1920 年秋任《新潮》月刊编辑部主任。1924 年与鲁迅等创办《语丝》周刊。周作人一生著译颇丰，后已辑集出版。

苏州的回忆

周作人

说是回忆，仿佛是与苏州有很深的关系，至少也总经过十年以上的样子，可是事实上却并不然。民国七八年间坐火车走过苏州，共有四次，都不曾下车，所看见的只是车站内的雏形而已。去年四月因事经南京，始得顺便至苏州一游，也只有两天的停留，没有走到多少地方，所以见闻很是有限。当时江苏日报社有郭梦鸥先生以外的几位陪着我们走，在那两天的报上随时都有很好的报道，后来郭先生又有一篇文章，登在第三期的《风雨谈》上，此外实在没有觉得有什么可以记录的了。但是，从北京远迢迢地经苏州走一趟，现在也不是容易事，其时又承本地各位先生恳切招待，别转头来走开之后，再不打一声招呼，几乎也有点对不起。现在事已隔年，印象与感想都渐就着落，虽然比较地简单化了，却也可以稍得要领，记一点出来，聊以表示对于苏州的恭敬之意。至于旅人的话，谬误难免，这是要请大家见恕的了。

我旅行过的地方很少，有些只根据书上的图像，总之我看见各地方的市街与房屋，常引起一个联想，觉得东方的世界是整个的。譬如中国、日本、朝鲜、琉球，各地方的家屋，单就照片上看也罢，便会确凿地感到这是整个的东亚。我们再看乌鲁木齐、宁古塔、昆明各地方，又同样地感觉这里的中国也是整个的。可是在这整个之中别有其微妙的变化与推移，看起来亦是很有趣味的事。以前我从北京回绍兴去，浦口下车渡过长江，就的确觉得已经到了南边，及车抵苏州站，看见月台上车厢里的人物声色，便又仿佛已入故乡境内，虽然实在还有五六百里的距离。现在通称江浙，有如古时所谓吴越或吴会，本来就是一家，杜荀鹤有几首诗写得很好，其一《送人游吴》云：

> 君到姑苏见，人家尽枕河。
>
> 古宫闲地少，水港小桥多。
>
> 夜市卖菱藕，春船戴绮罗。
>
> 遥知未眠月，乡思在渔歌。

又一首《送友游吴越》云：

> 去越从吴过，吴疆与越连。
>
> 有园多种橘，无水不生莲。

> 夜市桥边火，春风寺外船。
>
> 此中偏重客，君去必经年。

诗固然作得好，所写事情也正确实，能写出两地相同的情景。我到苏州第一感觉的也是这一点，其实即是证实我原有的漠然印象罢了。

我们下车后，就被招待游灵岩去，先到木渎，在石家饭店吃过中饭。从车站到灵岩，第二天又出城到虎丘，这都是路上风景好，比目的地还有意思，正与游兰亭的人是同一经验。我特别感觉有趣味的，乃是在木渎下了汽车，走过两条街往石家饭店去时，看见那里的小河，小船，石桥，两岸枕河的人家，觉得和绍兴一样；这是江南的寻常景色，在我江东的人看了也同样地亲近，恍如身在故乡了。又在小街上见到一爿糕店，这在家乡极是平常，但北方绝无这些糕类，好些年前曾在《卖糖》这一篇小文中附带说及，很表现出一种乡愁来，现在却忽然遇见，怎能不感到喜悦呢。只可惜匆匆走过，未及细看了这柜台上蒸笼里所放着的是什么糕点，自然更不能购买了来尝了。不过就只是这样看了一眼走过了，也已很是愉快，后来不久在城里几处地方，虽然不是这店里所做，好的糕饼也吃到好些，可以算是满意了。

第二天往马医科巷（据说这地名本来是蚂蚁窠巷，后来转讹，并不真是有过马医牛医住在那里），去拜访俞曲园先生的春在堂。南方式的庙堂结构原与北方不同，我在曲园前面的堂屋里徘徊良久之后，再往南去看俞先生著名的两间小屋，那时所见这些过廊、侧门、天井种种，都恍惚是曾经见过似的。流连了一会儿，我对同行的友人说，平伯有这样好的老屋在此，何必留滞北方，我回去应当劝他南归才对。说的虽是半玩笑的话，我的意思却是完全诚实的，只是没有为平伯打算罢了。那所大房子就是不加修理，只说点灯，装电灯固然了不得，石油没有，植物油又太贵，都无办法；故即欲为点一盏读书灯计，亦自只好仍旧蛰居于北京之古槐书屋矣。我又去拜谒章太炎先生墓，这是在锦帆路章宅的后园里，情形如郭先生文中所记，兹不重述。章宅现由省政府宣传处明处长借住，我们进去稍坐，是一座洋式的楼房，后边讲学的地方云为外国人所占用，尚未能收回，因此我们也不能进去一看，殊属遗憾。

俞、章两先生是清末民初的国学大师，却都别有一种特色：俞先生以经师而留心经文学，为新文学运动之先河；章先生以儒家而兼治佛学，又倡导革命，承先启后，对于中国之学术与政治的改革至有影响；但是至晚年却又不约而同地定住苏州，这可以说是非偶然的偶然。我觉得这里很有意义，也很有意思。俞、章两先生是浙西人，对于吴地很有情分，也可以算是一小部分的理由，但其重要的原因还当别有所在。由我看去，南京、上海、杭州均各有其价值与历史，唯若欲求多有文化的空气与环境者，大约无过苏州了吧。两先生的意思或者看重这一点，也未可定。现在南京有中央大学，杭州也有浙江大学了，我以为在苏州应当有一个江苏大学，顺应其环境与空气，特别向人文科学方面发展，完成两先生之弘业大愿，为东南文化确立其根基。此亦正是丧乱中之一件要事也。

在苏州的两个早晨过得很好，都有好东西吃，虽然这说的似乎有点俗，但是事实如此。而且谈起苏州，假如不讲到这一点，我想终不免是一个罅漏。若问好东西是什么，其实我是乡下粗人，只知道是糕饼点心，到口便吞，并不曾细问种种的名称。我可记得乱吃的很不少，当初《江苏日报》或是郭先生的大文里仿佛有着记录。我常这样想，一国的历史与文化传得久远了，在生活上总会留下一点痕迹，或是华丽，或是清淡，却无不是精练的。这并不想要夸耀什么，却是自然应有的表现。我初来北京的时候，因为没有什么好点心，曾经发过牢骚，并非真是这样贪吃，实在也只为觉得它太寒伧，枉做了五百年首都，连一些细点心都做不出，未免丢人罢了。

我们第一早晨在吴苑，次日在新亚，所吃的点心都很好，是我在北京所不曾遇见过的，后来又托朋友在采芝斋买些干点心，预备带回去给小孩辈吃。物事不必珍贵，但也很是精练的，这尽够使我满意而且佩服，即此亦可见苏州生活文化之一斑了。这里我特别感觉有趣味的，乃是吴苑茶社所见的情形。茶食精洁，布置简易，没有洋派气味，固已很好，而吃茶的人那么多，有的像是祖母老太太，带领家人妇子，围着方桌，悠悠地享用，看了很有意思。性急的人要说，在战时这种态度行吗？我想，此刻现在，这里的人这么做是并没有什么错的。大抵中国人多受孟子思想的影响，他的态度不会得一时急变，若是因战争而面粉、白糖渐渐不见了，被迫得没有点心吃，出于被动的事那是可能的。总之在苏州，至少是那时候，见了物资充裕，生活安适，由我们看惯了北方困穷的情形的人看去，实在是值得称赞与羡慕。

我在苏州感觉得不很适意的也有一件事，这便是住处。据说苏州旅馆绝不容易找，我们承公家的斡旋得能在乐乡饭店住下，已经大可感谢了，可是老实说，实在不大高明。设备如何都没有关系，就只苦于太热闹，那时候我听见打牌声，幸而并不在贴夹壁，更幸而没有拉胡琴唱曲的，否则次日往虎丘去时马车也将坐不稳了。就是像沧浪亭的旧房子也好，打扫几间，让不爱热闹的人可以借住，一而也省得去占忙的房间，妨碍人家的娱乐，倒正是一举两得的事吧。

在苏州只住了两天，离开苏州已将一年了，但是有些事情还清楚地记得。现在写出几项以为纪念，希望将来还有机缘再去，或者长住些时光，对于吴语文学的发源地更加以观察与认识也。

1944 年 3 月 8 日

　　赵清阁（1914—1999），女，笔名清谷、铁公、人一，著名作家、编辑、画家，与齐白石、傅抱石、刘海粟、茅盾等都有较深的友谊，与老舍交往甚多。15 岁到开封求学。1933 年考入上海美术专科学校，成为《女子月刊》的撰稿人。1938 年参加中华全国文艺界抗敌协会，主编《弹花》文艺月刊。1945 年 11 月回到上海，担任《神州卫报》副刊主编，并在上海戏剧专科学校任教。代表作有《女儿春》《自由天地》等。

小巧玲珑记苏州

赵清阁

　　杭州归来居然又游了一次苏州。这完全是表姐的力量，她约了我许多次，我也答应了许多次，像欠了笔债一样，直拖到一年后才算偿还了。可是来去匆匆，反徒然增加些彼此的惆怅。

　　阔别苏州十二秋，今日旧地重临，脑海中仅保留着斑斑模糊的梦痕！努力地追忆，也只能从一些风景名胜的残余印象里，依稀记起当时的情况而已。

　　从西园到留园，这里是一片苍凉满园荒！楼台亭树破烂不堪，和我在杭州看到刘庄的情形差不多。我真奇怪，像这种既已划作公众游览的风景区域，为什么政府会毫不注意而加修缮一番，难道是吝惜这点儿费用吗？不懂！

　　从留园到虎丘，是一条黄泥铺成的路，宽大却不平坦，坐在轮子没有皮胎、垫子没有棉心的人力车上，一步一颠，颠得你屁股痛。及抵山门，爬了还没有重庆张家花园一半的坡，就到了所谓山顶。山顶有砖筑的虎丘塔，远看倒挺美丽，近瞧，简直是废墟中的一堆烂泥。山下一溪清流，叫作"剑池"。旁有"点头石"等古迹，传说曾有一位和尚在这里讲经，结果连一群顽石都倾服得点了头。因为我喜欢这段故事，所以十二年前我还和这群顽石合过影。这次我又在这里拍了照片，我希望有一天我也会在这里发现一种伟大的醒世的"道"，让我这颗顽石也能倾服地点了头！

离开虎丘的时候，我一步一回首，我怀着异常茫然的心情，像是在寻找曾经消失的足迹，又像是在逐步摄取记忆。偶然俯身拾起几片刚刚飘落的红叶，我的灵魂立刻感觉到一股热流，一股血液沸腾的热流；我吻着红叶，悄悄说了声再会！

一个暮色苍茫的黄昏，我品茗于狮子林。在全苏州的风景区，我最喜欢狮子林。这里虽然也有着留园失修的痕迹，但还比较整洁，看得出当时设计这园景的工程师有着很高的文艺修养。无论是一株树，一块石，一架桥，一座亭台，一排粉垣，都配置得那么精致典雅，小巧玲珑，有画的情调，有诗的意境。右首一爿偏院里翠竹成荫，环以短篱。秋风吹着落叶打在窗玻璃上，沙沙作响，似啜泣又似叹息！于是我幻想这狮子林就是《红楼梦》的大观园，此地就是大观园的潇湘馆。我寻觅那卷帘上的鹦鹉笼子；我寻访那埋葬几易春秋的落英堆成的花冢；我仿佛隐隐听见有古琴的断弦声，有沉吟声，有呛咳声，亦有唏嘘声！但是我看不见这许多声音来源的一丝迹象，只看见月光里竹影摇曳，我不禁感到人亡楼空的凄怆！步出幽静的潇湘深处，蹀过曲桥，伏视池塘里残荷萎茎，目睹一只只水鸥飞来飞去。无限沧桑的涟漪，荡漾在生命的源泉里，我黯然了！这时，兀地一群游客嬉笑着自石造的画舫上跳跃而出，惊破了我的沉思。我定睛眺望了一下云天，原来我先前一度离开了现实的境界，如今，我又回来了，我的精神有些困惑！

第二天的早晨，驱车到拙政园。沦陷时期此处乃敌伪的省政府，现在为社会教育学院所接收。当即访候执教该处的谷剑尘先生，别经十载，老友已经两鬓斑白了！残酷的战争摧残了每个人。承剑尘导引我参观了全园的景物，地方确比狮子林大一倍，也整洁得多。或许因为它曾被一群狗的足迹玷辱过吧，我不大感到兴趣。同时人众嘈杂，破坏了幽静的情调。倒是几声断续的钢琴声，和着掠空飞去的鸟语，还能使我略微嗅到些大自然的气息！

走出拙政园，本想再到沧浪亭、寒山寺看看，可是听说沧浪亭为苏州艺专的校址，谢绝参观，并且也荒芜得厉害。至于寒山寺，更惨！听说日寇把庙里的古钟盗走了，这就大煞风景，去了反倒增加一腔愤懑，不去也罢。于是便在城内逛玄妙观，巡礼了苏州的市容。

玄妙观像开封的相国寺、上海的城隍庙。里面有卖小吃的；有多民族形式的字画店，满墙壁上挂着红红绿绿的条幅，画的尽是流传民间的故事，或神像、仕女、娃娃。记得我小的时候，要过年了，父亲就买了这些娃娃画儿挂在我的床头。这类画的销路平常很少人问津，只有过年才特别的兴隆。如今，因为快到春节了，所以每家画店正忙着赶出品。画师从十二三岁到六七十岁，有生癫疮的，有一只眼的，看来都很贫苦，靠了一支机械描摹的笔挣饭吃是不容易的。这些画师虽然没有什么知识，但他们的心很善良，他们取材于忠孝仁义的历史掌故，他们所收获的教育效果并不在一般"专家""大师"之下！然而，他们却只能蜷伏在不被注意的阴暗的古庙里，他们没有荣幸承受社会的礼遇，因为他们是一群登不得"大雅之堂"的小人物！

玄妙观前就是苏州最热闹的街市。一家最庞大的茶馆叫吴苑，一家最幽雅的茶馆叫怡园。据闻当地悠闲的人士，多整天消磨在这里，无论是谈生意，谈恋爱，都很适宜。这种风俗习气，和成都非常相似。我爱这种风俗习气，所以我爱成都，也爱苏州；假如我有机会休息休息心身，那我一定到这种地方来住上一年半载，甚或永久住下去。

临行的前一小时，我还和表姐等在一家洁净雅致的小酒馆持螯畅饮。有名的清水蟹，肥硕而味美，与故人对酌谈心，真有不醉无归之感。

终于我又仓促地离开了苏州，但这次她给了我较深刻的印象。回到上海，我还念念不忘苏州的精致儒雅，苏州的小巧玲珑！

1945 年 11 月 20 日黄昏沪滨

叶秋原（1908—1948），民国时期著名法学家、人类学家、记者。浙江杭州人。原名叶为耽，字秋原，以字行。教名方济各，笔名林竹然、凌黛、李锦轩等。1922 年自杭州宗文中学毕业。后赴美国留学，获社会学硕士学位。20 世纪 30 年代初回国后，在史量才安排下，进入申报馆资料馆工作，并为《前锋周报》起草了《民族主义文艺运动宣言》。后在《天下月刊》编辑部任编辑。曾担任过立法委员。

杭居琐记

叶秋原

　　当我每一次到法华山、花坞以及留下去的时候，行过了松木场，总看见路旁那一座又高又大的石牌楼。每次，不是因为车行的撩过，便是思绪的游移，对这座牌楼上所刻着的西文总不曾加以看取。记得从前王仲瓘的故居就在附近，他的"碧水丹山""青嶙白骨"，就是指站着这又高又大的牌楼的一带地方。牌楼上的斑斑的痕迹，也可以知悉这不是最近的建筑；然而在这"四面皆青嶙白骨"的荒原，何以站着这一座又高又大的刻着洋文的牌楼，我总觉得有点奇突。

　　去年的秋天，当我在寂静的西谷鉴赏了一番"两岸芦花尽白头"的诗境，便一个人伴着西风落叶慢步踱回来的时候，又看见这座牌楼，便留驻了脚，向牌楼上刻着的洋文略略地看取了一番，才晓得刻着的是法文，是拉丁文，又有许多法国的人名。我才兹恍然，原来这里埋着的是那些为了"太平之乱"而殉身的法国客军的枯骨。也看不见坟堆，唯有这座又高又大的牌楼孤寂地站在这寂寞的荒原伴着他们的幽灵。

我当然不免兴起了一点感触。蔓草荒烟里的枯骨，是当年为了"太平之乱"而殉身的法国客军，不也是当今驰驱在北非洲的流沙里而殉身的法国客军吗？Beau Geste 一幕一幕的情节于是潮涌在我心头。

脚踏上铁塘门的故址，漫步在旧有的城基的柏油路上的时候，看见西湖上周围的群山已经笼罩在沉沉的暮霭里了。我于是想起在不同的时间里，杭州是怎样的一块地方。虽则埋在松木场荒原里的法国客军的枯骨在时间上已约摸有一百年了，可是先此时间，杭州早已有了异域人的足迹，也不用等到隔了千百年以后出现了所谓"帝国主义"的时代。我们当然第一想起马可波罗（Marco Polo），那时候，杭州真仿佛是巴比伦，是罗马。在他之前不用说，也一定有那与西亚的叙利亚维持着关系的宗教徒，也还有鄂多利克（Odoric de Pordenone），可是他们的时代都已经很渺远了。

利玛窦（M. Ricci）也当然到过杭州。这是在他以后，有大批的天主教徒来到杭州。东岳旁边的方井有他们的坟园，天汉洲桥有他们的教堂。我走过这明朝的天主堂的时候，已经有十多年了。那时，我有一个朋友在附近的普济堂里当着一个小差使，因为想参观一番这著名的救济事业，顺道走过了这座古老的教堂。圆圆的石门，墙垣是暗暗的，内里光线一眼望去，似乎也是暗暗的。这是一座中国的建筑，毫没有峨特①风味。它的外表都显示它的悠久的历史。门口站着的还有一块顺治所御赐的石碑，刻着"天主堂"三字。雍正禁教的时候，这座教堂也遭了封禁。到现在还有"拉闸派"（Lazarists）的天主教徒住在里面。

方井的天主教徒的坟园，就是埋藏这些在明末清初时来到杭州传教的天主教徒的遗骸或是遗灰的地方。在到东丘去的大路旁四十步的地方，在法华山的山麓的丛林中，站着一牌坊，在这后面三十多步，就是收藏他们遗灰的石库了。其中刻着十六个人的名字，有四个人的碑铭已经辨认不清了，其余可以辨认的如下：

（1）雷博陆公……（碑文不明）

（2）金尼阁四表先生（Nicolas Tmigault，一五七七年生，一六一○年来华，一六一三年赴罗马，一六一九年回澳门，一六二一年入内地，一六二八年在杭州卒）。

（3）阳玛诺演西先生（Emmanuel Diaz，一六一○年来华，一六一九年在杭州卒）。

（4）黎宁石汝玉先生（Rierre Robeimo，一五七二年生，一六○四年来华，一六四○年卒）。

（5）郭居静仰凤先生〔Lazaee Caitaneo，一五六○年生于热诺亚（Genoa），一五九四年来华，一六四○年卒〕。

---

① 今译哥特。——编者注。

（6）（7）（8）碑文不清。

（9）徐日昇左恒先生（Nicolas Fiva，一六〇九年生，一六三八年来华，一六四〇年卒）。

（10）罗儒望怀中先生（Jean de Rocha，一五六六年生，一五九八年来华，一六二三年卒）。

（11）伏若望定源先生（Jean Froez，一五八八年生，一六二四年来华，一六三八年卒）。

（12）魏望尔先生（未悉）

（13）宝殿金公……（未悉）

（14）碑文不明。

（15）钟巴相念江先生（Sebastian Fernandez，一五六二年生，一六二二年卒）。

（16）庞类思克己（Louis Gonzales，一六〇七年生，一六三〇年卒）。

在这一些名字中，金尼阁四表先生及郭居静仰凤先生特别应该提出，因为前者是作《利玛窦传》的人，后者是第一个应徐光启之召来华的人。

今日，到东丘去的这条大路已经改作杭徽公路了。车轮络绎，也不见得有人晓得就在这条公路的旁边，还有晚明时来华的一群异域修士的遗灰。后之视今，亦将如今之视昔乎？这安不令人起浮生若梦、世事如烟之感呢。

（《人间小品》）

杜重远（1898—1943），吉林省怀德县人。1911年考入省立两级师范附属中学。1917年考取官费留学日本，入东京高等工业学校学习陶瓷制造专业。1923年回国，在沈阳创办了我国第一个机器制陶工厂——肇新窑业公司。1927年把砖厂改建为瓷器厂，逐渐发展成中国民族资本经营规模最大的一家窑业工厂。1932年与李公朴、胡愈之等发起筹办《生活日报》。1934年在上海创办《新生》周刊并任主编。1939年任新疆学院院长。其著述结集为《杜重远文集》。

南方之青岛

杜重远

韬奋吾兄：广西游毕，即返香港，晤范其务君商进行磁厂事，妥拟章程，招收股款，昨同范君又来福建之厦门，十九路军驻防漳州，距厦门仅六七十里，范君为商讨该军财政问题，弟则为考察全闽各项情形也。

厦门为吾国一重要海港，据漳泉之利，当港沪之冲，南出南洋，东达日属，水深港静，绝少礁石，一万吨之轮船随时可以出入，实南方之青岛也。鼓浪屿位于对面，仅隔一衣带水，浪静风平，往来极便，列邦之侨商，吾国之富室，多以此为居住区，以其风景幽美，地方静雅也。然面积狭小，人烟稠密，前途发展无大希望。

厦门据禾山海岛之一隅，在昔市政未兴时，市廛湫隘，臭秽不堪，外人讥诮中国街市之腐败，辄举厦门以为例。五年前粤人周君醒南来掌市政，愤国人之颓惰，痛外族之轻侮，废颓垣，修马路，迁荒冢，造公园；其间障碍横生，责骂并至，弗顾也。不数年间，楼房栉比，道途坦平，光华灿烂之都市居然实现。周君建设之功，可谓伟矣，其尤难者，闽省财政支绌，何暇建设，周君不耗公家一钱，不索民间一费，凡所支出，皆自筹措，其最大作用，即开山填海，以旧易新。厦门华侨甚多，自海外营业萧条后，皆愿携资归国，而金贵银贱，外币一圆约当国币两圆半，周君利用时机，收买弃地，建园筑路，重价售出，侨商争前购买，利息十倍，以所得之利润，作市政之支出，又复开山填海，扩大区域，收入愈为丰厚，经费益感充实。有人说周君仅以铁钉木板，白纸黑墨，竟办了三千余万圆的市政，计划之巧，毅力之坚，能不令人钦佩？

厦门市政既有端倪，周君更进而计划禾山全岛之垦出与造林二事。盖禾山全境山地有十六万余亩，田地有十四万余亩，徒以政府昧于生财之道，人民狃于苟安之习，致今荒田累累，童山濯濯，利弃于地，可慨孰甚？周君博采苗木，详辨土丘，筑坝凿池，蓄水御旱，预定八年之内，地无荒废之田，山尽森林之数，每年增多产物可达三百四十万圆，现已按定计划，切实进行。

中山公园为厦门新建设之一，园址在思明城东北隅，西接魁星河，东联妙释寺，道署出其南，溪岸障其北，南北长两千一百三十四英尺，东西宽一千零四十六英尺，山势耸拔，河水荡漾，形仿北平农事试验场，而风景则实过之。园中设体育场、动物园、图书馆、博物院，此外有船厅，有水榭，有华表，有像台，三河汇聚，两溪长流，短桥十，长桥二，纵横交错，布置优美，需费已达八十余万圆，而未成工作约计二十万圆许，规模之大，建设之精，在国人自办之公园中可称巨擘。

厦门大学亦厦门特殊建设之一，校址在厦门之西部，依山滨海，形势殊佳。地面积约三百亩，环高而中平，规模宏大，设备完整，为全国私立大学之冠。校董陈嘉庚先生，厦门著名之华侨也。此老性甚慷慨，好善乐施，十年前以南洋各业发达，获利颇巨，乃出其盈余，建厦门大学及集美商业、水产各校，资金前后逾千万。惜此老非科学中人，所用者又多非其选，致有费款多而成功少之诮，然以一商人而有此怀抱，亦国人中之难得者也。各校皆在假期，惜未能入内参观，仅在大学部之标本室中看见四目之胎儿、两足之胎马及一千九百九十五岁之老松。

漳州在厦门对海之西北方，逾海乘汽车一小时可至，沿途乡村连亘，风景宜人，漳州亦古之重镇，明清置府，民国纪元后为兵家所数争。

此间民众似因知识锢蔽致迷信仍然甚深。此来适在废历七月，漳、厦之民正鼓乐喧天，烧香焚纸，闹彼等"普度"的把戏。据传说咸同间洪杨之变，漳城惨死最众，而此种惨死鬼都是无主之游魂，若不普而度之，漳、厦之鬼祸必不堪设想！为避免鬼祸祈保升平起见，所以规定每年七月间挨家设宴请鬼吃，挨家唱戏请鬼看，应酬彼等欢欢乐乐，即可不来祸人！此种痴

愚的念头真足令人捧腹。今夏虎疫①流行，罹者便死，民间以为
鬼卒大怒，讨命来了，所以今岁之"普度"更闹得非常起劲。
漳城虽在匪灾之后，满街唱戏，夜半方休；厦门亦是挨家宴请，
大烧纸箔。据周市长云，此项消耗每家平均须担负二三十圆，
统计漳、厦两城须耗去百五六十万圆，乡间且不计入。据报载，
湖北夏主席就位伊始，曾演剧迎神，湖南曹代主席最近亦曾率
众祈雨。吾国殆似已成鬼世界矣乎！

二十一年八月十二日

---

① 见本书 203 页注①。——编者注。

鲁　彦（1901－1944），原名王衡臣，又名王衡、王鲁彦、返我。现代小说家、翻译家。1920 年自上海到北京大学旁听。1923 年到湖南长沙平民大学、周南女学和第一师范任教。后又回北大，任爱罗先珂的世界语助教。1927年任湖北武汉《民国日报》副刊编辑。1928 年任南京国民政府国际宣传部世界语翻译。1930 年至福建厦门任《民钟日报》副刊编辑。此后辗转在福建、上海、陕西等地中学任教。其作品主要有《柚子》《黄金》《野火》等，译作有《显克微支小说集》等。

厦门印象记

鲁　彦

一、　不准靠岸

船到厦门，是在太阳下山的时候。潮水颇不小。太古公司有一个码头伸出在岸外。我在船上望见了码头上竖着一个吊桥。我们的轮船正停泊在码头外一丈多远的地方，这空隙似乎正是预备用吊桥来连接的。然而船已停了，却看不见码头上有什么人，也没有人预备把吊桥放下来。从岸上来接客的人都在码头旁边下了小划子到了我们的船边，我们船上的客人也都纷纷坐着划子上了岸。

"一定是那吊桥坏了，"我想，"不然，从吊桥上走过去多么方便啊！"

于是我也就随着接客的坐了一只小船上了岸，到一家码头边的旅馆里去住。在那里休息了一会，吃了一点东西，我又从旅馆里走了出来，想去望一望厦门的街市。

走出旅馆门口，我忽然看见太古码头上的人拥挤得很厉害，吊桥已经放下了，行李和货件纷纷地由船上担了下来。原来吊桥并没有坏。

但是为什么不在船到的时候放下来呢？我猜想不出来。我很想问问这原因，可是没有一个熟人，又听不懂厦门话。

第二天，我跟着行李的担子到了往集美去的汽船码头。那只汽船很小，和划子一样大——甚至可以说比划子还小。这时的潮水也很大，但汽船却没有停靠到岸边来。它只是停在离岸一二丈远的地方。我想不出这原因，只得跟着大家下了一只划子，渡到汽船边去。

在汽船上，我注意地望着海港，看见大小的轮船非常的多，但都停泊在海港的中间，或离岸不远的地方。只有太古公司是特别的。

"听说厦门是一个有名的都市，厦门人有钱的很多，为什么不造码头呢？"我想，心里觉得很奇怪，"由轮船上下都须坐划子，不是很不便利吗？"

我觉得厦门人仿佛是不大聪明的，在这一件事情上。

但是过了几天，我的这种感觉却给我的朋友推翻了，我开始相信厦门人的智慧和力量来。

原来厦门有三大姓，人最多，势力也最大。那三姓是姓陈的、姓吴的和姓纪的。纪姓人世代靠弄划子过日子，自从有了轮船、汽船，他们的生活受了很大的影响。他们不甘心，因此集合起来，不许轮船公司造码头，不许轮船靠岸。太古公司虽然是外国人办的，而且单独地造好了码头，他们也不怕。据说这中间曾经起了许多纠纷，但最后还是穷人们得了胜利，只许码头上的吊桥在轮船停泊二小时后才放下来。

"不准靠岸！"每个弄划子的人都对轮船有着这样的念头。

二、 中国首富的区域

到了厦门不久，我忽然听到一个意外的消息，说是我的一个老朋友住在鼓浪屿，于是我急忙坐船到那里去。

鼓浪屿真是一个奇异的岛屿。它很小，费了一个钟头，就可在它的周围绕一个圈子。这里有很光滑的清洁的幽静的马路，但马路上没有任何种类的车子。这里的房子几乎全是高大的美丽的洋房。

"你看这一间屋子，一定以为是很穷的人住着的吧？"我的朋友忽然指着一间小小的破屋，对我说，"如果你这样想，你就错了。这一类房子里的主人常常是有几万几十万财产的。"

"照你说来，这一个岛屿里全是富人了。"我说。

"自然。穷人是数得清的。以面积或人口做单位，这里是全中国的首富呢！"

"有钱的人全集中在这里，可有什么原因吗？"

"因为这里太平。除了这里，全省的土匪几乎如毛地多。"

"你未免笑话了！"我说，"既然土匪那么多，只要混进来一二十个，不就不太平了吗?"

我的朋友听了我的话，忽然沉默了。我留心观察他的面色，他的眼睑红了。我也就沉默下来，不再提起这事情。我想，大约是我的语气使他感觉到不快乐了。

过了一会，我们一道走上了日光岩。这里是鼓浪屿最高的山顶。厦门的都市和其他的岛屿全进了我们的眼睑。

"你看见这边和那边是些什么船吗?"我的朋友指着鼓浪屿的周围的海面，问我说。

我依他所指的方向看去，这里那里停泊着军舰，有的打着日本的旗帜，有的打着英、美的旗帜。

我恍然悟到了我的朋友刚才不快活的原因了。我记起了鼓浪屿原来是租给了外国人的。

"你看见这辉煌的铜牌吗?"我的朋友这样说，当我们走过几家华丽的洋房门前的时候。

我给他提醒了。这样的铜牌我已经瞥见了许许多多，以为一定是什么营业的招牌或者住宅的姓名，所以以前并没注意地去看那上面的字。

"大日本籍民……葡萄牙籍民……日斯巴尼籍民……"我一路走着，一路读着，我觉得我是在中国以外的地球上。

三、 球大王

我初到厦门是住在一个学校里。这样可爱的学生，我从来不曾遇到过。他们的身材都很高大结实，皮肤发着棕色的光，筋肉紧绽，一看见他们，便使我联想到什么报上所登的大力士的相片。

皮球是他们的生命，每天早晨，天还没有亮，我已在床上听见操场上的球声了。这声音一直继续到吃早饭，上课。他们永不会感到疲乏，连课间休息也几乎变成了运动的时间。每一班都有球队，常常这一班和那一班比赛，这一个学校和那一个学校比赛。有几次我看见运动员跌得很厉害，膝盖上流着血，禁不住自己的心怦怦跳动起来，却想不到他包扎好了，又立刻进了球场，仿佛并没有什么痛苦似的。

在我们江浙人的眼光里，我敢说他们每一个人都是球大王。

除了很好的体格外，他们还有很好的德性。他们有诚挚的态度，坦白的胸怀，慷慨的心肠——而服从，尤其是他们的特点：他们从来不会叫一个教员下不得台，或者可以说，他们不大会感觉到教员的缺点。

"怎么这里的学生这样好呢？"我常常想不出这原因来。

有一天，我忽然得到了一个有名的小学校的章程，里面载着详细的规则，有一条是：骂人的学生，罚口含石头半点钟。还有几种的犯规是坐监狱。

这时我才明白了。

四、 害人的苍蝇

但是过了不久，我忽然看到另一面了。

厦门有一个学校里的学生，把一个教员围在几十个人的中心，用木棍打破了眼睛，伤了腰背。

　　另一个学校的校长被学生用手枪击伤了两处。

　　第三个学校的学生分成了两派，带着手枪和手榴弹抢夺着学校。

　　我在别处也常常看到过学校里闹风潮的事，但总是离不开罢课、发宣言、贴标语、请愿这些无用的方法，大不了伸着拳背着木棍。用手枪和手榴弹是不曾听见过的。

　　"这是这边司空见惯了的，"我的朋友告诉我说，"你该听见过械斗这个名词吧？从前在臧致平统治下，厦门的陈、吴、纪三大姓曾经和台湾人械斗了一年多呢。——你听见过一个苍蝇的故事吗？从前有……"我的朋友开始讲述那个故事了。

　　"从前有两个异县的孩子在路上走着，遇见了一个苍蝇。它飞到了第一个孩子的鼻子上休息着，给这孩子知道了，他啪的一拳向自己的鼻子上打了去，不料没有打着苍蝇，却打痛了自己的鼻子。这苍蝇给他一赶，便飞到第二个孩子的鼻子上了。第二个孩子也是用力地啪的一拳，向着自己的鼻子上打了去，但也没有打着苍蝇，一样地打痛了自己的鼻子。于是他大怒了，和第一个孩子争了起来。

　　"'你不赶它，它不会飞到我的鼻子上来！'

　　"第一个孩子本来打痛了自己的鼻子，心里很不快活，给第二个孩子这么一说，也立刻大怒了。没有几句话，两个人便打成了一圈。

　　"这时第一个孩子的母亲来了。她扯开了他们，问他们厮打的原因。

"'你这孩子这么不讲理！苍蝇飞来飞去干他什么事！'——第一个孩子的母亲说。啪的一拳，打在第二个孩子的脸上。

"于是这给第二个孩子的母亲知道了。她赶到第一个孩子的母亲面前，说：'你这女人这样不讲理！孩子打来打去干大人什么事！'第二个孩子的母亲这么说着，也是啪的一拳，打在第一个孩子的母亲的脸上。

"于是这一村里的人跑出来了，他们不肯干休。那一村里的人也不肯干休。最后两村的人都自己集合起来，做成了对垒，互相残杀攻击，死了许多人，结下死仇……"

我的朋友的话到这里终止了。他使我否认了"口含石头半点钟"的罚规的效力。

五、 可怕的老鼠

四月的中旬，离开我到厦门才一月，忽然发生了一件极其可怕的现象。这现象不仅笼罩了厦门、鼓浪屿、集美，连闽南各县也在内了。

在这事情发生的前几天，我在报纸上读到了一条新闻，标题是"某街发现死鼠"，底下一连打着三个惊叹记号。

我很奇怪，死了一只老鼠，也有在报纸上登载的价值。细看这条新闻的内容也极平淡无奇，只报告这只死鼠发现在某处罢了。

站在我背后看报的两个学生在用本地话大声地说着，我听出两个惊骇的字眼"啊唷!"底下就听不懂了。

我转过头去,看见他们的眼光正注射在报上的那条新闻。

"难道这和苍蝇一样的含着重要的意义吗?"我想。于是我问了。

"黑死症!可怕的黑死症又来了!"他们说。

"黑死症是一种什么样的病呢?我没有听见过。"

"一种瘟疫!又叫作鼠疫!"

于是他们开始讲了起来。

原来这是闽南最可怕的一种瘟疫。每年春夏之间,不可避免地必须死去许多人。它的微菌生长在鼠的身上,传染人身非常迅速。被它侵占的人立刻发高度的热,过不了一星期就死了。死了以后常常在颈间、手指间或脚趾间以及腋下、胯下发出结核来。以前死的人多,常常来不及做棺材,一家十余口的常常死得一个也不留。近来外国人发明了防疫针以后,虽然死的人减少了一些,但许多人还是听天由命地不愿意注射,而且直到微菌侵入,防疫针就没有效力,此外也就没有什么药可救了。

一星期以后,空气果然一天比一天紧张起来,报纸上天天登着某处死了多少人,某处死了多少人。我的耳内也时常听见死人的消息。这时防疫运动开始了,大扫除,注射,闹得非常纷乱。我们学校里死了几个人,附近的街上死得还要多。但是一般民众只相信神的力,这里那里把菩萨抬了出来。

我的一个朋友寄寓的一家本地人,甚至还把死在外面的人抬到屋内来供祭,入殓了以后,在厅里放上半月。

我虽然打了药水针，但完全给这恐怖的空气吓住了。偶然走到街上去，就看见了抬着的棺材，听到了哭声。

天灾人祸，未来在哪里呢？

六、 人口兴旺

然而未来究竟是有的。天灾人祸虽然接连着，人口可并不曾有减少的现象。他们只要留着一个人和财产一起，人口就会立刻兴旺的。

似乎就因为死的人太多的缘故吧，本地女子的地位因之抬高了。本地男子要讨一个妻子，总须花上很多的聘金。

我的老朋友所在的一家报馆里，有一个担水工人曾经出了七百元聘金讨了一个妻子。他的另外的一个朋友是曾经出了三千元聘金的。

这样一来，人口似乎应该愈加少了？然而并不如此。他们有很聪明的办法的。

有一次，我的老朋友忽然带了一个六岁的小孩来，说是宁波人，要我和他用宁波话谈谈。我很奇怪，我的朋友居然会在这里寻到别的宁波人，而且把他的孩子也带来了。

那孩子穿着不很整洁的衣服，面色很难看，像是一个穷人的儿子。我想，一定是我的朋友发现了一个流落在这里的宁波人，想借同乡的观念，来要我援助了。

于是我便说着宁波话，请他走近来。

但是他没有动，露着怯弱的眼光。

"你是哪里人呢?"我仍用宁波话问他。

"呒载!"他说的是厦门话,意思是不晓得。

"怎么?是厦门人吧?"我问我的朋友说。

"是宁波人,他有点怕生哩!"

"你姓什么呢,小朋友?"我又问了。

"呒载!"他摇着头说。

"几岁呢?说吧,不要怕啊!"

"呒载!"又是一样的回答。

"用上海话问问看吧!也许是在上海生长的。"我的朋友说。

于是我又照着办了。但他的回答依然是这两个字。

"到底是哪里人呢?"我问我的朋友说。

"老实说,不清楚,只晓得宁波那边人。"

"你从哪里带来的呢?"

"一个朋友家里。他是从人贩子那里买来的。"

"不犯法吗?"

"在这里是官厅不禁止的。花了一二百元钱,就可以买到一个。本地人几乎每家都要买一二个的。"

我给他说得吓惊了。这样的事情,我从来没有听见过。

"这孩子到这里快半年了,"我的朋友继续说着,"他从来不说话,偶尔说了几句,也没有人听得懂。他只知道说'呒载',无论他懂得或不懂得,仿佛白痴似的。据说他到这里的头一天,脱下衣服来,一身都是青肿的。显然人贩子把他打得很厉害。他只会说'呒载',大约就是受了人贩子的极大的威迫的缘故了。这里是一个人口贩卖的倾销市场，也就是人口贩运的总机关。来源是上海，上海的每一只轮船到这里，没有一次没有贩卖人口……"

我给这些话呆住了。

七、 罗马字拼音

厦门话真不易懂，跑到那里好像到了外国一样，就连用字，也有许多是我们一时不容易了解的。学校的布告常常写着"拜六""拜五"，省去了一个"礼"字。街名常常连着一个"仔"字。从某处到某处的路由牌，写着"直透"某处。

有一次，我看见街上有一个工厂，外面写着很大的招牌，叫作某某雪文厂。我不懂得"雪文"是什么，跑到门口去一看，原来里面造的是肥皂，才记起了英文的 soap，世界语的 sapo，法文的 savon，而厦门人叫肥皂是作 sapon 的。

我的老朋友告诉我，厦门话古音很多。如声方面，轻唇归重唇的例如房读若旁；舌上归舌头的，澈读若铁；娘日归泥，娘读若良，人读兰。韵方面，有闭口韵，如三读 sam，今读 kim，入声带阻，如一读 it，十读 tsap，沃读 ok。

然而，我的那位老朋友虽然平日在文字学和音韵学方面有特殊的修养，在厦门已经住上三四年了，他还是不大会说厦门话。

同时，厦门人学普通话，也仿佛和我们学厦门话一样地困难。虽然小学校里就教国语，到了高中甚至大学的学生还不大会说普通话。他们写起文章来，常常会把"渐"写作"暂"，把"暂"写作"渐"，而"有"字尤其容易弄错。

但是有一天我却看到了一种特别的异象。我看见许多男女老幼从一家教堂出来，各人都挟了一二本书。这自然是《圣经》之类的书了。

"他们都受过很好的教育，都认得字吗?"我实在不相信。他们中间明明是有许多太年青的人或工人似的模样的。

一次，我在一家商店里买东西，瞥见了柜台上一张明信片。那上面全是横行的罗马字，看过去不是英文、法文、德文、俄文。

"怎么，你懂得罗马字拼音吗?"

"是的。我们这里不会写中国字的，就学这个。"

"谁教你们的呢?"

"在教会里学的。"

"不是北平几个弄注音字母的那几个人发明的吗?"

"我们不知道。我们这里已经行了很久了。教会里的书全是用罗马字拼本地音的。"

我明白了。我记起了鼓浪屿有一家专门卖《圣经》的书店，便到那里去翻看，果然发现了全是罗马字拼厦门音的《新旧约》以及各种书籍，而且还有字典。据说是教会里的外国人所发明的。

八、 永久的春天

我爱厦门，因为在这里的春天是永久的。

没有到厦门以前，我以为厦门的夏天一定热得厉害，但到了夏天，却觉得比上海的夏天还凉爽。

"上海的冬天冷得厉害吧？我们这里的人都怕到上海去哩！"

这话正和我到厦门去以前的心理是成为对比的。

没有离开过厦门的人，从来不曾见过雪。厦门的冬天最冷的时候也有四十五度①。草木是常青的，花的季节都提早了。离开繁盛的街道，随地可以看见高大奇特的榕树，连毛厕旁都种满了繁密的龙眼树的。农人们一年插两次秧，还可以很从容地种植菜蔬。在我们江浙人种的不到一尺的大蒜，在厦门却长得和芦苇差不多。岛上的山石大多是花岗岩。山峦重叠地起伏着，海涌着，睡着，呼号着，低吟着。晴朗的黄昏，坐着一只小舟，任它顺流荡去，默默地凝神在美丽的晚霞上，忘却了人间苦。狂风怒鸣的时候，张着帆，倾侧着小舟，让波浪啪啪地敲击着船边，让浪花飞溅在身上，引出内心的生的力来。黑暗的夜里，默数着对岸的星火，静静地前进着，仿佛驶向天空似的。

这一切，都告诉了我，春天在这里是永久的。

（《驴子和骡子》）

---

① 这里的"四十五度"应是华氏温度。——编者注。

杜重远(1898—1943)，吉林省怀德县人。1911 年考入省立两级师范附属中学。1917 年考取官费留学日本，入东京高等工业学校学习陶瓷制造专业。1923 年回国，在沈阳创办了我国第一个机器制陶工厂——肇新窑业公司。1927 年把砖厂改建为瓷器厂，逐渐发展成中国民族资本经营规模最大的一家窑业工厂。1932 年与李公朴、胡愈之等发起筹办《生活日报》。1934 年在上海创办《新生》周刊并任主编。1939 年任新疆学院院长。其著述结集为《杜重远文集》。

如适异国

杜重远

　　韬奋吾兄：弟十二日由厦来福州，船行十八小时而至罗星塔，港湾水浅，大船不克入，又改乘小轮，越一时而达福州城。此地语言奇特，如适异国，恐旅居不便，遂借宿于中国银行。行长郭君舜卿，主任贺君次戣，皆忠诚恳挚之士；除勤勉于自身职务外，多热心于社会事业，或捐资扶危，或助款兴学，各有相当之成绩。由郭君介绍许多好友及有益事业，令人感激无已。

　　福州人口繁密，街市甚长，生产事少，消费事多，加以苛捐杂税之结果，生活程度几与沪上相伯仲。满街悬挂"拍卖"之招牌，商家苦痛，不言可喻。据云旧例每月初二及十六为商家履行信约交款之日期，今岁此种多年之惯例已无形打破，经济衰落，危机四伏。然每至公园、酒馆，而红男绿女，阔官达人，仍是闲情逸致，度彼等之超等生活。更有几人深入社会研究研究形势严重的社会问题?

福建造纸厂为福州最大实业之一,经理陈希庆君,厦门人,十年前就学于北平清华大学化学系,卒业后留学美国,专攻纸业,复到德、法、瑞士各国考察多时,三年前学成归国,欲举斯业,求资于华侨,而华侨因领略过祖国之军阀、土匪、苛捐杂税,爱国有心,投资无意。陈君苦口劝解,请为试办,或由各侨商零筹集资至百万,是为此厂开办之始。故此厂含有扩大性,亦含有危险性。陈君创办之前,曾化装至闽北各地调查原料,用心良苦,厥志可嘉。三年中尽在筹备期间,开工不过五月,机器多购自德国或瑞士,皆世界最新之制品。弟赖郭行长介绍,得往参观,招待员为杨君襄吾,福建晋江人,前卒业于圣约翰学校,专攻商科,精明强干,经验颇深,实陈君之好膀臂。杨君导观各处,讲解极详。福建产竹与苇,为造纸之最好原料,至纸屑破网,向为废材,或售于日本,今皆为该厂所收用。厂临海滨,运输极便,实天然一造纸区。现在所出之成品为白官纸、包皮纸及信纸等,若改造报纸时尚须添资四百万,是须视该厂初步之信用如何,故陈、杨二君正在小心翼翼,惨淡经营,以求信誉之日增。

制纸之外,福州较大之实业只有电灯公司,资金一百二十万圆,创其始者为刘君崇伦。该公司以原有机器马力不足,近又购一新机,马力较前为大,除供给全城电灯之用外,复置一农场为研究农村电化之用,诚佳事也。

福州有惠儿院一处,专收贫苦无家之孤儿,教以工读。此院之缘起颇有一述之价值。九年前有沈永爀、董焜藩两少年,一卒业于中等师范,一卒业于附属中学,两君家不中资,而热心于贫民教育,以为教育最大功效在能转贫弱为富强,变无业为有业。两君笃定决心,刻苦干去。时沈君年仅二十,董君则二十有四,彼等由同志而联为姻好,沈君之妇,董君之妹也。该院开办伊始,仅收学生三人,室徒四壁,桌仅三足。两君非特以全副精神与体力尽瘁于此院,举凡院中一应物品,皆取给于家中。教授渐久,学生日多,留心社会事业之人颇为注意,于是有浙江钟子让先生首先帮忙,除代指导规划外,复代捐基金千七百余圆;其后慈善大家相继而起,或助以金钱,或佐以人力,上述之郭行长亦此院之重要董事也。学生现有一百八十余人,楼房四十余间,内作寝室、校舍及工厂之用,此外有繁茂之校园,有广大之运动场,有阅报室,有图书馆,并有一明窗净几舒适开朗之客厅。学制原定为六年卒业,每日半工半读;嗣以学生精神不能集中,又改为四年专学,三年专工,卒业期间为七年。学生入校年龄由八岁至十四岁。每届招生时投考者千余人,为经费所限,不能多收,诚憾事也。其取生最大条件即择其最贫而最苦者为合格。学生入校后一切饮食服用皆由院中供给,所学课程与普通学校无稍异。每岁全城各校有会考一事,此院学生辄列前茅,可见人贫而志不贫也。工厂之工作分缝工、漆工、藤竹、草工四科,近更注意于蚕丝一事。惟范围日广,需款孔多,虽有银行家及慈善家设法接济,现尚负债至一万五千余圆。每月经费一千八百圆,除省府津贴七百圆,教厅津贴一百五十圆,教育局津贴八十圆,及学生制品收入二百余圆外,不敷之数尚有七百。二君一方求经济之独立,一方谋院务之发展,现仍在挣扎奋斗中。

福建博物研究会亦为福州极可注意事业之一。会长曾君叡,副会长林君鉴清。十年前两君卒业于福州师范学校,匠心素具,博学多能,鉴于全国博物标本咸购自东邻日本,痛利权之外溢,展制造之天才,收集珍禽异兽,一面豢养,一面仿造,居然与购自外洋者无稍异;制造愈多,兴味益浓,于是飞潜动植,五金石矿,无一而不收揽,无一而不仿造,俨然一动物园一博物院焉;补助于教育之进展处,厥功甚伟。中华书局及科学仪器馆皆为该会之重要主顾,福州各学校皆以该会为标本室,一般民众亦因之增长识见不少。惟经费一节,虽由省政府年助若干,而大宗款项皆由两君之自备。在过去十年中,闻已耗费数万之巨,此种舍己为公之精神,尤足令人敬佩。闻蔡孑民先生前参观该会时,愿以中华基金委员会底款拨出一部作为该会之基金,果尔则该会前途之发展当更有望。

福州人民之迷信较漳、厦为尤甚,每年废历七月间除举行“普度”之外,复有“出海”一说,即福州各庙备有大小竹木编制之偶壳,外穿鬼衣冠,内以人肩之而趋。一个大者身高丈余,小者身高三四尺,名为七爷八爷,专司驱鬼之用。每当夜深人静,七爷八爷出街寻鬼,其实人在其中舞舌弄眼,做出种种怪态,小者导前,大者拥后,意为街中诸鬼皆被诱去;然后至海滨一船,其船系有人预先备好者,船中置有各种器物及各项食品,七爷八爷将所有之鬼一齐送至船上,将船放至中流任其所之,则船中之鬼皆以为此中乐不思蜀矣,是为“出海”。然有时海风大作,该船被阻靠岸,则岸上居民必大呼“倒霉”,手足将无所措。噫!民智如此,可笑亦复可怜！然七爷八爷之驱鬼，须有相当之代价，未有甘尽义务者！每庙照其所领区域，沿门逐户，按名索驱鬼费三五毛不等，交款后与一纸条，上有符印等把戏，将各人之名书于条上，悬之门前，以便七爷八爷经过时查阅！故闽人为正事募捐殊难如愿，惟此款则绝不落后；遇调查户口时总要掩藏躲避，惟此事则向不说谎。

　　福建一般民智既如此，政治之腐败概可想见。省府中除教厅程厅长在经费困难之下，犹竭其精力，得到几许成绩外，复有建设许厅长勇猛前进，总算修了不少通行之马路。其他政令不出省门，土匪蔓延各地，国家以收土匪为政治无上之法门，人民以当土匪为进身唯一之捷径。土匪而竟赐以官衔，声价增高，保障加厚，人又何乐而不为土匪？民十九竟有官土匪卢兴邦者绑去五省委之奇闻（本刊曾有程厅长的自述，参看第六卷第一二三等期）。福建全省有七旅三师，兵数逾十万，除卢兴邦外，复有陈国辉、张贞、林寿国、叶定国等等，或扼海口，或占要区，皆为著名之土皇帝，明争暗斗，合纵连横，对内屡起风波，对外毫无准备；苛捐杂税，指不胜屈，竟有棺材捐、婚嫁捐、母猪捐、鸡卵捐等等之新名头。闽省本有竹、茶、木、笋四大出产，一限于交通，一迫于重税，坐视衰落而无可挽救。据闻闽北木料运至省城，途长不过百数十里，而剥削经过四十八次。民初闽茶出口于西洋者，达三百余万圆，今尚不及十分之一。老百姓水深火热，一线生机，全望于十九路军，而十九路军干事人员亦刻刻以铲除闽人疾苦为念，是则闽省治绩当观今后之措施矣。

二十一年八月二十日

附录

北京上海

梁启超[*]

我们同行七人,蒋百里(方震)、刘子楷(崇杰)、丁在君(文江)、张君劢(嘉森)、徐振飞(新六)、杨鼎甫(维新)。到了欧洲后,常在一处的,还有夏浮筠(元瑮)、徐巽言(犀),这就是我一年来的游侣。因船位缺乏,分道首途,在君、振飞经太平洋、大西洋,我和蒋、刘、张、杨四君,就取道印度洋、地中海。我们出游目的,第一件是想自己求一点学问,而且看看这空前绝后的历史剧怎样收场,拓一拓眼界。第二件也因为正在做正义人道的外交梦。以为这次和会,真是要把全世界不合理的国际关系根本改造,立个永久和平的基础,想拿私人资格将我们的冤苦,向世界舆论申诉申诉,也算尽一二分国民责任。如今外交是完全失望了,自己学问,匆匆过了整年,一点没有长进,说起来好生惭愧。

---

* 梁启超(1873—1929),字卓如,号任公、饮冰室主人。广东新会人。20世纪初中国新旧交替时代著名政治活动家、启蒙思想家、教育家、史学家和文学家,戊戌变法领袖之一,民国初年清华大学国学院四大导师之一。梁启超学术研究涉猎广泛,在哲学、文学、史学、经学、法学、伦理学、宗教学等领域均有建树,以史学研究成就最大,被公认为中国近代史上百科全书式的人物;其著作后被合编为《饮冰室合集》。

我们动身以前,在东交民巷免不了有些应酬。有时英、美等国外交当局,大约和我们同做一样的梦,着实替我们打算,有几回肺腑之谈,今且未便把它发表。但记得有一回和日本代理公使芳泽君宴会,林宗孟在座,刘子楷当翻译。谈到胶州问题,我说:"我们自对德宣战后,中德条约废止日本在山东继承德国权利之说,当然没有了根据。"他说:"我们日本人却不是这种解释。"说了这句,就不肯往下谈了。后来我说:"中日亲善的口头禅,讲了好些年,我以为要亲善就今日是个机会,我很盼日本当局要了解中国国民心理,不然,恐怕往后连这点口头禅也拉倒了。"他听了像有些动容。如今想起来,却是不幸言中了。这些过去的事且不说它。

我们是民国七年十二月廿三日由北京动身,天津宿一宵,恰好严范孙、范静生从美国回来,二十四早刚到,得一次畅谈,最算快事。二十四晚发天津;二十六早到南京,在督署中饭后,即往上海。张季直由南通来会,廿七午,国际税法平等会开会相饯,季直主席,我把我对于关税问题的意见演说一回。是晚我们和张东荪、黄溯初谈了一个通宵,着实将从前迷梦的政治活动忏悔一番,相约以后决然舍弃,要从思想界尽些微力。这一席话,要算我们朋辈中换了一个新生命了。

廿八晨上船,搭的是日本邮船会社的横滨丸。原来这船和我,从前还有一段因缘。当洪宪僭帝时,我在上海,跟着各位同志密谋匡复,和广西的陆干卿通声气,干卿派人来请,要我亲到广西,他才举义;我得了这话,就立刻起程,搭了正是这船。那时沪港间侦探密布,我趁黑夜偷了上船,一躲就躲在舱底汽炉旁边一间贮邮件的小房,蹲了六日六夜。上面大雪纷飞,我整日汗如雨下。这船名我早已忘记了,黄溯初送上船来,一见认得,因为那时有四位和我同行,一位是汤觉顿(叡),一位是黄孟曦(大暹),一位是干卿派来的唐绍慧,一位便是溯初。我们这回住的房舱,就是他们那回住的那一间。觉顿、孟曦都是死于洪宪之难,从船上分手后,不久就永不相见了,俯仰陈迹,真乃不胜哀感。

（《欧游心影录》）